# 風の声・土地の記憶

OSHIRO Sadatoshi
大城貞俊

インパクト出版会

◇目　次

# 一　風の声・土地の記憶

第一章

## 序辞　風の声

それは確かに聞こえたのだ。風の声が……。ときには木々の梢を揺らし、ときには庭に作った手製の風車《かざぐるま》に乗ってやって来た。また、ときには闇の中から、ときには太陽の光を浴びた大気の気配と共に死者の声として届いたのだ……。

天を指す木の梢、回転する記憶、幾つもの声が心に届く。時間を背負ってきた声、老若男女の声、国境を越えた声が時の風を作り波を作る。風は途絶えることはない。永遠の語り部。

この風に乗って土地は記憶を語る。死者たちの祈りが静かに響く。聞こうとする者にだけしか届かない声。人間の最も悲しい声は風になる。目に見えない悲しみこそが大きい。隠蔽された死者たちの声。何のために生きたのか。そして死んだのか。だれのために夢を紡いだのか。そして断念したのか。

風に託した死者たちの声は私の心に住みつく。祈りながら……、黙しながら……。

沖縄県は先の大戦で戦火に見舞われた。この土地での犠牲者は二十四万人余。そのうち県民の犠牲者は当時の人口の四分の一に当たる十四万人余になる。戦争は命を奪うという単純な原理、夢を奪うという自明の論理。多くの死者たちは荼毘に付されることもなく葬られた。

陸地での死者たちは斃れた土地の上で朽ちていった。土の匂いを最後の記憶にして息絶える。あるいは最初の不幸。最後の叫び。やがて痩せた肉体を膨らませ、目や鼻や耳や口から、また肛門や陰部や傷ついたすべての傷口から死が流れ出る。銀蝿が羽音をさせて腐臭を放つ命を食べる。

突然の死は切迫した時間の中でやって来る。裏庭に埋められることさえ稀である。慌ただしい葬送は伝統的な儀式を省き、骨甕は人骨ではなく空《から》のままで風の声を収める。

山での死者たちは山を肥やす。土を太らせ樹を繁らせ草を繁茂させる。戦争の最中にも根は伸びる。眼孔を刳り抜き、繊毛を震わす。血に届かなくても滋養はある。肉体は声を封印されてゆっくりと朽ちてゆく。蚯蚓《みみず》や百足《むかで》が肉の中で蠢く。悲鳴は届かない。食した蝉の幼虫が夏に鳴き、カブトムシが触覚をせわしく動かし口を拭う。

海での死者たちは海に沈む。もう夢を見ることもなく海水を飲み、声が閉ざされる。末期の水は一気に肺に到達する。沈んだ悲鳴は泡を立てない。囲いを失った水棺。肉体は蟹や蝦《えび》やヤドカリや貝たちにゆっくりと蝕まれる。やがて魚や蛸《たこ》や海胆《うに》たちの住み家になる。老人も乳飲み子も、父親も娘も、死の前では選ばれない。死の後でも選ばれない。

世界の至るところで風が吹く。土地の声。土地の祈り。土地の記憶……。今、世界は動いている。生者も死者も風をつくっている。風の行方を為政者が変える。正義の鎧《よろい》を着けて。

私は風の音が聞こえると無性に旅に出たくなる。そして風の声はいつでも届くので、いつでも旅に出たい。土地の祈りが見えるところ、土地の祈りが見えないところ。ピュアな風が吹き、風が風のままであるところ。

世界では様々な風が吹いている。世界は共通の歴史を背負っている。死者たちや生者たちの声が記憶に住み着くままに、揺れるままに、旅をする。見るべきものを見るために。聞くべきものを聞くために。何かを信じるために……。

## 一　津嘉山《つかざん》三人組

ぼくは戦争のときは十六歳でした。一九二九年、南風原《はえばる》町の津嘉山で生まれました。一九四一年に県立第一中学校へ入学しました。憧れの一中生でしたから誇らしかったですよ。

県立一中は首里《しゅり》にありました。自宅から学校までは遠かったので寄宿舎に入りました。苦にはならなかったです。むしろ初めて親元を離れての寄宿舎生活は楽しかったですよ。でも、入学した年の十二月八日に日本軍はハワイの真珠湾を攻撃したのです。すぐに戦時色の濃い学校生活になってしまったんです。

一九四四年十月十日のことでした。いつもどおり寄宿舎を出てちょうど学校に着いたころです。朝の早い時間だったように思います。空を見上げると、飛行機が編隊を組んで飛んで来ました。最初は友軍機かな、と思ったんですが間もなく空襲警報が鳴りました。同時に飛行機は那覇の街に爆弾を次々と落としたんです。首里の高台からは白い煙、黒い煙が至る所から立ち登り、街が燃え上がる炎も見えました。飛行機は何度も何度もやって来て、爆弾を落とす場所もどんどん広がっていきました。

多くの学友たちと一緒に燃え上がる那覇の街を呆然と眺めていました。この瞬間をどう表現したらいいか分かりません。ぼくたちはこのとき、どうすればいいのか。考える余裕さえありませんでした。余裕という言葉は相応しくありません。喩えて言えば、マブイ（魂）を抜かれたようなものでした。十六歳ですが、まだ子どもだったんです。でも戦時中はマブイを抜かれた状態が何度もやって来たんです。マブイを抜かれると人間でなくなるんです。不思議な感覚でした。

何が何だか分からない状況の中で口をぽかあんと開けただけで声が出ないんです。沸き起こってくる恐怖と早鐘を打ち始めた心臓を抑えていると、学校の鐘が乱打され、大きな声が校庭に響きました。「危ないぞ！」「教室に入れ！」「急げ！」。教師たちの声です。

ぼくは慌てて学友たちと一緒に教室に入りました。「戦争が始まるかもしれない」という不安な様子がどの顔にも滲み出ていました。そして不安は現実のものになったのです。

この空襲は「那覇十・十空襲」と名付けられました。那覇の街の約九割が焼け出され、一日だけで死者二二五人、負傷者三五八人の犠牲者が出たのです。その日の空襲は県内の日本軍の軍事施設や飛行場、港湾、停泊中の軍艦が主な攻撃目標だったように思われますが、米軍は県都那覇だけでなく、小さな村々まで至る所に爆弾を落としたのです。襲撃した飛行機は、のべ一四〇〇機だと言われています。

この年が明けるとすぐに激しい艦砲射撃が始まりました。低空した飛行機からの機銃掃射も始まりました。日本は必勝の体制を築くために、国や県が主導する学童たちの県外への疎開も始めました。那覇近郊から北部や南部への疎開も始めました。学校も一気に戦時色に染まっていきます。軍から派遣された将校による訓話や軍事教練も頻繁に行われるようになったのです。

三月には五年生と一緒に、ぼくたち四年生の繰り上げ卒業式が慌ただしく行われました。学業どころでなくなったのです。四年生五年生といっても当時の学制です。国民学校の上の学年ですから、いまの高校生に当たります。ぼくたち四年生は十六歳になったばかり、五年生は十七歳だったんです。それでもぼくたちは、お国のために死ぬ覚悟はできていました。敵兵と十分戦えると思っていたのです。そして一中健児としての心意気を日本国家に示す「鉄血勤皇隊」が結成されたのです。

鬼畜米英、敵軍憎し、那覇空襲の敵《かたき》を取ると、だれもが鉄血勤皇隊の結成に心躍らせ国家への忠誠を誓ったのです。だれもが我先にと入隊を希望したのです。ぼくたちは、もう十分に軍国少年になっていたのです。

鉄血勤皇隊への入隊には入隊申込書が必要でした。親の承諾の印鑑が必要ということで一時帰省を許されました。

津嘉山から入学していた同級生は、ぼくと勝義と清の三人でした。ぼくたち三人は入寮していました。行動が一緒のことが多かったので先輩や後輩たちからは「津嘉山三人組」とあだ名を付けられました。三人組は勇んで親元に帰りました。ところが途中で、清が浮かない顔でつぶやいたのです。

「ぼくは長男だから、もう学校には戻りたくないな」

勝義が怒りました。

「何を言うか、臆病者！　ぼくだって長男だよ」

ぼくも清の胸ぐらを掴んで大きな声で言いました。

「お前は、米軍が憎くないのか、那覇が焼けたんだぞ」

清はそれでも泣きそうな顔でつぶやきました。

「憎いさ。でも、おじいが許さないかも。お父も死んでいるし、ぼくが跡継ぎだし……」

「お前、それでも日本男児か」

「お国とお前の家と、どっちが大事なんだ」

勝義とぼくは支離滅裂な怒声を浴びせました。「津嘉山三人組」と級友から冷やかされ、仲良しだったぼくたち三人は歩くのをやめて喧嘩になりそうでした。

「分かったよ……」

やがて清が俯いたままでつぶやきました。

「戦争でも三名一緒だよ。一緒に行動しような」

「死ぬときも一緒さ。でも清、心配するな。死ぬことはないさ」

「日本は神の国だ、天皇陛下が守ってくれる。死ぬことはないさ」

でもそんな思いは幼い少年の希望でしかなかったのです。

家に着いて父に申込書を見せました。父は役場に勤めていました。

「そうか、鉄血勤皇隊か……。頑張れよ」

父はぼくの顔を見ずに言いました。

「今日は泊まっていくんだよね」

母が尋ねました。ぼくは、うなずきました。

両親と二人の弟、二人の妹と一緒の夕食は久し振りでした。母はぼくの大好きな芋の天ぷらを作って皿に盛ってくれました。大根の入った味噌汁も作ってくれました。豆腐もどこからか手に入れてきていました。下の妹は三歳になったばかりでしたが、ぼくのそばを離れません。二人の弟は一所懸命、風呂を焚いてくれました。

寝床で母の泣き声に目が覚めました。母は父の胸をこぶしで叩いて泣いていたのです。

「隆一は……、隆一は、まだ十六歳ですよ……」

母の小さな声が嗚咽と混じって聞こえました。ぼくは必死に瞼を閉じて涙を堪えました。

学校に戻ると将校の激励と訓示がありました。

「天皇陛下の赤子としての模範を示せ！　師範学校をはじめ、二中、三中と次々と鉄血勤皇隊が結成されている。他校に負けずに一中健児ここにありとの心意気を示せ！」

このような訓示でした。二二〇人の鉄血勤皇隊隊員は直立不動の姿勢で微動だにせず訓示を聞きました。

教室に戻ると軍服が支給されました。同時に一斉に遺書を書かされました。死を覚悟せよとの訓示であったのかと、緊張で震える手を隠しながら書きました。勝義も清も俯いたままペンを走らせていました。

「父上様、母上様、死ぬことは怖くはありません……」

四月一日に米軍は沖縄本島に上陸しました。四月十二日に寄宿舎が艦砲射撃の的になり三名の犠牲者が出ました。一中鉄血勤皇隊は、学校近くの首里司令部三十二軍球部隊に配属されました。配属後、砲煙弾雨の中、電線修復や食料庫の見張り、陣地構築や食糧調達など寝る間もなく働きました。

津嘉山三人組は三人一緒に同じ部署に配属されたのですが、三人とも見事に戦死しました……。

食糧調達の命令を受けて三人一緒に出掛けたキャベツ畑の中で米軍機の機銃掃射を受け、まず勝義が、ぼくと清の前で死にました。清は壕の近くに飛んで来た砲弾で吹っ飛ばされて即死、ぼくは食糧の欠乏から十九人の除隊者が選ばれました。その一人でした。悔しくて涙を堪《こら》えながら実家へ戻る途中、艦砲射撃の砲弾がぼくの傍らに落ちました。凄まじい爆風と砲弾の破片や土砂がぼくを殴りつけました。頭部に大きな衝撃を感じたのも一瞬でした……。

三人の遺書は親元に届いたかどうかは分かりません。勝義と清はどんな遺書を書いたかも分かりません。もちろん、ぼくは死んでしまったので、両親や弟妹たちが戦争を生き延びたかどうかも分かりません。この世のことは見えなくなったのです。

悔やむことは多いのですが、清の希望を詰《なじ》ったのが最も大きな後悔です。三人一緒に大人になりたかった。「津嘉山三人組」にはわずか十六年の短い一生でした……。

## 二　ピクニック

私はブラジルで産まれました。七歳のときに家族みんなで那覇市の東町に移り住みました。沖縄戦のときは豊見城《とみぐすく》にある病院で事務員として働いていました。十九歳でした。

父と母は南部で亡くなったことは分かりますが、どこで亡くなったかは分かりません。だから二人の遺骨はまだ見つかっていないのです。弟の武志《たけし》は対馬丸《つしままる》に乗って本土に疎開する途中、米軍の潜水艦に沈没させられ亡くなりました。もちろん遺骨は見つかっていません。両親と武志の遺骨はたぶん永久に見つけられないでしょう……。

父と母は、移民先のブラジルから故郷沖縄に戻って来たんです。でも、戦争に巻き込まれました。私たち家族は死にに戻って来たようなものですよ。

ブラジルでの農業も大変でしたよ。林野を開墾して作物が実るようになるまでには十年も掛かるんです。

父は祖父の進言を聞き入れて沖縄に戻ったんです。父は五人兄弟の次男でしたが、祖父は郷里でも家系を絶やしたくなかったんですね。だから兄弟の中から一人を選んで沖縄に戻したんです。ブラジルも地獄、沖縄も地獄。なんでこんなことになったのかねえ。

私の妹の信子は十五歳。米軍が上陸すると噂されたので、私と信子はヤンバル（本島北部）の大《おお》宜味《ぎみ》村に避難しました。父と母は南部に避難したんです。別れて避難したのは一家全滅を避けるために父が考えたんですが、どっちが運が良くて、どっちが運が悪かったんだろうねえ……。結局、私たち家族は全員死亡、父の夢も祖父の夢も叶わなかったんです。

那覇十・十空襲のときには、私たちの住んでいる那覇の家も焼けました。豊見城の私の職場から那覇が焼けるのが見えたんです。心配ですぐに那覇に行きました。那覇の街はまだ火がくすぶっていましたよ。消防団とか、焼け出された人とか、逃げる人とかでごった返していました。多くの死体が道のそばに横たわっていました。アメリカの爆撃機は、二度、三度とやって来ましたから、逃げることも難しかったんですね。那覇には軍港がありましたからそこに停泊している軍艦にも集中的に爆弾が浴びせられたんです。低空して飛んで来た飛行機の機銃掃射もあったはずです。

東町の家に着くと、アイエナー（あれまあ）、もう大変。屋根も柱もみんな焼け落ちていたんです。骨組みも残っていません。黒くなってぺっしゃんこ。あの時のショックは大きかったですねえ。マブイ（魂）を落としたと思いましたよ。お父もお母も妹の信子もいない。みんな死んだのかねえって、もう気が気でないさ。黒い小さい塊が信子なのかねえ、あっちの大きい塊はお父なのかねえ、お母なのかねえって、もう何度も、何度もしゃがみ込んではじっと見ていました。

結局遺体は見つからなかったんです。長いこと涙を流してしゃがんでいましたが、急に真玉橋《まだんばし》に親戚がいることを思い出したんです。そこへ逃げていったかもしれない。そう思うと真玉橋まで必死で走って行きました。

予想したとおり、真玉橋の親戚の家に、お父もお母も信子も避難していました。もう腰が抜けるぐらいに嬉しかったです。私が泣いているのを見て、みんなが笑うんですよ。なんでみんな生きているのに泣くかねえって。でも……、でも、もうみんな死んでしまいました。

私はね、私の勤めている病院の先生がね、ヤンバルの名護の出張所から帰って来られてからね。私に言ったんです。

「敏ちゃん……、敏ちゃんというのは私の名前です。平良敏子っていう名前です。敏ちゃん、あんたは那覇の家も焼けたし、米軍も本島に上陸するかもしれないからヤンバルに逃げたらどうか。向こうが安全だよ」

そんなふうに言うんです。

「いいえ、私は逃げません、先生と一緒です」

そう言うと、先生は笑って言い直しよった。先生は優しかったよ。先生は軍医の仕事もしていたんです。

「ごめん、逃げるんではなくて、私の仕事を手伝って欲しいんだ。名護の出張所へ薬品を届けて欲しいんだ」

先生の目をじっと見たら先生は目を逸《そ》らしよったです。たぶん涙を流していたはずです。先生の跡継ぎの息子もお医者さんでしたが、中国大陸で戦死したという知らせがあったばかりでした。

「家族で行ってもいいですか」

そう聞くと、先生はうなずきました。

「うん、いいぞ、最初からそのつもりだ。護衛の兵隊と看護師も一緒に行く。危なくなったら無理して帰って来なくてもいいよ。私もこの病院をたたんで、しばらくは軍隊と一緒だ」

一九四五年三月二十八日のことです。三月になってからは、毎日のように艦砲射撃も始まっていました。

父と母に相談すると、私と信子を呼んで言いました。

「お前たち二人は、ヤンバルに行きなさい。せっかくの先生のご配慮だ。好意を素直に受けたほうがよい。真玉橋の付近はまだ大きい被害がないのでお父とお母はこの親戚の家に残る。危なくなったら南に逃げる。おじいのためにも生き延びるのだ」

父はそう言って母と二人で私たちを励ましてくれました。

私と妹の信子だけがヤンバルに行くことになりました。先生がおっしゃったように看護師さんと二人の兵隊さんと一緒に出発することになりました。出発前に両親と約束しました。

「戦争が終わったら、この真玉橋の家で会おうね」

親戚の人もみんな一緒に水杯《みずさかずき》を交わしました。

私と信子は背嚢に持てるだけの食糧や着替えや日用品を入れました。もちろん私の背嚢には先生から預かった医薬品も入れました。

「お姉ちゃん、ピクニックみたいだね」

信子は泣き虫だったのに、リュックサックに荷物を詰めると、そう言って笑顔を浮かべました。

豊見城から二十九日の朝出発して途中の金武《きん》までは二日掛かりました。軍用機の攻撃があっちこっちで見られました。飛行機が見えるとすぐに低空して来て、バババババッて機銃掃射をするんです。艦砲射撃もありました。岩陰や木の陰に隠れながら進みました。

金武に着いたのは三十一日の夕方でした。金武には天然の鍾乳洞があってそこが避難壕になっていると聞いていましたので、まずはそこを目指したんです。地元の人だけでなく、那覇南部からやって来た避難民でいっぱいでした。

私たちは皆さんにお願いをして、鍾乳洞の片隅で寝かせてもらいました。

「ワッター（俺たち）は、食べ物を探して来ようなあ」

寝床の準備をしている私たちに、二人の兵隊さんが言いました。二人とも沖縄の兵隊さんで三十代の防衛隊員でした。軍服を着て鉄砲も支給されていました。二日間一緒に歩いていましたので、もう、わりと打ち解けていました。同じウチナーンチュ（沖縄人）という気安さもあったのです。

私たちはとても頼りにしていました。

「有り難うねえ、お願いね」

私も看護師さんも信子も三人で笑顔で送り出しました。

でも、兵隊さんたちは、いつまで経っても戻って来ませんでした。逃げたんです。女だけの三人になってしまいました。一挙に心細くなりました。

翌朝、鍾乳洞の中がやかましくなってきました。あちらこちらから話し声が聞こえました。

「アメリカーが上陸したってよ」

「アイエナー、デージナトォンヤ(大変なことになったなあ)」

「ここは、大丈夫かねえ」

「どうしよう。どこに逃げようかねえ」

四月一日のことです。みんな大慌てで右往左往していました。米軍がどこに上陸したかは曖昧でした。読谷《よみたん》、北谷《ちゃたん》、宜野湾、糸満など、人々の口から様々な地名が出ました。

「とにかくヤンバルに逃げよう。ヤンバルはまだ上陸していないようだ」

多くの人々がそう言って荷造りをしてヤンバルに逃げるようでした。私たちもその後を追って、予定どおりヤンバル、名護に向かうことにしたんです。

名護の出張所に着くと、とても慌ただしくしていました。出張所は予想に反して小さな赤瓦の病院でした。兵隊さんもいません。数名の人が慌ただしく荷造りをしていました。用件を告げると奥の部屋から軍医さんが出て来ました。若いお医者さんでした。

「ご苦労さんでした。ここも危ないからね、もっと北へ逃げなさい。もうすぐ米軍がやって来る。もう南へは戻れないだろう。急ぎなさいよ。大宜味《おおぎみ》まで逃げたら県が準備した食べ物の配給所もあるはずだ。早く逃げなさい。このことは豊見城の先輩も了解済みだ」

軍医さんはそう言うと、すぐに奥の部屋へ姿を消しました。ここを引き払って近くの壕へ移動するということでした。

やはり豊見城の病院の先生は私たちを避難させようとしたのです。このことが分かり、先生の優しさに感謝しました。年老いた先生の顔が浮かびました。しかし、私たちはしばらく途方に暮れました。看護師さんが言いました。

「私の家族が羽地《はねじ》に疎開しているから、私は羽地に行くよ」

看護師さんはすぐに私たちの前から姿を消しました。

私と信子はぼーっと突っ立っていました。強く手を握りしめただけでどうしていいか分からなかったのです。掌が汗ばんでいました。

「あれ、二人とも、早く逃げないと」

再び現れた軍医さんにそう言われました。私は信子の手をさらに強く握りました。

「ノブちゃん。大宜味に逃げよう。いいね」

信子はうなずきました。二人ともお腹がすいて倒れそうでしたが、すぐに手を繋いで歩きました。どんどん足早になっていました。とうとう二人ぼっちになってしまったのです。

歩き出すと、すぐに日が暮れたので道路沿いの大きな木の陰で寝ました。背嚢から寝具を引っ張り出し、二人でくっついて寝ました。

「お父ちゃん、お母ちゃん……は、どうしているかな」

泣き虫の信子が、涙声でつぶやきました。

「ノブちゃん、大丈夫だからね。みんな大丈夫だからね」

大丈夫なことは何一つありません。私の励ます声を聞いて、信子はかえって小さな声で泣きだしました。

翌朝、朝日と共に目を覚まして歩きだしました。歩くとすぐに橋の架かった大きな川に出ました。顔を洗い、水をがぶがぶ飲んで、また歩きました。海岸沿いの道路をずーっと歩きました。初めての土地です。心細くてたまりません。背後からアメリカ兵がやって来るのではないかと、時々不安で振り返りました。

「姉ちゃん、もう歩けないよ」

弱音を吐いてしゃがむ信子を叱りつけました。

「アメリカーが来るよ、鬼みたいな人たちだよ。あんたはそれでもいいの?」

私はアメリカーなんて見たことはありません。分かっているのは牛のような大男だということだけです。信子を脅《おど》し、信子をすかし、ときには信子をおんぶして歩き続けました。信子は那覇を出てから十日余りで身体は軽くなっていました。信子はもともと身体が弱かったんです。私は信子に気づかれないように涙を拭いました。

大宜味の村役場に到着するまでに二日掛かりました。信子が衰弱しているのと、女の足でゆっくりしか歩けなかったんです。

役場の前には多くの人だかりができていました。それを見て、ほっとしました。

「配給の米はもうないさ。でも芋があるから少し分けてあげられるよ」

役場の係の人はそう言って、笑顔で芋を渡してくれました。嬉しくてほっとして疲れも出て、そこにしゃがみ込んでしまいました。

「それでも、まあ、ここまでよく歩いて来たなあ」

山川さんという役場の人が衰弱した信子を見て感心していました。山川さんの優しさは忘れられません。中年のおじさんでしたが笑顔で信子の頭を撫でてくれました。芋の配給も今日が最後だということでした。

「行くあてがあるのか?」

山川さんにそう問われたので、首を横に振りました。

「そうか、それでは私の家で休みなさい。鍋も釜もあるから自由に使っていいよ。それで芋を炊いて食べるといい」

山川さんはそう言って、自分の家を教えてくれました。

「でも、村の人はもうみんな山に避難しているよ。あんたたちも早く避難するんだよ」

山川さんはそう言って笑顔で私たちを励ましてくれました。

教えられた山川さんの家に着くと私と信子は、どっと疲れが出て、すぐに倒れ込んで寝てしまいました。目が覚めて火を起こし、芋を煮て食べました。信子は衰弱が激しく、なかなか芋も喉を通らなくなっていました。私は叱りつけて、無理に食べさせました。

翌日、目を覚ますと、村には本当にだれもいませんでした。人の気配がなくなっていたのです。役場の前にもだれもいません。私は怖くなって、信子の手を引っ張って、山に登りました。雨が避けられるほどの小さな岩陰があったのでそこに身を隠しました。

「お姉ちゃん……」

信子は、もう動けませんでした。ニガナやヨモギなどを必死に探して芋雑炊を作り信子に食べさせました。食べ物が手に入らないときは二人で水を飲んで過ごしました。そんな日が数日間続きました。

時々村人たちが私たちの前を通りましたが、気の毒そうな目を向けるだけでした。それも三日か四日に一度あるかないかです。昼も夜も飢えの不安とアメリカ兵が来るのではないかという恐怖に悩まされました。ずっと日本の勝利を信じて、覚えていた教育勅語や五箇条の御誓文を唱えていました。信子を勇気づけるためでした。でも……、二週間ほど経っていたでしょうか。信子の様子がおかしくなったのです。

私は気が狂ったように山の中を駆け回り大きな声で叫びました。

「助けてえ、だれか助けてえ」

実際、私は狂っていたはずです。

男の人が、二、三人、どこからともなく現れました。私は事情を説明して、急いで信子のいる場所へ案内しました。でももう助かりませんでした。

「お姉ちゃんと……、一緒の、ピクニックだよね」

信子が小さな声で言いました。笑顔を浮かべて言いました。あんなに楽しそうにはしゃいでいたヤンバル行きは、信子の死の旅になってしまったのです。

「お姉ちゃん、有り難う……」

信子はそうつぶやいて私の腕の中で死んでしまいました。人の命はこんなにもはかないものかと思いました。悲しくて、悲しくてたまりませんでした。父や母のことを思い出しました。申し訳ない気持ちでいっぱいでした。

一晩泣きながら信子の遺体を抱いていました。やがて、夜が明けると村の男たちがやって来て、村の墓地近くの畑に埋めてくれました。ぼーとしている私を、村人の一人が自分の避難小屋へ案内してくれました。

それからさらに二週間ほどが過ぎたころ、村役場の男の人たちの大きな声が聞こえてきました。

「戦争は、終わったぞ。みんな山から下りるんだ。下りないとアメリカーに殺されるぞ」

「饒波《ぬうは》の村に下りるんだ。収容所が準備されている。食べ物もいっぱいあるぞ。心配ない。山から下りるんだ」

私たちは白旗を揚げて、次々と下りていったのです。あと二週間ほど早く戦争が終わっていたら、信子は助かったかもしれないと思うと、また涙が溢れてきました。

私を避難小屋に匿ってくれた村人の家でひと月ほど過ごしました。金城さんという方でした。お礼を言い、両親の無事を祈って那覇へ向かいました。約束した真玉橋の親戚の家には、伯母さんだけが住んでいました。

「敏ちゃん……。お父も、お母も、伯父さんも帰って来ないよ。摩文仁《まぶに》で、みんな、はぐれてしまった。私だけがこの家に居るのよ。もうひと月余りにもなるのにねえ……、だれも帰って来ないんだよ。帰って来たのはあんただけさ……」

伯母さんは、涙声で独り言のようにつぶやきました。

二月《ふたつき》後に、飛行学校に通っていた伯母さんの息子が千葉から帰って来ました。三月後に、伯母さんの末息子が満州から帰って来ました。半年経っても両親や伯父さんは帰って来ませんでした。

沖縄はアメリカ兵で溢れていました。人々の土地は奪われ、基地もどんどん造られました。那覇の人も軍港近くの人はみんな追いやられて、港も土地も奪われてしまいました。

戦後の仕事と言えば、男の人は軍事基地建設、女の人は基地の中の兵隊たちの家の掃除や洗濯、またレストランやスーパーなどで店員や事務員として働きました。私もその一人でした。軍で働いたのです……。

私は、いつ死んだかって？　あれ、話したくないさ。私は砲弾でなく人間に殺されたんだよ。話したからってどうにもなるものじゃないしね。やっぱりアメリカーは鬼畜米英だったのよ。

女には戦後も戦争だったのよ。だから私は今でも戦争で殺されたと思っている。私の死を基地被害とかで片付けて貰いたくないよ。死んだ者の声は、あんたたち生きている者には届かないのかねえ。いつの日にか届くといいねえ。そんなことを信じて辛い記憶を蘇らせているんだよ。思い出を語っているんだよ。ユンタク(おしゃべり)し過ぎたかねえ、私は……。

## 三　シルクロード

天山山脈には神がいる。私は中国シルクロードへ出掛けることが夢の一つだった。その途次にある天山山脈には神がいる。その神を訪ねる旅だ。二十九歳になっていた。最初の海外への旅だ。風はいつでも世界の至る所で吹いている。土地の声と匂いを運んでいる。そう信じている。国境を越えても風は吹いているんだ。自明なことだ。

風はいつでも人々の記憶を運んで来る。最も苦痛な風は死者たちの声を運ぶ風だ。その死者たちの声を聞く。風に誘われたとも言える。風を掴んだとも言える。いや、私は風になることを欲したのだ。

※

シルクロードの旅は西安から始まる。まず北京に立った。天安門広場では剃髪をした四十男がサングラスを掛け、喜々として凧揚げをしていた。得意げな微笑が浮かぶ。ここは彼らの栄光の広場だ。

一九四九年十月一日。毛沢東はこの天安門楼上で高らかに宣言したのだ。「中華人民共和国、今天成立了」と……。

散歩道のポプラの樹の下では乳母車を押した母親が奇妙な微笑を投げかける。幾つもの歴史があり、幾つもの夢が飛び交い、そして幾つもの夢が潰えたのだ……。この夏にも天安門広場はすべてを呑み込んで静かに佇んでいる。

※

「王府井《ワンフーチン》通り」を人々が歩く。蠢く繊毛のようだ。槐《えんじゅ》の花を踏みしだいて「メイクァンシー（気にするな）」と、笑っているのか怒っているのか、私には分からない。「シェンマトゥイン（なんでもよい）」と、泣いているのか悲しんでいるのか、私には分からない。どこからが家でどこからが路地なのか。私には分からない。分からないままに「チースイ（氷气水）」を買って飲む。ジュースと思ったらサイダーのように泡が立つ。王府井通りは忙しい通りだ。幾つもの風が吹き抜ける。カメラを向けたら人々の前後が分からなくなった。背中の上に顔があって、じーっと私を見つめ、にっと笑った。

※

その娘は怒っているようでもあった。今にも泣き出しそうでもあった。娘であるかどうかさえ定かでない。顔に刻まれた深い皺、浅黒い顔、かさかさに渇いた手の甲、着古した灰色の長ズボン、長袖の白いブラウス、よく見ると三十歳は優に越える母親のようにも見えた。しかし、伸びきった肢体は娘のそれであり、「ピョングヮ（氷棍）、ピョングヮ」と呼び寄せる声は甲高く、透き通って華やかであった。「氷棍」とは「アイスキャンディ」のことで、カマスを被せられた大きな木箱に納められていた。一つ一つ、丁寧に白いセロハン紙で包まれている。中国八達嶺万里の長城の氷棍売りは他にも数人居たが彼女らは皆涼しい木陰に座っていた。万里の長城は国内外の観光客で賑わっていた。が一人、木陰を出た氷棍売りの甲高い声は周囲の喧騒と雑踏の中で規則的に繰り返され、いつまでも止むことがなかった……。

※

西安市の南東二十五キロの地点に興教寺はある。名僧玄奘三蔵の墓塔地である。玄奘三蔵の遺骨を埋葬した舎利殿とインドから持ち帰って十九年間を掛けて翻訳をした一三三五冊の経典を保管している蔵経楼、そして仏殿とがある。蔵経楼の小さな前庭には大輪の向日葵《ひまわり》が咲いていた。カイヅカイブキの大木が庭の至る所に聳え、周囲にはひんやりとした冷気が充満し、屋根瓦の黒い沈んだ重厚さと相俟って私を深い瞑想の世界へ誘った。住職は紺の服を着け、手には数珠を持っていた。年齢は四十代に見えたが、五十代、六十代にも見えて定かでない。矍鑠《かくしゃく》とした体躯をしており、目と口元から絶えず笑みがこぼれていた。八月二日、太陽が顔を出し、西安で見る初めての青空が興教寺上空に広がった。日差しは眩しい。蔵教楼の庇《ひさし》に吊された風鐸《ふうたく》が一瞬大きく揺れた。耳を澄ました。風の声が聞こえる。屋根の上の奇妙な形をした五個の小さな塑像がじっと天を仰いで口を開けていた。

※

華清池は西安市から東へ三十キロ、驪山《りざん》の麓にある。驪山は冷気の中で煙っていたが九竜湯の水は緑色で地上にあるすべての影を鮮やかに映していた。九竜湯のほとりには国営の撮影隊がいささか暇を持て余し気味に椅子に腰掛けていた。華清池を離れてバスに乗り込んだ私の左肘に緑の小さな尺取り虫がついていた。慌てて振り払う。さらにリュックには米粒ほどの小さな天道虫がついている。黒い背中を丸めて赤い小さな斑点を左右に付けている。掌に乗せてひっくり返すと足を竦めて微動だにしない。それはまるで死を擬装しているようにも思われた。目を離した一瞬の隙に天道虫は掌から飛び去った。華清池は唐代、玄宗皇帝と楊貴妃のロマンスの舞台であった。しかし、華清池には華やかなものは何もなかった。土地の記憶は尺取り虫と天道虫に委《ゆだ》ねられていたのだろうか。

※

蘭州の山には樹がない。砂山であり灰山であり赤山であり黒山である。樹がなくても山である。蘭州の山には樹がない代わりに家がある。煉瓦造りの土塀に囲まれた家がある。木造でなくても家であり石造でなくても家である。土こそ我が住み家、帰るべき場所である。蘭州の山には私たちが信じて疑わなかったものが露出している。一瞬にして蘇る定理がある。見えないものと見えるもの。美しいものはどちらにあるか。蘭州の街を大黄河が音立てて流れる。永遠の流れ。蘭州では真理があちらこちらで剥き出しになっている。

※

不思議なことだが蘭州では生きる意味だけを考えた。夢、夢夢（ぼうぼう）として前途の定かでない私たちの生きる道。濁濁として流れる黄河の水。回族は樹木一本もない灰山の斜面に土塀で囲んだ土の家を建てて住んでいる。白塔山では燕がたくさん飛んでいた。西域の百万都市蘭州。支配や被支配の秩序を超越した都市蘭州。生きることの意味や無意味を超越した都市蘭州。私たちには一人の他人さえ愛することが難しいというのに……。八月の蘭州は摂氏二十一度。赤煉瓦の壁は山の赤さに映えて一際鮮やかであった。

※

二人の老人は実に見事な笑顔である。今までの緊張した顔を一気に崩すと同時に笑った。雪を頂いて輝いている祁連山《きれんざん》の麓、酒泉の街角で私は一瞬、爽やかな夢を見た思いであった。二人の老人は笑った後で精いっぱい腰を伸ばして立ち上がると、私に小さな椅子を勧めてくれた。一人はいがぐり頭に垂れ下がった口髭を蓄えていて丸顔は艶やかに光っている。笑うと目は細く小さくなって顔に隠れた。もう一人は痩身で頭髪はぼさぼさに立っており伏し目がちに見上げる瞳は終始控えめで額には多数の皺を刻んでいた。二人は調子を合わせたように同時に立ち上がり、身体いっぱいの温かい仕種で私を迎えてくれた。手を伸ばすと固い逞しい手で握り返してきた。二人とも手の甲は赤銅色に輝いていた。記憶は土地に宿るだけでない。人間の肉体にこそ宿るのだ。自明な定理。人はどのように老いるべきかを知ったような気持ちになった。

※

この地では詩歌はどのような意味を持つのだろうか。言葉はゴビの砂漠を穿《うが》ち得るだろうか。何が最もゴビの地を潤すのか。幾層もの土塊の中まで染み通る黄金の水は何か。人々の心に育まれ捨て去られる夢はなんだろう。生きることが最も重要なことはどこの土地でも同じだろうが、生きる意欲だけで人は生きられるものでもない。駱駝が駱駝草を求めるように、駱駝草が水を求めるように、人々が求めているものは何だろう。「昔に比べればずーといい」。この地で聞くこの言葉は私を魔法のように呪縛する。

※

敦煌《とんこう》の空は雲一つない。眩しい銀天である。太陽は一秒たりとも静止して見ていられない。頬がすぐに熱くなる。それほどに日差しは強い。敦煌の街を出て無人のゴビを走る。やがて荒涼とした景色の中に一点のオアシスが見える。そこが敦煌莫高窟《ばくこうくつ》だ。紀元三六六年北魏の時代に創窟され、以後一〇〇〇年間、元の時代まで掘り続けられた。九〇〇余の窟の中には塑像が二〇〇〇体、大は三十三メートルから小は五センチまで、鮮やかな壁画が見つめる空間の中に置かれている。

窟はそれぞれに魅力的である。第一五八窟、涅槃《ねはん》像を取り巻いた羅漢の悲しみとも怒りともつかない不思議な表情。第一五九窟、盛り上がった仏の金色の壁画。第二五七窟、天界と人界を区別する不思議な煉瓦の甘く沈んだ色彩。第三九〇窟、煌《きら》びやかに舞う飛天。第四二九窟、降魔の中で瞑想する釈迦。第二八五窟、八っつの禅窟へのいたたまれぬ共感。そして第四五窟、豊満な微笑を持った聖至菩薩《せいしぼさつ》への尽きぬ思い……。私たちの想像力は決して止むことがない。莫高窟はこの世で魅力あるものの中でも最も魅力あるものの一つであろう。権力を超えて永遠に存在する記憶。

私が死んだら、私は私の墓をどのように彩ろうか。私は私の墓の内壁に何を描いてもらおうか。私の願いのすべてを託し、私を永遠に見守り、また私が見続けるもの。私が死に際して優しい気持ちで道連れにできるもの……。私の声、私の記憶、私の祈り。

※

火州トルファンのアスターナ古墓《こぼく》区で見た地下の墓窟には夢がありロマンがあった。動物や植物の絵が壁いっぱいに描かれており、それらは皆、死者たちが生前に好きだったものだという。オシドリやキジや砂鶏がおり、スズランや鬼百合やタンポポが描かれていた。それらの絵に見守られて死の時間は美しく彩られるのだ。

また他の墓壁には死者のこの世への願いが描かれていた。「杯」の絵は酒量でバランスを取ることから国の安泰を祈願する意を表し、「玉人」の絵は傷のない清潔な人を示していた。「全人」は目を包帯で隠し何も見ないことによって心が金のように美しい人を示し、「石人」は他は自分とは関係のないことだと石のような心を持って黙していた。「木人」はいかにも悲しそうな顔つきをしており、他国に苛《いじ》められないような国にして欲しいとの願いを示すものだという。さらに、「麦」や「壺」や「ミルク」を描き、豊穣な世への憧れを表していた。それはまた、唐代トルファンの地に建設され、シルクロード争奪戦の災禍を何度も受けた小国「高昌国」の人々の切実な願いでもあったのだ。

他の墓窟には二体のミイラが仲良く並んでいた。頭を枕の上に置き、手足をしっかりと伸ばしているミイラはほとんど完全のままに残っており美しかった。

トルファンでは現代でもこのような墓窟を造り埋葬するという。死者は風呂に入れ服を着せ布を巻き副葬品を添えて葬られるという……。それにしてもアスターナ古墓区の埋葬には夢があった。死者にはロマンがあった。死が身近にあり夢や願いが人々を安らかな眠りに就かせている。この世よりも死後の世界が数段も美しく思われた。夢を見る。ただそれだけでいいのだ……。

雀が一羽、墓窟の坑道に紛れ込み忙《せわ》しく羽を動かしていた。鍵を持った幼い墓守の少女はこのことに全く無頓着であった。

※

ウルムチの北、八月のボグダ山は褐色の逞しい胴体を見せ力士のように座している。頂上には雪を戴き、地にあるものすべてを率いて厳然と天と対峙している。ボグダ山にはカザフが放牧する美しい草原があり、西王母の住んだ清池が天を映して悠々と揺れている。雪蓮が咲き天馬が走る。杉の大木が天を突き羊が群れをなす。清流が手が切れるほどの冷たさで流れ渓谷に包《パオ》が立つ。ボグダ山は天山山脈二五〇〇キロの東端に座して厳としてその美しさを示している。そこに神がいる。

※

高昌国の将軍張雄古戸《こし》には威厳があった。(注：古戸とはミイラのこと)。胸は逞しく盛り上がり、上腕の筋骨は隆々として怒り両腕はしっかりと体側に伸ばし拳を強く握り締めていた。唐の時代六三三年、高昌国将軍張雄は何を見ていたのであろうか。砂漠のオアシス、トルファンの地で、シルクロードの争奪の歴史を憂い、他民族の侵略を憂いながら、どのように自己の運命と闘ったのだろうか。古戸には鬢髪《びんぱつ》がかすかに残っていた。右の目は眠ったように瞼を閉じ、左の目は陥没していた。頭髪は後頭部に残り、足裏は内側に反っていた。その足で若き日の張雄は砂塵に煙るゴビを駆けたのであろう。

ウルムチを去る日、天は青々として中空には箒で掃いたような筋雲が架かり、天山山脈の上空には山脈に接してぽつりと入道雲が浮かんでいた。高昌国の将軍張雄は今も未来にも新疆《しんきょう》博物館のガラスケースの中にいる。何を考えているのだろうか。いまだ人の世を憂えているのだろうか。考えるべき何かに憂えているのだろうか。道、白くして天空に通ず。地、茫洋として遮る一物もなし。嗚呼《ああ》なんぞ生くるを怖れむや。なんぞ死するを憐れむや。生は永遠に止まない土地の風になる……。

## 四　大八車

私のお母はね、アメリカー(米兵)に撃たれて死にました。妹は栄養失調で死にました。お父は兵隊に取られて死にました。私は宜野座《ぎのざ》の収容所に向かうトラックの中で死にました。年老いた祖父母だけが生き残りました。私は、後悔したままで死んだんです。死んだ人にも生き残った人にも詫びながら死んだんです。

私は一九三四年の生まれですから、沖縄戦の始まりを告げる十・十空襲があった一九四四年には古堅《ふるげん》国民学校の三年生でした。古堅国民学校はかつては古堅尋常高等小学校と呼ばれていました。米軍は一九四五年の四月一日に、読谷・北谷の海岸から上陸したのです。あの読谷ですよ。チビチリガマで「集団自決」のあった読谷です。

私は読谷村古堅の産まれです。村の南側には比謝《ひじゃ》川が流れていて、海にも近いし、いい所でしたよ。学校には大きな梯梧《でいご》の樹もありました。

お父へ「赤紙」が届いたのは一九四四年の春でした。私の家の庭にはヒガンザクラが一本植えられていますが、このヒガンザクラが咲き始めたころでしたからよく覚えています。このころはまだ学校も続けられていたんですよ。

学校から帰ると、家に親戚のおばさんたちが集まって裏座で隠れるようにして泣いているんです。どうしたのかなと思ったら、お父に「召集令状」の赤紙が届いていたんです。お父の名前は金城喜一《きんじょうきいち》、お母は加代、私は睦子です。お父は、五名姉弟でしたが真ん中で、男は一人だけ、だから長男だったんです。おばあやおばさんたちが乳飲み子を抱いているお母を慰めている傍らで、お父はおじいと二人黙って酒を飲んでいました。私は、なんで隠れて泣くのかな、と思いましたよ。名誉なことだと思ったんです。しっかり戦って日本に勝利をもたらして欲しいと思ったんです。全然、悲しくはありませんでした。だって、お父は戦争に征くけれど、死ぬなんてことは考えてもみませんでした。戦争は絶対勝つと思っていたんですから。

しかし、すぐに私が間違っていることに気づかされました。戦争には負けることもあるということが分かったんです。お父に召集令状が来て、私たち家族の戦争が始まります。十歳の私の周りでも次々と大変なことが起こったのです。

まずお父は兵役に服するために家族の元を離れました。長崎県の佐世保という所で海軍兵士として訓練を受けてから戦うということでした。どこの部隊に属していたかは分かりません。私は沖縄で戦うものだと思っていましたから、お父が長崎に征くということでびっくりしました。妹の幸子はまだ三か月にもなっていませんでした。

お父が出征してから、学校にも日本の兵隊さんが、たくさんやって来ました。七月ごろだったと思います。大人たちは兵隊さんのことを「球部隊」と呼んでいました。球部隊は二か月間ほど駐屯していたんですが、入れ替わって今度は「山部隊」と呼ばれる兵隊さんたちがやって来ました。私は、この兵隊さんたちを見て、やっぱり日本は負ける訳がない。きっと勝つ。お父もきっと手柄を挙げて帰って来る。まだまだそう信じていました。

学校では授業もなくなりました。しばらくは友達の大きな家や、校庭の大きな梯梧の木の下で授業が行われました。なんだか、ワクワクして楽しい気分でした。

ところが、そんな日々の中で、お父が戦死したという公報が届いたんです。私は訳が分からなくなりました。そしてすぐに十・十空襲で村にも学校にもたくさんの爆弾が落ちました。私たちは逃げ回りました。兵隊さんたちも逃げ回っていました。

やがて年が明けると、山部隊の兵隊さんたちは、学校から出て南部の島尻で他の部隊と合流するということで古堅から出て行ってしまいました。それを待ちかねていたのか、すぐに米軍の艦砲射撃や空襲が何度も行われました。もちろん、もう授業もなくなっていました。学校も学校でなくなっていたんです。

一九四五年三月の中ごろでした。ここに居ては危ないということで、ヤンバルの辺土名《へんとな》という所に避難することになりました。私たちはおじいやおばあの家に住んでいたんです。私とお母と産まれたばかりの幸子と合わせて五人です。

おじいは県のお偉いさんたちの方針だから従った方がいい。中南部は戦場になる。北部に避難したほうがいい。読谷は避難場所をヤンバルの辺土名に割り当てられているというのです。お母は頑固に反対しました。幸子もまだ小さいし、お父が帰って来るかもしれない。お父の骨も届かないし、だから読谷を離れたくないと言ったんです。戦死の公報が届いたのに、お母にはお父の死が信じられなかったのです。

実際私もお父の死が信じられませんでした。お母の言うとおりだと思いました。でも信じられないことが起こるのが戦争でした。砲弾は家の近くに何度も落ちたんです。その度に私はお母やおじいやおばあの胸に顔を埋めていたのです。そして古堅村の人たちもヤンバルへの疎開が始まっていたのです。

やがてお母は、おじいやおばあの言葉に従いました。三月の十五日ごろだったと思います。おじいとおばあと五人で、お父が大事にしていた大八車に荷物を載せ、読谷の家を出たんです。読谷の海岸に米軍が上陸するのは四月一日ですから、もう上陸直前の日だったのです。

辺土名までは老人や女、子どもの足ですから三日かかりました。上空にアメリカ軍の飛行機が見えると木の陰に隠れました。二日間は大八車の上や下で身を寄せて寝ました。私は大八車を押していたんですが、ずっとお父のことを考えていました。お父は本当に死んでしまったのだろうかと考えていました。お母たちが赤紙が来たときに泣いていたことの意味が分かったのです。そのとき、私はなんで泣くのか、お父が兵隊に取られるのは名誉なことなのにと、お母やおばさんたちを不思議な気持ちで眺めていたのです。このことを後悔しました。こんな気持ちになった自分を許せなくて、悔しくて、大八車の下でお母の胸に抱かれて泣きました。お母は私の髪を撫でながら優しく慰めてくれました。

「何で泣くのか、あんたは姉《ネ》エネエだから、幸子も護《まも》らんといかんよ。弱虫になったらいかんよ。意地イジャシ(意地を出して)頑張るんだよ」

私が泣いている理由をお母は尋ねませんでした。私も告げることができませんでした。大八車を何度も何度も撫でました。大八車はお父のような気がしたんです。

辺土名では私たちの生活する民家が既に用意されていました。二日間ですが、そこで身体を休めて、仕切り直しをして、さらに山の中にある避難小屋に移動しました。大八車では山の中には入れないというので手荷物を整理しました。大八車と別れるのはとても寂しい気がしました。

おじいが天秤棒で重い荷物を担ぎました。村から二キロほど離れた山の中ですが、避難小屋もすでに用意されていました。有り難かったです。

しばらくして、読谷からお母の姉さんに当たる伯母さん家族五人がやって来ました。読谷はいよいよ危ないというので逃げて来たというのです。伯母さん夫婦と三人の子どもたちですが、一人は私より年上の男の子でした。伯父さんと息子の二人が加わって男手が増えたとおじいは喜んでいました。狭い避難小屋でしたが十人での避難生活がスタートしたのです。

困ったのは食糧です。食糧はすぐに底を突きました。辺土名の人たちも避難小屋は準備してくれても食糧までは準備する余裕はありませんでした。自分たちも食糧には困っていたんです。

米軍は、読谷・北谷に上陸してヤンバルに向かって来ると噂されていました。名護にも上陸したので昼間に外に出るのは危ないと言われていましたから、余計に食糧探しは困難でした。

食糧探しにはお母と、伯父さん夫婦、そして伯父さんの息子の五人で出かけます。おじいとおばあと私と伯母さんの娘たちは留守番です。私は、妹の幸子のお守りをしていました。お母が帰って来なかったらどうしようと、心配ばかりしていました。

でも、お母たちは、いつも食糧をいっぱい抱えて帰って来ました。村に下りて、芋とか野菜とか、時には海にまで出掛けたのでしょう。貝とか魚まで取って来ることもありました。

ところが、四月の十二日ごろだったと思います。里に下りて食糧を探しに行った伯父さんたちが暗闇の中を慌てて帰って来たんです。

「デージナタンドー（大変なことになった）。加代が、アメリカーに撃たれた」

加代はお母の名前です。お母の姿が見えません。

「加代を担いで途中まで逃げて来たんだが、置いてきた。夜が明けたらすぐに迎えに行こう。おじい、もっこグヮー、カラシヨ（貸してくれよ）」

「いい、ワヌン、マジュンイチュサ（わしも一緒に行くよ）」

おじいも、そう言って腰を浮かせていました。もっこは縄で編んだ手製の籠袋で天秤棒で荷物を担ぐものです。おじいが読谷から持ってきていました。そのもっこにお母を乗せて運んで来るということでした。

伯父さんも伯母さんも息子も、座り込んだまま肩で息をしていました。伯父さんは暗い闇をじっと見つめていました。私は幸子のそばに行ってお母の無事を祈りました。

夜が明けると、伯父さんと息子、そしておじいと三人でお母を置いてきた場所に出かけて行きました。予定どおり、お母をもっこに乗せて帰って来ましたが、お母はもう死んでいたのです。脇腹から右足に掛けてお母の服はもう血で汚れて黒く固まっていました。私は、もちろん泣いてお母に縋りました。

お母は、伯父さんたちが避難小屋の近くの森の中に穴を掘って埋めてくれました。お父も死んで、お母も死んでしまいました。お母の身体に土が掛けられたとき、私は胸が張り裂けそうでした。

お母が死んで、幸子はおっぱいが飲めなくなって避難小屋で泣いてばかりいました。アメリカ兵に見つかりはしないかと、伯父さんたちはいつも心配していました。

「ここは、いつアメリカ兵が来るか分からないから、ワッターヤ（我々家族は）もっと山奥へ逃げようかと思う。あんたたちはどうするか」

伯父さんの問いにおじいが答えました。

「イッタービケー（あんたたちだけ）、ヒンギレー（逃げなさい）。ワッターヤ年寄りと童《ワラビ》ビケーヤルムン、ナア歩ッチヨーサン（もう遠くまでは歩けないよ）。ウマネー、クマトークサ（ここに隠れておくよ）」

おじいはそう言って避難小屋に留まることになりました。

伯父さん家族が出て行った後、おじいはつぶやいていました。

「情《ナサケ》ネェーラン、ヤカラヤ（薄情な奴らだな）。アッターガ出て行く理由は分かっているよ。年寄りや子どもは食糧探しに役たたん。サチコーはナチブサー（泣き虫）。だから出て行ったんだ。イチムシヌグトゥ（生き虫のような）、ヤカラヤンヤ（奴らだな）」

「おじい、アネーイランケエ（そう言わないでよ）」

おばあが、おじいをたしなめました。

「嫁を埋めた所だのに、ワッターは離れられないよ」

おばあはそう言って私の頭を撫でて、幸子をあやしました。

しかし、予想どおり、食糧は探せなくなりました。村の人たちもアメリカ兵を怖れてさらに山の奥へ逃げ込んでいました。山の中には那覇南部からの避難民も隠れていました。村の畑などに取り残された芋や野菜などの食糧は奪い合いになりました。村の人家も荒らされました。私とおじいが出かけて、おばあはまだ一歳にもならない幸子の世話をしていました。幸子の栄養の付く食べ物をと思いましたが、なかなか探せません。

幸子の泣き声がだんだん弱くなっていくのがはっきりと分かりました。でもどうすることもできません。おじいもおばあも痩せていきました。私も頬がこけ、身体が細くなっていくのが分かりました。しまいには食べる木の実もなく蝸牛《かたつむり》も見つけることができなくなって、草をむしって草汁にして飲みました。

やがて幸子の泣き声も止んで死んでしまいました。おばあと私で幸子の遺体を代わる代わる一晩抱いて、翌日三人でお母のそばに穴を掘り埋めました。幸子は言葉を覚える前に死んでしまいました。幸子に言葉があったら、なんと言って死んでいったんでしょうねえ。

その後も三人で身を寄せながら生きていきました。三人一緒に食糧を探しに行きました。どぶ川に潜んでいる蟹などを見つけて食べました。美味しいご馳走でした。

やがて、私が寒さに震え、熱が出始めました。だんだんと季節は夏に向かっているのに、寒くて震えていました。おじいが山の中に身を隠しているどこかの家族が薬を持っているのではないかと訪ね廻りました。しかし、私たちの周りにはだれもいません。私たちは孤立していたのです。諦めきれないおじいは、二日目もさらに遠くまで出かけましたが、やはりだれも見かけませんでした。知らない村の山の中で、ただ途方に暮れるばかりでした。

でもおじいは、山の中で、日本が戦争に負けて、投降を呼び掛けるビラを拾ってきたのです。おじいとおばあは、私の顔を見ながら考え込んでいました。熱が出て冷や汗を流している私の耳に、おばあの声が聞こえます。

「おじい……。ワッターヌ（私たちの）、一人残った孫娘だよ。死なせてはいけないよ」

「ヤシガヤ（だけどな）……。アメリカーカイ（アメリカ軍に）降参する方法は、だれも教えてくれなかったよ。捕虜になってはナランドーといって教えられたんじゃないか」

「そう言われても、孫が目の前で苦しんでいるんだよ、どうにかしないと、いけないんじゃないの」

「だから、どうにかしているさ。でも周りにはだれもいないんだよ。どうすればいいんだ」

「……」

おじいもおばあも、力のない声で相談しています。私は手を挙げて言いました。

「おじい、おばあ、もういいよ。私もお母や幸子のところに逝かせて頂戴。お父も迎えに来るよね……」

二人が、にじり寄ってきて私を叱りました。私は目から小さい涙をこぼしました。

「おじい……」

おばあが言いました。

「周りに人が居ないと言うことは、みんな山を下りて降参したんじゃないかね……。ここで孫娘の最期を見届けてはいけないよ。リカ（さあ）、降参しよう。村へ下りて行こう」

「……アンスミ（そうしようか）」

おじいとおばあと私は、夜明けを待ってすぐに、山を下りていきました。私はまだ高熱が続いていたので、おじいが背負ってくれました。私の身体は、もう落ち葉のように軽くて、もっこなんか必要なかったんです。

村に近い場所でおじいとおばあの足が止まりました。銃を持った三人のアメリカ兵に遭ったのです。

「殺サリーガヤ（殺されるのかな）」

おじいがおばあに言いました。おばあは曲がった腰を伸ばし顔を上げていました。アメリカ兵は笑顔を浮かべて手招きしました。殺しませんでした。

村へ着くと、私たちは村人と一緒にトラックに乗せられました。宜野座《ぎのざ》の収容所に連れて行かれるということでした。殺されることはなかったのです。でも、宜野座の収容所に到着する前に、トラックに揺られながら私は死んでしまいました。おばあが、しっかりと私の手を握っていたのを覚えています。

「睦子……、意地イジャシヨ（意地をだしなさい）」

それが私に届いた最後の言葉です。私は「有り難う」とつぶやきました。そして言いました。

「お父の、大八車は、どうなったかね……」

声にはならなかったかもしれません。小さな涙がこぼれたと思います。お父もお母も、幸子も笑っていました。私の最後の記憶です。
金城睦子。古堅国民学校三年生。十歳です。お父、お母、幸子の所へ逝きます……。

## 五　ドイツ

ヨーロッパの空が見たい。ヨーロッパの風の声が聞きたい。特にドイツの人々の住む街や暮らしぶりに触れたい、土地の匂いを嗅いでみたいと長年思い続けていた。私のその夢が叶ったのは一九九七年の夏である。地元沖縄のツーリストの企画「ウイーン・ザルツブルグとロマンティック街道・スイスアルプス一〇」に参加することにしたのだ。一〇とは十日間の旅のことでドイツの街々の見学が組み込まれていた。

一九九七年七月三十一日、関西空港からオランダのアムステルダム空港を経由してドイツのフランクフルト空港に着陸、バスで移動してハイデルベルクに宿泊した。八月一日はハイデルベルグの市内観光をして、ここからロマンチック街道と名付けられたバスでの旅がスタートする。一七〇キロの道程を経てドイツ東南部の街ローテンブルグに到着、宿泊する。二日目はホーエンシュバンガウ、三日目はミュヘンを見学してドイツを出てオーストリアに入国、中北部の街ザルツブルグに宿泊する。ザルツブルグはモーツァルトが産まれた街だ。また映画「サウンド・オブ・ミュージック」の舞台となった世界的にも名高い街である。四日、五日目はウイーンに連泊して市内を見学。六日目に飛行機でスイスに入国、チューリッヒ国際空港に降り、首都ベルンを見学してインターラーケンに宿泊、七日目は登山列車で三四五四メートルの山頂駅に登りスイスの高峰連山を眺めルチェルンに宿泊、八日目はチューリッヒの空港からヨーロッパの都市を乗り継いで機中泊。九日目に関西空港に戻る。そして十日目に沖縄に戻る。贅沢な旅であった。

ドイツへの関心は幾つかの理由があった。その一つは優れた文明国であり同時にヒトラーの下でユダヤ人に対してジェノサイド（集団虐殺）を行った国でもあること、また先の大戦で日本の同盟国であったこと。さらに少女アンネ・フランクを死に追いやり、第六代ドイツ連邦大統領ヴァイツゼッカーによるドイツ敗戦後四十年にあたる記念演説、「過去に目を閉ざす者は現在にも盲目となる」「非人間的な行為を心に刻もうとしない者は、またそうした危険に陥りやすいのだ」というフレーズが私の心に刻まれていたことなどがあった。

日本がドイツ、イタリアとの軍事同盟「日独伊三国同盟」をドイツの首都ベルリンで締結したのは一九四〇年九月二十七日であった。調印国のいずれか一か国が第二次世界大戦のヨーロッパ戦線や日中戦争に参加していない国から攻撃を受ける場合に相互に援助するとの取り決めがなされたのである。このため日本はドイツと対立するイギリスやオランダとの関係が悪化し、アメリカ合衆国の対日感情も悪化することになる。既に日中戦争で莫大な戦費を費やしていた日本は日独伊防共協定を強化してドイツと手を結ぶことにより、中華民国を支援するアメリカを牽制することで、日中戦争を有利に展開しようとしたのである。

またドイツにとってはヨーロッパ戦線におけるアメリカの参戦を牽制する狙いがあった。アメリカがイギリス側で参戦するなら、アメリカは日本とドイツに対する二面作戦のリスクを冒すことになる。この威嚇効果を得てアメリカ参戦を防ぐことにあったのだ。

さてドイツ「ロマンチック街道」沿いの街々や村々は、どの街や村も質素だった。そして石造りの街だった。ハイデルベルグのホテルでの朝食はパンとミルクだけ。日本のようにサラダはなく、バイキング方式でもなかった。食卓の上の一人分の皿の上に一人分のパンが載せられているだけだ。まず一つ目のカルチャーショックである。

ホテルの外に出ると石畳の路上が続いており両脇には古い石造りの建物がずらっと並んでいる。高さはどれも三階ほどで威圧感はない。長い歳月の刻まれた人間の歴史を感じさせられた。多くの窓からは鉢植えの花が顔を出している。

市内観光では特に「ハイデルベルグ古城」と「学生牢跡」が印象に残った。学生牢跡は、政治的な思想犯を幽閉した場所で、壁いっぱいに落書きされた反体制派のメッセージや戯画が溢れていた。それを観光資源にするというのも不思議な感じがした。

市庁舎は円錐状に聳え立つ幾つもの塔が組み合わされたような建物で、飾り付けた彫刻細工が荘厳な印象を与えていた。市街地とハイデルベルグ古城を繋ぐメッカー川に架かったカールテオドール橋からはハイデルベルグ古城を仰ぎ見ることができた。小雨のせいで雨傘を差して見学したが橋を往来する人々の姿はほとんどなかった。

ハイデルベルグからローテンブルグに向かう。ローテンブルグは、中世に栄えた商業都市であったようだが近代化の波に洗われることもなく昔の面影を今に伝える。「中世の宝石」と讃えられる街である。街は周囲を高い煉瓦造りの塀に囲まれていて登ると街全体が見渡せた。赤い三角屋根の建物はお伽の国にいるような錯覚さえ覚えた。二頭仕立ての馬車が石畳の上を足音を響かせて往来していた。昼食は街中のレストランでとった。バイキング方式であったが、モヤシやソーセージ類の皿が多く、質素さはハイデルベルグのホテルと変わらなかった。

ローテンブルグからホーエンシュバンガウへ向かう。道路の両側には、山脈を背後に緑豊かな肥沃な土地が一気に広がり長く続いた。所々に農家の赤い三角屋根と白い壁の建物が見える。時には肩を寄せ合うようにして小さな集落を作っている。そのような風景が延々と続く。途中、休憩を取るために小さな村ディンケルスビューに寄り市場を見学した。太陽を遮るだけの簡素なテント屋根の下でテーブルいっぱいに野菜や果物などの食料品が並べられていた。路上には鉢植えの花々が所狭しと並べられ売られている。鉢植えの花は三角屋根のどの家の窓からも溢れている。その屋根の一つにコウノトリが巣を作っていることを市場の店員が指差して教えてくれた。

ホーエンシュバンガウの街に到着する途中で、山上の白亜の城「ノイシュバンシュタイン城」を見学した。観光パンフレットなどに掲載される美しい城で、バイエルン地方を支配し音楽を愛した美貌の若き王、ルードヴィッヒ二世によって建築されたという。名に違わず時代を跳び越えて想像力を喚起する美しい城だった。

ホーエンシュバンガウの郊外にはルードヴィッヒ十一世が建造したという黄色い「ホーエンシュヴァンガウ城」が山上に壁のように建っていた。その山上まで二頭仕立ての馬車に乗った。乗車賃は登りは八マルク、下りは四マルク。同じ距離でも金額が違う。なるほど合理的だなと思ったが、何だか苦笑がでた。

三日にはミュヘンの街を訪れた。ミュヘンは近代的な街の装いをしていた。「ミュヘン、札幌、ミルウォーキー」と歌われるコマーシャルでも馴染み深いビールの街だ。昼食にレストランに入り、ビールを飲みソーセージを食べた。近くに「マクドナルド」の看板を見つけたので中を覗いてみた。店内は混雑していた。若い女店員たちが馴染みのユニホームで甲斐甲斐しく働いていた。どこの国でも同じユニフォームなのだなと、新鮮な発見に不思議な安堵感を覚えた。が、よく見ると一人の女店員の鼻には小さな穴を開けリングがぶら下がっている。これは日本と違うのかな、さすがにヨーロッパだな、と感心したけれど、着飾りたい乙女心は同じかもしれないとすぐに納得した。

ベルリンやボンなど大都会を見学すればまた違った印象を得たと思われるが、ドイツロマンチック街道沿いの村々や街々は。どれも質素だった。穏やかで長閑《のどか》な生活を送っているように思われた。かつて全世界を震撼させたナチスドイツの面影は、全くといっていいほど払拭され連想されなかった。軍隊を持ち、米軍も駐屯しているはずだが沖縄のように軍事基地の形骸も建設も見られなかった。

沖縄県には三十一の米軍専用施設がある。その総面積は一万八六〇〇ヘクタールを占めている。米軍基地は沖縄県の総面積の約八パーセント、また沖縄本島に限定すれば約十五パーセントの面積を占めている。国土面積の約〇・六パーセントしかない沖縄県に、全国の米軍専用施設面積の約七十パーセントが集中している。基地は沖縄の至る所で剥き出しになっている。

ドイツの戦後は、日本の戦後、沖縄の戦後とは違うのだろうか。ヴァイツゼッカー大統領の言葉が思い出される。沖縄は今なお他国の基地が存在し新基地が建設され、日本の自衛隊が駐屯する軍事基地が建設拡張されているのだ……。

土地の記憶は、ドイツの人々にとってどのように総括され継承されているのだろうか……。難しい風が私の胸を叩いた。

## 六　置き去り

一九四五年三月二十四日、看護教育を受けた私たち三高女の学生らは本部町の八重岳野戦病院（陸軍病院名護分院）へ派遣されました。八重岳には日本軍の宇土部隊本部があったのです。

私は恩納村《おんなそん》仲泊出身の山田好子。一九二六年十一月五日に産まれました。名護町にある憧れの県立第三高等女学校に入学したのは一九四一年でした。父は恩納村で教員をしていました。一所懸命勉強したあとの入学でしたから父にも誉められました、それはそれは嬉しかったです。学友と夢を語りながら、和裁、洋裁、料理、修身、公民、国語、英語、日本の歴史など、あれこれと学ぶのは本当に楽しかったです。

ところが入学した年の十二月に、日本は真珠湾を攻撃し太平洋戦争が始まります。楽しかった学園生活は一変します。二年生になった一九四二年の二学期から英語教育が廃止され、竹槍や、なぎなたなどの軍事色が濃厚な授業や訓練が開始されます。特に戦争が始まると、必要になると予想された看護師を養成するために、これまでの科目の多くは廃止され、人体の構造や医学の知識などを教え込む看護学が開講されました。さらに日本人としての誇りを持って戦場へ出掛けるために戦陣訓など徹底して暗唱させられました。

一九四四年の七月には学校の校舎が日本軍に押収されます。宇土武彦大佐率いる独立混成第四十四旅団本部の兵舎になるのです。寄宿舎も押収されて宇土部隊管理下の病院となりました。

私は入学後、家族の住む恩納村仲泊から名護の三高女までは遠いので歩いて通うことはできません。そこで両親に相談して寄宿舎に入っていました。寄宿舎が押収されたので出て行かざるを得ませんでした。学校の先生方の斡旋で寮生は名護町内にある旅館に分散宿泊させられました。また民家へ割り当てられる者もいました。

一九四四年の十月には米軍機、延べ一四〇〇機による十・十空襲が沖縄を襲います。日本軍の軍事基地や停泊している艦船だけでなく、二波、三波……五波と襲来した米軍機は離島を含め沖縄の市街地や農村部の集落をも襲撃し爆弾を落とします。各地で多くの被災者が出ました。特に那覇の被害は甚大なものでした。もちろん名護も例外ではありません。町や宇土部隊の兵舎になった三高女にも爆弾が投下されました。

私たち四年生は、看護師としての二度目の実習も終え、このころから実際に軍医の手伝いをして患者の世話をしていました。十・十空襲の時も、寄宿舎を充てた病院で悲惨な手術や無残な兵士の死に立ち会いました。八重岳の山中にある野戦病院では、なお一層凄惨な光景が繰り広げられました。

私たちが八重岳野戦病院での看護の任務に就いたのは一九四五年三月二十四日でした。三月予定の卒業式も取り止めになりました。十名の学友が選抜されました。私もその一人として加わりました。着任して一週間後の四月一日に米軍が沖縄本島中部の北谷・読谷に上陸します。米軍は一五〇〇隻近い艦船と延べ約五十四万人の兵員をもって沖縄本島に上陸を開始したのです。この日から住民をも巻き込んだ沖縄での地上戦が開始されたのです。

米軍は、あっという間に北部まで侵攻して来ます。四月八日には本部《もとぶ》半島に進攻して来た米軍と八重岳に陣取った宇土部隊との間で激しい戦闘が開始されました。その日以降負傷した日本兵は、次々と野戦病院へ運ばれて来るようになりました。

運ばれて来た兵士たちは、民家の戸板を外して四本の脚を取り付けた速成の手術台の上で手術をするのです。実習ではありません。荒げた呼吸をし、顔を歪めて呻き、痛みを堪える兵隊さんが、私たちにしがみついてくるのです。

脚に弾が当たり、膝坊主から下をぶらぶらさせている若い兵隊さんも運ばれて来ました。

「抑えていろ！」

軍医の言葉に、私とハナちゃんが両肩を押さえます。トキコと米子は脚を支えます。

「行くぞ！」

軍医は声をかけます。麻酔なしで糸鋸《いとのこ》でがさがさと音を立てて切り落とすんです。私たちの顔や身体にも兵隊さんの吹き出る血が飛び散ってきます。

「有り難うございました」

手術を終えた兵隊さんは上体を起こし軍医に敬礼をします。それから私たちの手を借りて、これも急ごしらえのベッドで横になるのです。

「膝がぶら下がって重かったよ。やっと軽くなった」

兵隊さんは、私たちに冗談を言うのです。兵隊さんは強いなあ、と思いました。

しかし、たくさんの兵隊さんが私たちの目の前で次々と死んでいきました。切り落とした脚や腕を私たちは兵隊さんが掘った穴に捨てるのです。脚や腕だけではありません。死体をも運び穴に捨てるのです。これも私たちの仕事でした。埋める作業は係の兵隊さんがやってくれました。一人一人の死者たちにも家族や恋人がいたのかと思うとたまりませんでした。辛い作業でした。

ドカーン、ドカーンという大きな音や、ダダダダッという機銃の音が、昼夜を問わず鳴り響いていました。昼間には敵軍機がやって来て機銃掃射をするのです。キーンという不気味な音を立てながら低空する機影を見て、何度も身を竦めました。

「こんなにたくさんの死傷者が出るというのは、日本軍は戦争で負けているということなのかね」

「そんなことはないよ。日本軍の兵隊さんは勇気があるという証拠だよ、負けてはないさ」

「敵はもっと死傷者が出ているはずよ」

「日本の兵隊さんは強いよ」

ハナちゃんは具志堅花子、トキコは儀間時子、米子は玉城米子のことです。私たち四人組は八重岳野戦病院に来てからもいつも行動を共にしていました。郷里はそれぞれ違うけれど三高女に来てからできた新しいお友達でした。兵隊さんの遺体も四人で運んだんです。

手術棟を出て、昼食に小さなおにぎりを食べていたときの会話です。暑い日射しを避けて木陰で汗を拭っていました。

「ああ、ぜんざいが食べたい」

「何言っているの、トキコは……」

「おにぎりが食べられるだけ、いいと思わなければ……。ぜんざいなんて贅沢よ」

「不謹慎！」

「いいじゃないの、私たちだけだし……。私はかき氷が食べたいわ」

「校門の近くにあったお好み焼き屋さん、小豆《あずき》がいっぱい詰まっていて美味しかったねえ」

「うん、美味しかった。我が青春の楽しかった日々よ、再び戻ってこい！」

「しーっ。だれか来るよ」

「兵隊さんだよ、私たちを呼びに来たのよ」

「さあ、手術だ！　これから何人の手術になるのかね」

「みんなで、お祈りして行こうよ。日本が勝ちますようにって」

「うん、そうしよう」

私たち四人は、じっと目を閉じ手を合わせる。それから走って手術棟に向かいました。

私たちの予想とは違えて、戦況は不利な状態になっていることがやがてだれにも分かるようになりました。担ぎ込まれてくる負傷者の数が増えただけでなく、兵隊さんが慌ただしく病棟の周りを駆け巡り、怒声を張り上げるようにもなったのです。私たちは昼食を取る時間もなくユンタク（おしゃべり）をすることもできないほど慌ただしくなりました。

砲弾も野戦病院近くまでうなり声を上げて飛んで来ました。木々がザワザワと音立ててなぎ倒されました。時には並んだ病棟の一つに命中することもありました。一緒にやって来たもう一つのグループの比嘉和美さんがその砲弾の犠牲になりました。比嘉さんの遺体を兵隊さんと同じ穴に、私たちで埋葬しました。比嘉さんは大宜味村からやって来たお友達でした。涙を堪えるのに必死でした。

四月十六日だったと思います。隊長殿から重要な指示があると、みんなが第一病棟の前に集められました。

「本部《ほんぶ》からの命令を伝える。病院の者は全員、羽地の多野岳に転進する！」

八重岳からの撤退命令でした。転進と言っていましたが、勝ちイクサ（戦い）ではなく、負けイクサだったのです。

「八重岳にいたら全滅する」

「歩けない患者は連れて行けないぞ。枕元に手榴弾と乾パンを配りなさい」

それが私たちの役目でした。いわゆる重傷患者を「置き去り」にするのです。八重岳野戦病院での最後のお勤めでしたが、またもや辛い役目でした。私たちは顔を上げて兵隊さんを見ることができませんでした。兵隊さんの目からは涙がこぼれていたからです。

兵隊さんたちにも、置き去りにされることが分かったのでしょう。死を覚悟して私たちにお礼を述べたり、手を握ったりしてうなずいているのです。

「看護師さん、有り難うございました」

「どうして、こんなのを配るのですか」

「私には分かりますよ。教えましょうか」

意地悪な質問をする兵隊さんもいました。でも心で泣いているのが分かるのです。私もハナちゃんもトキコも米子も、兵隊さんたちと同じようにみんな心で泣きました。いえ、ハナちゃんはベッドの上で一人の兵隊さんと抱き合って泣いていました。兵隊さんは両脚を切断し片目を包帯でぐるぐると巻いていました。

私たちは、歩ける患者さんの杖代わりになり、身体を支えながら病棟を後にしました。抱えた兵隊さんたちがすぐに立ち止まりました。病棟から残された兵隊さんたちの歌声が聞こえたのです。みんなが振り返りました。私たちも学校で覚えさせられ、よく歌っていた歌です。

海行かば　水漬《みづ》く屍《かばね》　山行かば　草生《くさむ》す屍
大君の辺にこそ死なめ　かへり見はせじ

私が肩を貸した兵隊さんは、敬礼をし、やがて感極まって腰を折り膝を折ってうずくまってしまいました。この後に何が起こるか。みんな理解していました。私たちは地にひざまずいた兵隊さんたちを励まして立たせ、闇の中を月のかすかな光を頼りに歩き続けました。

翌朝の七時ごろでした。いきなりドカーンと大きな爆発音が聞こえました。その後、次々と私たちの傍らで大きな爆発が起こりました。迫撃砲や艦砲弾が飛んで来たのです。その一つが私の傍らに飛んで来ました。私と隣の兵隊さんは吹き飛ばされてしまいました。兵隊さんは身体から血を流して息絶えました。私は左肩と胸に砲弾の破片が突き刺さって血がドクドクと流れていました。右脚の脛《すね》にも破片が突き刺さっています。

トキコたちが、すぐに飛んで来ました。

「よしちゃん、よしちゃん」

大きな声で私の名を呼びます。

「しっかりするのよ、よしちゃん」

私も、仰向けに倒れたまま必死に返事をしました。

「大丈夫よ、大丈夫だよ……」

ハナちゃんが顔をしかめながら、左肩に包帯を巻き胸にガーゼを当ててくれました。でも血はなかなか止まりません。米子は私の右脚の脛に突き刺さった破片をピンセットで取ろうとしましたが、なかなか取れません。

「ねえ、私は大丈夫だから先に行って」

「何言っているの、よしちゃんは……。大丈夫なわけがないでしょう」

ハナちゃんの叱る声です。

「隊列に遅れると道に迷ってしまうよ、助からないよ」

私も必死で訴えました。

「私を置いて、行って、ねえ、行って」

「馬鹿言うんじゃないよ。私たちはいつも一緒だって誓ったじゃないの。四人組で一緒に生きようって……」

「絶対に置き去りにはしないよ。絶対にね」

「死ぬ時は、一緒だよ」

「また、一緒にぜんざいを食べようよ」

「歌を歌おう、ね、何がいい」

みんなが私を励まします。

「今、ここで、よしちゃんの大好きな『ふるさと』をみんなで合唱しようか」

私は小さくうなずきました。私だけでなく、みんなはもう私が助からないことを知っていたんです。胸からの血も止まりません。手を伸ばしました。母親になれなかった小さなおっぱいを触りました。

お父ちゃん、お母ちゃんの顔も浮かんできました。涙がこぼれたようにも思います。みんなの歌声が、だんだんと小さくなっていきます。

兎追いしかの山　小鮒釣りしかの川

夢は今もめぐりて忘れがたきふるさと……

二人の兵隊さんがやって来て、ハナちゃんたちを急かすように銃を突き付けて手榴弾を渡したように見えました。私は徐々に意識が薄れ目の前が見えなくなっていきました。それでも歌声が耳の奥で響いていました。

志を果たして　いつの日にか帰らん

山は青きふるさと　水は清きふるさと……。

## 七　トルコ

ボスポラス海峡を渡ってトルコの都市イスタンブールへ行ってみたいというのは悲願だった。中国西安からのシルクロードがボスポラス海峡を渡ってヨーロッパへ延びる。また、紀元前四世紀にはギリシア・マケドニア連合軍を率いたアレクサンダー大王がボスポラス海峡を渡って西アジアを征服しインドまで侵略する。ボスポラス海峡は東と西を架橋する歴史をつくった海峡だ。

さらにイスタンブールはアガサ・クリスティーの「オリエント急行殺人事件」の舞台となった都市だ。ここから豪華なオリエント急行列車がヨーロッパの各都市を経由してフランスのパリに向けて出発するのだ。

この街には他にもオスマン帝国の第十四代スルタン・アフメト一世によって一六〇九年から一六一六年に至る七年の歳月をかけて建造された「ブルーモスク」がある。建造者の名を取って「スルタン・アフメトモスク」とも呼ばれるが「世界で最も美しいモスク」と評されている。どれをとっても魅力的な街だ。

魅力的なのは、イスタンブールだけでなくトルコも同じだ。トルコはボスポラス海峡を挟み東ヨーロッパと西アジアにまたがる国で、古代ギリシャ、ペルシャ帝国、ローマ帝国、ビザンチン帝国、オスマン帝国と歴史の変遷を体現し文化を継承してきた土地だ。紀元前二千年ごろから数多くの民族が混じり合い、王国の興亡があり、東西の文明が出会い花開いたトルコは歴史や文化の要衝となった国だ。その象徴が国際都市イスタンブールだろう。現在のトルコ共和国は一九二三年に建国され人口は七五〇〇万人である。

この国を訪ねようと思ったのは二〇〇七年のことだ。団体ツアーに応募したが出発直前にテロの不安があるとのことで中止になった。しかし、諦めきれずに政情が安定した二〇一〇年、ようやく念願が叶ったのだ。

八月二十八日、夕刻十八時三十分、ＡＮＡ一七五二便にて関西空港を飛び立った。機中泊で翌二十九日、ドーハの空港に着陸、カタール航空に乗り換えてトルコの首都アンカラへ向かう。アンカラ到着は午前十一時三十分、いよいよここからトルコの旅がスタートするのだ。アンカラ宿泊、カッパドキア宿泊、コンヤ宿泊、バムッカレ宿泊、エデレミッド宿泊、イスタンブール宿泊、そして機中泊を経て九月五日に関西空港へ帰って来る。九日間の旅だ。

首都アンカラでは「アナトリアンヌ文明博物館」を見学し、「アンカラ城跡」に登り、近くのレストランで昼食、城跡から眺める市街は広大な平野に赤い三角屋根の家がどこまでも続く。異国情緒溢れる壮大な景観だ。またトルコ建国の父が眠る「アタチュルク廟」での衛兵の交代式は一糸乱れぬ機械仕掛けの人形のようで、多くの観光客の関心を集めていた。

カッパドキアは二日間の日程だ。岩を刳り抜き石を削って造った家々が山頂まで続くアヴァノスの街。奇怪な岩石が群立するウチヒサール。鳩の糞で真っ白になった岩窟群。また九世紀から十二世紀にかけてキリスト教徒が定住したというセルベの谷地帯に乱立するキノコ型の奇岩。地元では「ペリ・パシャ（妖精の煙突）」と呼んでいるという。また「ギョレメ」の地は五世紀から十二世紀にかけて迫害から逃れて来たキリスト教徒たちが身を隠すために造った街だという。岩窟内の教会や住居跡が生々しい。宗教戦争の痕跡を示す土地の記憶だ。

カッパドキアの街中にある巨大な地下都市「カイマルク」にも驚いた。深さ五十五メートル、合計八層からなる地下に、教会、ホール、居室、台所、墓地、家畜小屋、貯蔵庫などが建設されている。七世紀ごろアラブ軍の攻撃から逃れるために造られたという。各層に二〇〇人、八層に合計一六〇〇人もの人々が生活できるという。これこそ埋没することのない土地の記憶だ。

またカッパドキアの郊外には、キャラバンサライ(隊商宿舎跡)も残っていた。石造りの巨大な門があり、高い城壁が巡らされている。シルクロードの重要拠点には駱駝が一日に歩けるほぼ四十キロおきにこのようなキャラバンサライが設置され、中庭では東西の産物の取引が盛んに行われたのだという。その名残は十分に窺われた。

ホテルは洞窟内に造られた「フルフィナホテル」。無用な調度品や飾り物は一切なかったが室内は心地よく冷気が流れ快適であった。

夕食も近くにある洞窟内のレストランでベリーダンスを見ながらパルク(鱒料理)を食べる。出発の朝には街中からコーランの声が流れてきた。ホテル前の民家を訪問。室内では絨毯が織られていて、おばあちゃんの指は草木染めのヘナ(染料)で赤く染まっていた。おじいちゃんはメッカへの巡礼も済ませたので思い残すことはない、と笑ってチャイ(茶)を飲んでいる。イスラム教徒は一生に一度はメッカへ巡礼することが義務だという。カッパドキアに入る前に琵琶湖の三倍の大きさもある巨大な塩湖「トゥズ湖」に驚いたが、その衝撃も吹っ飛んでしまうほどの驚きが次々と押し寄せてきた。まさに異文化、異自然の風景だ。

コンヤの街も十一世紀ごろに交易の中心として栄えた古都で、一二四五年に創設されたというイスラム教の「インジュミナーレ神学校」や、「メブラーナ博物館」を訪れ神が降りてくるとされる旋舞の儀式「セマ」を見学した。

バムッカレは「綿の城」と喩えられる世界遺産の観光地だ。急斜面を流れる温泉水に含まれた石灰分が沈殿凝固し何千年もかかって白亜の段丘を造っていた。池のようになった段丘に溜まった水は青く透き通っている。白と青のコントラストはこの世のものとは思えないほど美しい。靴を脱ぎ、靴下を脱いでバムッカレを歩く。丘の上には見学を終えたベルガモン王国時代の聖なる都市「ヒエラポリス」が見えた。

バムッカレを後にしてエデレミッドに向かう。エデレミッドは、エーゲ海に面したリゾート地だ。いよいよボスポラス海峡目前である。その前にさらに何度か驚かなければならなかった。途中の「エフェソス遺跡」も圧巻だった。エフェソスは紀元前四世紀ほどから地中海貿易で繁栄した都市国家だという。「ドミティアヌスの神殿跡」、スポーツメーカー「ナイキ」のデザインとなった「勝利の女神ニケ像」、「バリウス浴場跡」、またアレクサンドリア、ベルガモと並んで世界の三大図書館の一つとされる「ケルケス図書館跡」、さらに二万五千人をも収容できるというドーム型の大野外劇場、クレオパトラも歩いたとされるアルカディアーネ通り。エフェソスの遺跡は発掘が始まって一〇〇年ほどと言うが歴史の悠久さと人間の知恵を不思議な感覚で実感した都市遺跡だった。その後「トロイの木馬」で有名な世界遺産「トロイ遺跡」を見学する。トルコは幾層にも重なった歴史がそれぞれの土地に埋まっているという印象を改めて実感した。

いよいよ次はイスタンブールだ。イスタンブールへは、フェリーに乗船しエーゲ海を渡ってヨーロッパ側へ上陸する。上陸してバスに乗り換え海岸沿いの陸路を走る。イスタンブールはヨーロッパ側の街だ。市街地に近づくにつれて大渋滞に巻き込まれたが心は弾んでいた。

イスタンブールへ到着すると、すぐにボスポラス海峡を遊覧するクルーズ船に乗った。カモメが並走して飛び交い、菓子を持った手を差し出すと近くに飛んで来た。観光客用に訓練されているのかと思うほどに人なつっこい。船縁《ふなべり》から覗き込む海水は透明度は全くない。そうかといって濁っているわけでもない。深海の海の色のように青黒くたゆたっている。水深は深いのだろう。

アジアとヨーロッパ側を繋ぐ約一〇〇〇メートルの橋が架かり、建設には日本企業が関わったという。今また日本企業によって海峡の下を通るトンネル工事が始められているという。なんだか嬉しかった。国と国が信頼し合い一つのことに取り組んでいることは素晴らしいことだ。

ボスポラス海峡から眺めるヨーロッパ側の沿岸には優雅なボートを浮かべた豪邸や、モスク、宮殿、要塞跡などが途切れることなく続いている。このボスポラス海峡を、シルクロードの隊商や、アレクサンダー大王が渡ったのだ。歴史を運び文化を運び、戦争をも運ぶ東西の通路となったのだ。願わくは平和を運ぶ海峡であって欲しい。何度かヨーロッパ側を見つめ、アジアの側を見つめ、船縁から手を差し出してカモメを呼んだ。

市街地では、やはりブルーモスクと、四〇〇〇年もの間、政治文化の中心地であったというトプカプ宮殿、そしてアヤソフィヤ博物館が印象深かった。

ブルーモスクは、トルコを代表するモスクで、世界遺産である。イスタンブールの歴史的建造物群の一つだ。前庭の広場から眺めるモスクは、やはり美しかった。直径二十七メートル余もあるという大ドームを中心に四つの副ドームと三十の小ドームから成り立つ。大理石とタイルで作られた外観には圧倒されるほどの厳格な重厚感がある。さらにモスクの周りを六基の尖塔が取り囲むように聳え立ち、やや青色がかった色彩を帯びて威風堂々と建っていた。

モスクの中に入ると、想像以上の美しさに目を見張った。ドーム内には二六〇余りの窓があるというが、どの窓にもステンドグラスの装飾がなされ、二万枚以上の青を主体としたイズニックタイル（イズニックはトルコ・ブルサの都市名でタイルが製造された地名が由来）で覆われている。太陽光がステンドグラスを通って、淡い青い光となりドームの中を照らしだす。この二万枚以上ものタイルには様々な模様が描かれている。ステンドグラスの色彩と融合して見事な構成が無限に連なっている。神秘的で宗教観を越えた優雅さにため息をつかせるほどの美しさがある。

ブルーのサークルや帯の上には、金色のアラビア文字で、神の言葉の威厳を伝える書が描かれている。色鮮やかな植物の模様は、生命力を伝える象徴として表現されているという。イスラム教にとって、書は最高位の芸術とも言われ緻密で完璧な装飾は、オスマン朝建築の傑作とされている理由もなるほどと肯われる。

その後にグランドバザールと呼ばれる大市場を見学、さらに屋台の連なる沿岸の散策は楽しかった。まさに多様な人種、多様な顔が溢れていた。特に沿岸道路沿いの屋台市場はまるで地球市場だ。老若男女の人いきれの中から怒声や嬌声、時には大きな笑い声まで上がってきた。屋台街は食べ物屋が多く人波を掻き分けるように歩いた。ブルーモスク街は重厚な歴史の顔を、ボスポラス海峡沿いには活気に溢れる現代の顔を有して賑わっているように思われた。

東洋と西洋の文明が融合する魅力的な都市トルコ。この日までに幾つかのモスクを見てきたが、西洋から伝わってきたキリスト教のフラスト画や建築様式を破壊せずに残しているモスクも多かった。東西の文化を人々の工夫で繋いできた国トルコ、そしてイスタンブール。このイスタンブールが永遠のイスタンブールであり続けることができるだろうか。やや不安な政情も繰り返されているが人類の知恵と叡智を期待せずにはいられなかった。

## 八　二人の故郷

「ヤビク、難儀だな」

それは、とても小さな声だった。

ぼくはうまく聞き取れなかったので聞き返した。

「パクさん、なんと言ったの？」

「難儀だな！」

年上のパクさんは、ぼくの問いに大きな声で笑って答えてくれました。それを日本兵に聞かれたのです。日本兵はいつの間にかぼくたちの背後に立っていたのです。

「なんだと！　おい、貴様、日本国に反抗するのか」

日本兵はパクさんを棒で小突きました。

「前に出ろ！　皇国の尊い任務にケチをつけるとは何事だ！」

「四つん這いになれ！」

日本兵は、ぼくの目の前でパクさんの背中を棒で何度も叩きました。パクさんは少年のぼくを励ますために声をかけてくれたのです。パクさんのうめき声を聞いて、ぼくは勇気を出して日本兵へ言いました。

「止《や》めてください。お願いします。ワン(ぼく)が悪いのです」

「ワンが悪い？　お前は沖縄人だな。朝鮮人も、沖縄人も劣等民族だ。働くことで日本国民になれるんだ。いいか！」

「ウウ(はい)さい」

ぼくは思わず、ウチナーグチで答えていた。軍隊ではウチナーグチを使ってはならなかった。使うとスパイにされるのだ。

しかし、日本兵はパクさんを叩くのを止め、ぼくを咎《とが》めなかった。棒を振り回し肩を怒らせて立ち去った。ぼくはほっとした。

「パクさん、ごめんなさい。ぼくが聞き取れなかったばかりに、パクさんを叩かせてしまった」

「いやいや心配ない、心配ない。大丈夫だよ」

パクさんは、ぼくに笑顔を向けた。目の縁に滲んだ汗だか涙だか分からないしずくを右手で拭うと、それから再び笑顔を浮かべた。

ぼくは東風平《こちんだ》産まれの屋比久《やびく》義男。一九四四年には十六歳。東風平国民学校高等科を十五歳で卒業。石垣島の陸軍白保飛行場の建設工事に徴用されて本島から渡ってきたのだ。

ぼくの家は貧しかったので、石垣島で飛行場建設の仕事があると役場から紹介されたとき、すぐにそれに応じたのだ。旅費も要らない。食事代も要らない。賃金もあるということで、お父の勧めもあってぼくは喜んで応じたのだ。

飛行場建設には多くの朝鮮人も徴用されていた。パク・ウンギョウさんもその一人だ。たどたどしい日本語だったが、パクさんはいつもぼくを気遣い励ましてくれた。気の優しいお父さんだった。その優しいパクさんを痛い目に遭わせてしまったのだ。気が咎めた。

沖縄から徴用されたぼくたちも、パクさんたち朝鮮人も飛行場の近くに住んでいた。賃金の話は一切なかった。また賃金の話はしづらかった。日本国家へ身を粉にして奉仕する。それだけの理由で十分だった。そう言われて牛馬のように働かされた。

ごはんには、お米よりも芋が多く混ざっていた。それも「イリムサー」と言って虫が入っている芋だ。苦みが口中に広がり、ご飯も臭くなって食べづらかった。それでも食べなければ、昼間の土砂運びや穴掘りに力が出ない。我慢して飲み込んだ。

パクさんは郷里に奥さんと男の子を二人残して徴用に応じたという。ぼくを息子のように可愛がってくれた。故郷のことを、よく聞かせてくれた。澄んだ清水の流れる川があることや蟹やエビを取った話をしてくれた。

パクさんも貧しい朝鮮の農家に生まれたようだった。ぼくと同じだ。高い給与がもらえるということで徴用に応じたということだったが、騙されたことを悔やんでいた。故郷にはもう帰れないかもしれないと涙を流すこともあった。

ぼくに、そっと家族の写真を見せてくれたこともあった。きれいな奥さんとパクさんの間に挟まって、二人の息子が写っていた。一人は奥さんの腕に抱かれている。

「釜山《プサン》の町に出て初めて撮った写真だよ。たった一つだけの写真だよ。奥さんもぼくも着物は借り物、借り物」

そう言って笑った。

パクさんが日本兵から特に目を付けられているのには理由があった。一度、ここを脱走したからだ。台湾へ向かう船に乗る寸前に捕縛された。台湾から朝鮮に渡ろうとしたのだ。ぼくがここに来る前だが、このときも拷問に似た折檻を受けたという。可哀想なパクさん。どんなにか故郷へ帰りたいことだろう……。

でもぼくは泣かない。皇国の少年だ。涙は流さない。強い心で、日本のために働きたいと思った。

白保空港建設に来てから半年、ぼくはぼくの故郷へ帰ることになった。約束の期間だ。思ったとおりの賃金が貰えないことから、お父にも帰って来いと言われていた。パクさんは帰れない。パクさんへ別れを告げた。

「頑張れよ」

「いつの日か」

「うん、いつの日か、きっと会えるよ」

「パクさんの子どもたちにも会いたいな」

「うん、キミのお父さん、お母さんにも会いたいな」

パクさんは笑顔を見せてぼくを見送ってくれた。

パクさんたちには約束の期間がないのだ。パクさんが故郷へ帰れたかどうかは分からない。パクさんとはそれっきりになった。

でも、パクさんはぼくに鮮烈な印象を与えた。家族を大切にすること。どんな困難な中でも希望を失わないこと。笑みを浮かべること。みんな、辛さを忘れるためだ……。

ぼくが石垣島の港から那覇に向かったのは、丁度一九四四年の十月十日だった。日本軍の船で帰る予定だったが、船は満席になっていて乗れなかった。はじき出されたぼくたち十人ほどは、ポンポン船と呼ばれるエンジン付きの漁船を仕立てて那覇港へ向かった。それが命拾いになった。

先行した日本軍の船は途中宮古島沖で米潜水艦の魚雷攻撃を受けて沈没した。天がぼくに味方したんだ。ぼくは戦争でも死なないのじゃないかと不思議な感興さえ覚えた。

ぼくらの船が宮古沖に到着したとき、船の横に膨れ上がった遺体や、船からこぼれ落ちた荷物がぶつかってきた。沈没はやはり本当のことだと分かった。その日は那覇十・十空襲と呼ばれるほどに大きな空襲のあった日だった。石垣島からの出港がこの日でなければ、あるいは前の船も、攻撃を受けなかったかもしれない。そう思うと悔しかった。

那覇に着いたら空襲の直後で、まだ那覇の街は燃えていた。白い煙や黒い煙が立ち上っていた。赤い炎も見えた。

那覇港に上陸する予定が変更になり、糸満の港に上陸した。

ぼくは故郷へ帰ると、今度はすぐに防衛隊へ召集された。喜んで入隊した。戦争でも、ぼくの家の貧しさは変わらなかった。六人兄弟の我が家はいつも食糧不足だった。次男のぼくのやることは口減らしで家に居ないこと。もしくは稼いで金を家へ送ることだ。戦争中はなかなか稼げないので家を出て行く以外にはなかった。

防衛隊への入隊のため、糸満国民学校で身体検査が行われた。ぼくは十七歳になっていた。合格だった。十八歳だったら徴兵年齢が下げられていたから正規の軍隊に入隊できたのにと思うと少し残念だった。でも防衛隊だって戦闘の第一線で戦うのだ。

東風平の実家から離れて糸満の海岸近くの村、真栄里《まえざと》に駐屯する軍隊に配属された。真栄里の民家に宿泊しながら、船舶隊の特攻艇を秘匿壕から海岸まで運び出すのが任務だった。海に浮かべる前に日本兵の指示で弾薬を舳先に積んだ。

この任務を遂行する防衛隊員は二十人ほどだった。日本兵の指示で特攻艇を壕の外へ出したり入れたりした。特攻艇に縄を掛け、長い棒を通して二人ひと組になって担ぎ上げた。

出撃命令を受けるのは若い兵隊が多かった。特攻艇に乗った兵隊は日本刀を背中に括り付け、日の丸の鉢巻きをして、隊長や仲間たちに敬礼をした。ぼくたちも、敬礼をした。

「お国のために、行って参ります！」

彼らは、だれもがそう言って出発した。「行って来ます」ではなかった。行ったら最後、戻っては来なかった。

特攻艇は、簡素な造りで、エンジンからもブンブンと大きな音を立てた。こんな大きな音を出すのでは敵艦にぶつかる前に見つかってしまい、攻撃されるのではないかと思った。実際出て行った特攻艇が戦果を挙げたとか、爆撃の音を聞いたとかいうことは余りなかった。

「兵隊さんはどこかに逃げて敗残兵になっているのではないか」

防衛隊の仲間うちでは、そんな噂もひそひそと囁かれていた。生きて戻って来る兵隊は居なかったが、隊長はこのことを知っているのではないいかという噂も流れていた。

ある日、防衛隊の仲間の一人が夜、隊を離れた。自分の家のトートーメー（位牌）や家族の安否を気遣って様子を見に行ったのだ。その夜、生憎《あいにく》と点呼があって、仲間がいないことに気づかれた。

朝、仲間が戻って来ると日本兵が待っていましたとばかりに棒で叩いた。パクさんみたいに、ぼくらの前で四つん這いにさせられて見せしめのように叩かれた。痛みに耐えかねて腹ばいになるとバケツで水を掛けられ、また四つん這いにさせられ、容赦なく叩かれた。

ぼくは可哀想になって、思わず叫んでいた。

「止《や》めてください！」

日本兵は、ぼくを振り返り見て、叩くのを止めた。予想どおり、今度はぼくが睨まれた。

「いい度胸をしているな。こっちへ来い！」

ぼくはガマ（壕）の中へ連れて行かれた。兵隊さんは隊長の前で報告した。ぼくは歯を食いしばり直立不動の姿勢で立っていた。殴られるものと覚悟していたからだ。ガマの中には日本兵が大勢いたが、隊長は兵士の報告を笑みを浮かべながら聞いていた。意外だった。

「名は、なんというんだ」

「はい。屋比久義男であります」

「屋比久くん、君は軍人勅諭を知っているかね」

「はい、知っております」

「そうか、沖縄県民は日本語が下手だと聞いているが、たいしたもんだな。ここで諳《そら》んじてみよ」

ぼくは、隊長の真意が理解できなかったが、軍人勅諭は暗唱していた。防衛隊への入隊が決まってから何度も書き写し暗唱したのだ。防衛隊も故郷を護るための軍人なんだ。そう言い聞かせて暗唱した。

「一つ、軍人は忠節を尽くすを本分とすべし。一つ、軍人は礼儀を正しくすべし。一つ、軍人は武勇を尊ぶべし。一つ、軍人は信義を重んずべし。一つ、軍人は質素を旨とすべし」

ぼくは大きな声で得意になって唱えた。

「素晴らしい！」

隊長殿は目を見張って感心した。ぼくにどこの出身かと尋ねた。ぼくは胸を張って、近くの東風平《こちんだ》の出身だと言った。この近くの地理に詳しいかと聞かれたので、これにも胸を張って、はいと返事をした。

「よし、君は今日から村上少尉の案内役だ。いいか」

「はい」

ぼくは、慌てた。デージ（大変）なことになったと思った。隊長の傍らで村上少尉は笑っている。村上少尉は若い少尉だ。

「君の故郷を一緒に守ろう」

村上少尉の言葉にぼくは緊張したまま大きな声で返事をした。

「はい」

「よし、下がって休んでいろ」

「はい」

ぼくは十七歳。隊長殿に見込まれて誇らしかった。ガマ（壕）の外へ出ると、心配そうな顔をして防衛隊の仲間たちが寄ってきた。ことの顚末を話すと、声を上げて驚いた。

「屋比久や、イジャー、ヤッサ(勇敢だな)」

ぼくは仲間たちから誉められてまた胸を張った。実際には、ことの顚末をよく理解していなかった。無知を勇気と誤解されたのだ。

それからぼくは、村上少尉と斥候の役割を担って何度も偵察に出た。戦況は米軍有利に展開されていることがすぐに分かった。村上少尉にも分かったはずだ。

五月も半ばを過ぎていた。特攻艇の出撃はほとんどなくなった。日本兵たちはガマの中で身を潜めていた。防衛隊に解散の命令がくだった。

「諸君は故郷に帰りそれぞれの故郷で防衛の任務を全《まっと》うしろ！　奮闘を祈る！」

隊長殿はそう訓示した。防衛隊員からの犠牲者はまだ一名も出ていなかった。隊長殿は優しかったのだろうか。不思議な人柄だと防衛隊仲間でも噂し合っていた。

ぼくを除く隊員たちはそれぞれの故郷へ帰っていった。ぼくの故郷はこの地だ。日本兵たちは斬り込みの準備を始めていたが、ぼくは村に帰らなかった。村上少尉と斬り込みを行うに適当な米軍の陣地を探すためだ。たぶん、ぼくは死ぬことを恐れていなかった。死ぬ場所がぼくの故郷だ。ぼくの故郷を守るために正規の日本兵と一緒に死ねるのは名誉なことなのだ。むしろ、ぼくはこの瞬間がやって来る予感に震い立っていた。

運玉森に日本軍の一個中隊が陣取っていて必死に米軍に応戦していた。その状況を視察し、米軍の位置を確かめるために、村上少尉とぼくはガマを出た。両軍は激しく応戦しあっていた。状況は明らかに日本軍に不利だった。一発撃つと十発撃ち返してきた。

運玉森の山の斜面に腹ばいになって戦況を見ていたが、突然、的を外した迫撃砲がぼくたちの側に飛んで来た。大きな爆発音がして一気に土砂や岩石に埋められた。

目を開けると村上少尉が吹っ飛んでいた。二十メートル程先で唸っている。急いで村上少尉の元へ駆け寄り、土砂や岩石を払いのけた。腕が千切れて血が吹き出している。

「屋比久、うろたえるな！　しっかりしろ」

それは、ぼくの言う言葉だったかも知れない。十七歳のぼくは、やはり正規の兵士にはなれなかった。

「近くに東風平病院壕があるはずだ。悪いがそこまで俺を運んでくれ、その前に血を止めろ！」

ぼくは、村上少尉に言われたとおり、少尉の服を切り裂き、腕をぐるぐる巻きにした。ぼくも東風平の病院壕の在る場所は知っている。村上少尉を背負うと病院壕を目指して駆けだした。しかし、すぐに呼吸が乱れてしまった。背中の村上少尉も呼吸を乱している。背中で痛みを堪えながら、ぼくを励ましてくれた。

運玉森から東風平までの道には多くの死体が転がっていた。死体の傍を通ると銀バエが音立てて飛び立った。その下から異様に膨れた死体や内臓が飛び出した死体が現れた。泥にまみれて土と見紛う死体もあった。生きて蠢いている人間も見た。髪を乱した老婆が樹の下でうずくまって動かない。傍らには孫らしき幼子の遺体が仰向けに倒れていた。道のあちこちに艦砲でできた穴が空いており水溜まりができている。その水溜まりに顔を突っ込んで死んでいる兵士もいた。

志多伯《したはく》の村を通ったとき、急に米軍の飛行機が現れた。低空で飛んできて機銃掃射をされた。明らかにぼくたちを狙っている。とっさに空き家に飛び込んだ。隠れる場所がなかったらまともに銃弾の餌食になっていただろう。

やっとの思いで村上少尉を病院壕まで運ぶことができた。しかし、軍医は村上少尉を診察しなかった。虫の息でほとんど死んだも同然だったからだ。ぼくの背中も真っ赤な血で覆われていた。

手術台では手足を抑えられてお腹を切られている人もいた。少尉は生き延びたかどうかは分からない。ぼくへの声かけも途中から途絶えていた。

ぼくは、もう真栄里の部隊へは帰る意欲を失っていた。フラフラと摩文仁の方へ足が動いていた。一つのガマの前で立ち止まった。中には住民や兵士が二十人ほど集まっていた。一人の兵士が名前を書き留め手榴弾を渡していた。近くの崖下のガマでは絶えず爆発音が響いていた。この隊列にぼくは紛れ込んだ。

「名前は？」

「屋比久義男」

「住所は？」

「沖縄県東風平村小兼久三〇六番地」

「生年月日？」

「一九二七年十一月七日」

「貴様はどうする？」

「死にます」

ぼくは手榴弾一個を受け取って崖の下へ進んだ。ガマの中にはたくさんの遺体が転がっていた。その遺体を避けて奥へ進んだ。天井や壁には手榴弾で死んだ人たちの肉片がたくさん付いていた。ぼくは東へ向かい故郷の方角を定めると自分の持っている道具をすべて地面に置いた。パクさんのことが思い出された。パクさんの故郷はどの方角だろうか。ぼくはパクさんのように希望を捨てずに笑みを浮かべて生きることができなかった。ぼくは手榴弾を握りしめた。ぼくが手にする初めての武器だった。

## 九　パラオ

パラオの旅は私一人ではなかった。母を伴っての家族の旅だった。この旅には目的があった。パラオで亡くなった長兄の「ヌジファァ」をすることである。

ヌジファァというのは、長姉の説明では、その土地に縛られているマブイ（魂）を解き放つことだという。長兄は三歳のころ、戦時中のパラオで亡くなったが、マブイはまだパラオに残っていて成仏できずに彷徨っている。それを郷里の先祖のもとへ案内して、成仏させようというのだ。

パラオは、戦前から沖縄の移民が多かった。私の郷里の人々も、また私の家族もパラオへ移住したのだ。昭和十四年のことである。長兄はコロールで産まれた。

「兄さんの遺骨は、ちゃんと郷里の墓に埋葬したということを、父さんから聞いたことがあるよ」

「そうよねえ……。でも、遺骨は持ち帰って埋葬しているけれども、マブイは持ち帰っていないんだって」

「そんな……。マブイなんて持ち帰れるわけがないじゃないか」

「それができるらしいのよ。ユタ(巫女)の言い分では、パラオに行ってヌジファの祈りをすればいいって。それは家族で行っても構わないって言うの。ユタの世界のことだから私たちの常識とは、少し違うところがあるさ。それに……、どうしてもというわけでもないんだって。郷里に近い港の海岸で、お通しのウガン(御願)をしてもいいんだって。でも、現地に行ってマブイを拾ってくるのが、一番確実なヌジファになるんだって」

それが長姉の答えだった。いやユタの答えだ。

そんな馬鹿なことがあるかと思ったのだが、パラオは父と母が二人の姉を引き連れて六年間ほど過ごした土地である。長兄や次兄の産まれた場所だ。その土地を訪ねてみたいという観光気分も頭をもたげてきた。

教員をしている二人の弟も賛成した。たぶんだれも長姉に告げられたユタのハンジ(判示)を信じているわけではないが、みんなで一緒にパラオを訪問することにした。

ユタのハンジは、病気がちな次兄に長兄のマブイが取り憑いてヌジファをしてくれと知らせているというのだ。兄嫁と長姉がそのハンジを引き受けて、次兄の体調が良くなるならパラオに行ってみたいというのだった。みんなもそれを聞いて了解した。

一九九五年十一月三日から六日までの三泊四日の旅だ。計画には私のすぐ下の弟が世話をしてくれた。戦後五十年が経っていたが、戦後処理の一つだと思って苦笑した。

また、ユタは次のようにも告げたという。

「肉体から離れたマブイは、いろいろな手続きを経て霊界の一員となるんです。そこは死後の世界と言っていますがね。その世界で第一歩を踏み出すわけですよ。イチマブイ(生霊)が、シニマブイ(死霊)に変わるわけです。死んだら、確かに肉体は消滅しますが、マブイにとって、過去を消滅させることはできません。過去に何か引っかかりがあると、霊界で安定した境遇を得ることができないのです。その気がかりなことを解決してくれるように現世に注文してくるんです。その注文を仰せつかり、霊界と現世との橋渡しをして、解決策を知らせているのが、私たちユタなんです」

長姉は相槌を打って感心し、さらに尋ねたという。

「なるほど、そうですか……。でも、霊界では、自分の力で問題を解決することはできないのですか?」と……。

するとユタは次のように答えたという。

「マブイの問題だからといって霊界だけの問題ではないのです。仏や神の力が必要です。現世の人と協力して、仏や神にお願いする。現世と関係のあることだから、現世に住んでいる人々へもお願いする。そこで、ヌジファのウガンも必要になってくるのです」

姉はそこで話を打ち切ったと。姉が納得したかどうかはよく分からない。

パラオにはグアムを経由して行った。飛行機は暗闇の中、パラオ国際空港に降りたが長い間ランニングを続けていたので、大きな空港かと思った。実際にはそうではなかった。入国手続きのために設けられたターミナルビルは小さく、コンクリートの壁は、剥き出しになっている。室内は冷房もなく、高い天井から釣り下げられた旧式の扇風機がうなり声を上げて回っていた。

私たちはホテルから迎えに来たライトバンに詰め込まれるようにして空港を後にした。私たちの一行は、私と次兄、そして母と二人の姉と二人の弟の七人だ。気がつくと、道路脇には一基の街灯もなく、車は闇の中をホテルへ向かっていた。

車に乗って間もなく、母は、ぶつぶつと独り言を言い始めて落ち着きを失っていった。母の傍らに座っている長姉が、なだめるようにして母の気持ちを鎮める。どうやら母は、私たち以外のだれかがこの車に乗っていると言うのだ。何やら黒い影が、シートに腰掛けていると言うのである。

母は認知症を患っていた。その母を、青春期を過ごしたパラオに連れて行くことも私たちの旅の目的の一つだった。

長姉の説明を聞いて、母のいつもの妄想だと笑って、母を見守った。だれも深く気にとめなかった。私も、母をなだめるよう相づちを打ちながら初めて見る異国の闇へ、すぐに目を移した。今考えると、その人影が、あるいは長兄のマブイだったのかな、とも思う……。

翌日、私たちは二人の姉の記憶を頼りに、姉たちが住んでいた官舎跡、長兄を祀った南洋神社、そして戦時中、家族が身を潜めて住んでいたという小さなアイミリーキ村を訪ねた。現地のガイドを雇って案内してもらった。運転手を兼ねたルビーさんという女性のガイドはライトバンの車を用意してくれた。私たちは、母が見たという黒い影のことはすっかり忘れていた。

パラオにも、確かに戦後五十年余の歳月が流れたはずなのに、時間は止まっていたかのように感じられた。戦後の復興と資本主義経済の繁栄は、この地にはまるで関係がなかったかのように歳月が重ねられたようだ。バスや電車もなく、交通信号機は島内で一か所だけ。三階以上の建物もまったくないというのが、ルビーさんの説明だった。

人々は、ぽつりぽつりと散在する三角屋根の「アバイ」と呼ばれる質素な建物の下で、ゆったりとくつろいでいた。樹の陰には、旧日本軍の戦車の残骸だと思われる赤錆びた砲身さえ見えた。二人の姉は、当時と変わらない多くの風景に感慨深そうに見入っていた。

パラオは、日本から直線距離にして約三二〇〇キロの南の海上に浮かぶ小さな共和国である。人口はおよそ二万人。首都のあるコロール島を中心に、南北におよそ七〇〇キロに渡って伸びる小さな二百余の島々からなる常夏の国だ。一九一〇年代から三十年間余、日本の統治下に置かれ、去る大戦では日本陸海軍の主要部隊が駐屯する太平洋上の重要基地となった。このパラオで、母と父は、若い日々を過ごしたのだ。また、姉たちにとっても、幼い日々を過ごした懐かしい思い出の地であった。

父は昭和十四年に南洋庁の農業技師として家族を引き連れてパラオに渡った。先に渡っていた伯父の招きに応えたものだ。伯父は、現地で漁業を営んで財を築き、貸し住宅などをも手広く始めていた。父は母と結婚した後、教師生活に就いていたが、その職を離れてのパラオ行きだった。

その後、父は昭和十六年にコロールの公学校の教師として現地採用される。二人の姉は、当時十歳にも満たなかったが、豊かな自然の中で手をつないで遊び回り、異国の人々に可愛がられて育ったのだ。

そんな中、戦争の嵐が徐々にパラオにも押し寄せてくる。パラオの地で誕生した長兄は、三歳の誕生日を迎える直前に風邪をこじらせて死んでしまう。母は、何日も何日も泣き続けたという。

数年後、いよいよ戦線は急を告げ、父も召兵される。母は戦乱の中を二人の娘の手を引き、産まれたばかりの次兄を抱いて、現地の人々の世話を受けながら逃げまどう。父が、前線で病に倒れたという報が母のもとに届く。二人の姉は、少しでも精が付くものをと、母に託された芋や魚を手みやげに、一日がかりの道程を歩き、ジャングルの中の野戦病院の父を見舞う。途中、手に持った魚や食糧を、憲兵に取り上げられることもあったという。姉たちは、病院のベッドの上で猿のように痩せた父を見て泣き崩れる。やがて、米軍の爆弾が連日のようにパラオの島々に投下される。母と姉たちは、さらに奥深いジャングルへ身を隠す。そんな怒濤のような歳月を、母たちはこの土地で過ごしたのだ。

ホテルを出発して、最初の目的地の南洋神社に到着する。それが一番の目的でもあったのだが、南洋神社は緩やかなカーブを描いたゆったりとした坂を登り切った所にあった。入口には、神社とは不釣り合いなコンクリートのモダンな住宅が一軒建てられていた。それゆえに、どこからが境内で、どこまでが住宅所有者の土地なのか、境界が分かりづらかった。

南洋神社と言っても、そこには大きな神社が建っている訳ではなかった。当時の面影が残っている神社跡を、まだそのように呼んでいるだけで、幅広い石段が苔むして正面に構えてあり、その中央と最上部に小さなコンクリートの拝所が、鳥居の形をした屋根を付けて備えられているだけだった。

長姉がユタから教わったというヌジファの儀式を始めた。みんなが注目する。まず石段の正面の階下にある拝所で香を焚く。次姉が長姉の指示を受けて立ち回る。このウガンのために、沖縄から持ってきたウチャヌク(餅)、アレーミハナ(洗った米)、カラミハナ(米)、泡盛、線香、ウチカビ(紙銭)などを御膳に乗せる。みんなは黙ってその背後にしゃがみ、手を合わせる。時々、次兄が呼ばれ、ウチカビ(紙銭)を焚くように指示されては、慌てて火を点ける。

長姉は、ウガミながら、御膳の上の泡盛を地面に注ぎ、盛り立てた米粒を撒き、香を何度かに分けて焚いた。香の匂いが辺り一面に立ち込める。小さなビニールのシートを敷き、茣蓙《ござ》を敷いたその上に座って、私たちは亡くなった長兄を思って祈り続けた。沖縄に戻れば、すぐに郷里の墓地へ長兄のマブイを連れていかなければならない。そんな思いをも重ねながら祈った。

それにしても、戦後五十年、今なお郷里に帰れずにもがいているマブイがたくさんいるとは知らなかった。私たちは死者を粗末にしてきたのだろうか……。

南洋神社の背後の森には多くの木々に混じって一段と高く聳えている数本のヤシの樹が見えた。大きなヤシの葉は風を受けてさわさわと揺れている。その時だった。ウガンを済ますのを待っていたかのように急にスコールがやって来た。パラオの天気が変わりやすいことは知っていた。ヘリコプターの轟音《ごうおん》を思わせるような激しい雨が降り出したのである。私たちは慌てて引き返し、ライトバンに乗り込んだ。

「兄さんの、涙雨かな……」

末弟がライトバンの窓ガラスの曇りを手で拭きながら、つぶやいた。

「そうだね、嬉し涙かもしれないよ……」

次姉が答える。

「いずれにしろ、私たちの旅の目的は無事済ませることができて良かったわ」

長姉や次姉が、濡れた母の頭や頬を拭きながら言う。母はパラオに来ていることを、まだ理解することができないでいる。みんなで何度言い聞かせても、埒が明かなかった。

母は、朝、ホテルの前でライトバンに乗せたとき、私たちに笑って手を振りながら丁寧に礼を言った。

「みなさん、有り難うございました。デイケアの車が迎えに来ましたので私は家に帰ります。みなさんお世話になりました。さようなら」

この言葉を聞いて、みんなが目に涙を溜め言葉を詰まらせた。母は久し振りに家族みんなが集まったことを喜んではいるものの事情を飲み込めていなかった。

長姉がハンカチで涙を拭った後、母を抱くようにして語りかけた。

「母さん、ここはパラオだよ。一緒に過ごしたパラオだよ。沖縄ではないよ……」

「みなさん、心配しないでください。私は大丈夫ですよ。お世話になりました。有り難うございました」

母は、笑顔を見せて、みんなに語りかける。私たちを、自分の息子や娘とは思っていないのかもしれない。

南洋神社を後にして十数分後、天気はまた嘘のように晴れ上がった。すぐに太陽が顔を覗かせ強い日差しが戻ってきた。次の目的地である官舎跡へ向かう。途中、伯父たちが住んでいたというコロールの繁華街跡を通った。華やかな飲食店を思わせる石柱や日本語の文字の刻まれた石の杭が卒塔婆のように数本も立っていた。

コロールの学校跡や官舎跡に近づくと、長姉は感慨深そうに思い出の風景を語り始めた。窓の外の景色を眺めながら、徐々に記憶も蘇ってきているようだ。ライトバンが止まるのも、もどかしそうに、すぐに父の遺影を抱いて飛び降りた。四方八方に駆けだしては、感激の声を上げた。みんなは手招きされるがままに長姉の元へ駆け寄った。次兄が母の手を引きながら、二人の姉の仕種を見て笑った。

「ここ、ここよ。あったわよ！　官舎跡よ！」

長姉の姿が間道に消えたかと思うと再び路上に現れて、大声で呼びかける。私たちが歩み寄ると、二人の姉は感慨深そうに、官舎跡の景色に目を凝らしていた。

「ここが、私たちの住んでいた場所なのよ……」

「ほらほら、防空壕跡もあるよ。ほら、ここに、はっきりと。父さんが床下に掘ったのよ」

私たちは思わず駆け寄って目を凝らした。落ち葉を被り、雑草に覆われているとはいえ、四角く縁取られたコンクリートの枠は、はっきりと、それと分かる隈取りを見せていた。地上の建物は消えたとはいえ、家の間取りを示すコンクリートの縁、玄関の敷石、台所から外に出る階段、壊れた石柱など、すべてがこの場所に家が建っていたことを如実に示していた。

「ここに三、四軒の官舎が並んで建っていたの。そして、ここが、私たちが住んでいた場所なの……」

「不思議だね……、本当に残っていたんだね……」

「私たちが来るのを、待っていたみたいだね」

みんなが、それぞれの感慨を漏らす。木漏れ日が、みんなの姿をちらちらと映し出している。

「父さんは、分かるかな……」

父の遺影を見ながら、次弟がつぶやいた。

「マンゴーの樹が、庭にあって……、ほらこんなに大きな樹になっている……。ここであんたが生まれたの」

姉たちは蘇った記憶を矢継ぎ早に次兄や私たちに語りかけている。

「あんた、覚えている？」

「覚えているわけがないよ」

姉たちの質問に次兄が笑って答える。

「そうだね……、産まれたばかりだから覚えているはずがないわね。あんたが産まれてから、すぐに戦争で、私たちはみんなで、ジャングルの中を逃げ回ったからね……。母さんは、長男を亡くしていたから、それこそ必死で、あんたを抱いていたわ。パラオの人たちは、公学校の先生の家族だということで、どこでも優しくしてくれたのよ……」

「さあ、手を合わせようか……」

次弟が促すように、線香を取り出した。二人の姉が、母の手を取り、台所の階段跡の踏み石に座らせた。線香に火を点け、父の遺影を置いて、みんなで手を合わせた。母も、私たちと同じように手を合わせた。

アイミリーキという村が、戦争中姉たちが身を隠した村だ。戦争が激しくなり、コロールの公学校が閉鎖された後、家族みんなが移り住んだのだ。晴れ渡った青空の下をライトバンは走り出した。

道路は先ほどのスコールで所々に大きな水溜まりができていた。それを避けながらなんとか走り続けた。雨水で亀裂の入った道にタイヤを取られながらも、時には鬱蒼とした森の中を、また時には明るい日差しをいっぱいに浴びながら進み続けた。しばらくすると、目前に広大な海が広がった。すぐこの先に、アイミリーキの村があると、ルビーさんは教えてくれた。

それからすぐに林が尽きて椰子や背の低い雑草が生い茂る海浜沿いの道に出た。椰子の樹の下には、数軒のアバイが見えた。そこがアイミリーキ村だった。数名の子どもたちが、大声ではしゃぎながら海水浴をしていた。

村の両端からは、湾をぐるりと取り巻くように沖合までマングロープの林が続いていた。二人の姉は、官舎跡を見つけた時とは勝手が違うのか、住んでいた場所を特定することは、なかなかできなかった。

「確かにこの村なのよ……。父さんはこのマングロープの林の中から、カヌーに乗り、軍服を着て出征していったの。私たちは泣きながらずっとこの海岸沿いに、父さんの乗ったカヌーを追いかけたのよ。それがこの場所なのよ。間違いないと思うけれど……」

長姉の説明は、これまでと違ってどうも歯切れが悪かった。

マングロープの樹は、浅瀬に密集して生えており、波が根元まで覆い、ゆっくりと寄せ返していた。海面や砂浜には、いくつもの樹の影が映っている。

父は、コロールのジャングルで終戦を迎えた。しかし、沖に浮かぶペリリュー島の守備隊は全滅した。わずかな運命の悪戯で生死が左右されるのだ。父が戦死していれば、当然、私は産まれることもなくこの地に立つこともできなかったはずだ。

ペリリュー島の海浜は、オレンジビーチと名前がついた。上陸を試みた米兵と、日本の守備隊との間で壮絶な攻防戦が展開され海浜が数日間も血に染まったことから名付けられたものだという。沖縄の人たちは、泳ぎが得意だということで、多くの人々が爆弾を抱いて沖まで泳ぎ、リーフで待ち構えて上陸して来る米軍の艦艇に、爆弾を投げるために突撃していったという。命令とは言え、それこそ人間魚雷だ。

「父が出征した後、母さんは、産まれたばかりのあんたを抱いて泣いてばかりいてね、何もしなかったわ。私が、炊事をしたり、食糧を集めたりしたのよ。村の人たちは、みんな親切でね、魚を捕ってきては、公学校のセンセイの奥さん、お嬢さん、どうぞ食べてください。戦争、必ず終わるよ。元気出してね、って言ってくれたのよ……。ルビーさん、あんたたちは、私たちの命の恩人なのよ」

長姉は、マングローブの林を見ながらルビーさんと抱き合って涙を流している。

「父さんはね、私と妹を、桟橋から何度も海に放り投げたわ。島と島は船で往来していたからね。また私たちを沖縄に引き揚げさせようとも思っていたらしいの。泳ぎを覚えれば万一船が米軍の魚雷で撃沈されても助かる確率が大きい。何かに捕まることができるだけでもいいと言ってね。泳ぎを教えたのよ。子ども心にも、父さんの必死さが伝わってきたわ……。でも、結局、戦争中に、引き揚げ船に乗ることはなかったけれどね」

海上を土地の風が吹き渡る。私の身体を土地の記憶が包み込む。私は海水浴をしている子どもたちに近寄って声をかけた。

「こんにちは……、楽しいか?」

当然、子どもたちには言葉が分かるはずがない。それでも、私は意地になって声をかける。何だか、そうしなければいけないような気持ちになっていた。

子どもたちは、やがて私に向かって笑顔を見せ、親指を突き立てて見せた。私もそれを真似て親指を突き立てた。子どもたちは、私の仕種に歓声を上げて笑った。そして、得意そうに声を上げ、手を叩いて私の視線を集めると、何度も勢いよく海に飛び込んだ。

翌朝、ホテル前で、空港まで送ってくれるルビーさんのライトバンを待っていると、小さなスコールがやって来た。ホテルのベランダは海面に突き出ていたが、ベランダから雨を眺めた。雨はザーッと海面を叩いて、すぐに走り去った。

飛行場へ向かう途中、もう一度、官舎跡を見たいという長姉の申し出に、だれも異存はなかった。たぶん、もう二度とパラオを訪れることはないだろう。しかし、官舎跡に着くと、長姉は降りようとはしなかった。ただ黙ってライトバンの中から、その方角をじっと見つめているだけだった。せっかくだからと車を降りたのは、私と末弟の二人だけだった。どこから現れたのか、鶏が二羽、地面を脚で蹴散らしながら餌を啄《ついば》んでいた。私は苔むした小さな石を拾って、そっとポケットに入れた。

それから、空港に行く途中にある日本人墓地を訪れた。沖縄からは毎年のように墓参団が結成されて、パラオの地を訪れているはずだ。小高い丘にある墓地からは、遠方にコロールを取り巻く大きな青い海が見渡せた。海上にはぽつりぽつりと、遠方まで小さな島々が連なっている。慰霊碑の前で香を焚き、手を合わせると、だれもが疲れたのかすぐに車に戻った。

空港の待合室では、ルビーさんと長姉が別れを惜しんでいた。ルビーさんは、プレゼントにと、みんなに宝貝を持ってきてくれていた。私たちもまた、ルビーさんへお礼の品々を渡した。

飛行機は空港を飛び立った後、パラオに別れを告げるかのように大きく右へ旋回した。眼下に白い砂浜と、椰子の茂った入り江が幾つも見えた。その一つが、アイミリーキ村だろう。父が戦争中、入院していた野戦病院があったというジャングルの中の朝日村を訪ねることはできなかったが、もう二度と来ることはないだろう。

ふと、パラオの街路樹として頻繁に見られたプルメリアの樹が、父の生前の庭に植えられ、大切に育てられていたことに気がついた。花の色が違っていたので、これまで気づかなかったが同じ樹だ。父は、思い出の樹を庭に植えていたのだろうか。ふと、そんな思いが浮かんできた。その樹は、今、父の形見として、私の庭に移し替えている。

「マブイは、ついてきているかねえ……」

通路を隔てて隣の席で言葉を交わしている次姉と次兄の話し声が聞こえてきた。

「さあね……。ついてきていると信じるだけさ……」

「沖縄のユタを総動員して、みんなでヌジファをしに来ないといけないかもね……」

私は二人の言葉を反芻する。

母の記憶はやはり戻らなかった。私たちは母と一緒に泣き笑いの旅を続けながら、パラオを離れたのだ。私は、見えなくなった島を見ようとして再び窓辺へ躙り寄った。マブイと共に、風の声、土地の記憶を持ち帰れるだろうか。

パラオに吹く風は条理の風か不条理の風か分かりづらい。だが戦争の記憶は、沖縄を遠く離れた海上の小さな島にも確かに刻まれていた。

# 第二章

## 一　チェンマイ

チェンマイでの死者への呼び掛けは天に向かって行われる。大晦日、闇夜の空に幾つもの灯籠《とうろう》風船が、年の暮れと新年を迎える喜びを表して落下傘のように飛び交う。光の軌跡は美しい。死者たちとの交信だ。死者は水平線の向こうにあるとされるニライカナイの国にいるのではない。天に宿るのだ。

灯籠風船は、現地では「コムローイ」と呼ばれる熱気球（ランタン）のことをさす。チェンマイの街で一年に一度大晦日の晩に行われるお祭りで、みながコムローイを飛ばす。仏教徒であるチェンマイの人々が一年間の息災を仏陀に感謝しコムローイに火を灯して一斉に夜空に打ち上げるのだ。息を飲む美しさである。

チェンマイを訪れたのは二〇一三年十二月三十日。二泊して新年の一月一日まで滞在した。チェンマイの大晦日の夜はいつまでも夜明けを迎えなかった。コムローイを打ち上げた後も賑やかだった。チェンマイプラザホテルのベッドに横になったが、余りの騒々しさに、ベッドから起きてホテルの周辺を散策した。

深夜だというのに、新年を迎える喜びであちらこちらで爆竹が鳴らされていた。十数人の若者たちが広場や街角でたむろし、持ち込んだテープレコーダーから音楽を鳴らして派手に踊りまくっている。片手に煙草を、片手にビールを、向かいに女の子を立たせて、腰をくねらせ奇声を上げながら踊っている。なんとも微笑ましい光景だ。日本で言えば成人式の晩とでも喩えられようか。みんな派手派手な衣装をかっこよく着こなしている。

タイの大都市バンコク・スワンナブーム国際空港に到着したのは十二月三十日十一時四十五分。そこから国内線に乗り換えてチェンマイ国際空港に着いたのは午後十四時五分、市内を観光し、一四〇〇年に建築されたという最古の寺院ワット・チェディ・ルアンを訪れた。その後、ワロロット市場を訪問し、ナイトバザールを散策した。それが一日目の十二月三十日。

二日目の三十一日は、チェンマイの北西にあるメーサ渓谷へ行きエレファントキャンプを訪れ、象の曲芸を見学した。驚いた。象はサッカーを楽しんだり筆を咥えてキャンパスに絵を描いたりするのだ。噂に聞いたことはあったが、何か手品のようなトリックがあるのだろうと思っていた。違う。本当に絵を描くのだ。動物の中でも最も賢いとされる象だが、やはりと思わざるを得なかった。

そんな賢い象の背中に乗るのも初体験であった。背中の籠は大きく揺れた。地上からも高い位置にあった。何だか申し訳ないような気がして揺れ続けた。その後再びチェンマイに戻って大晦日を迎えたのだ。

タイの旅は四泊五日の予定だ。三日目の一月一日は、タイ最北端の街チェンライを訪れた。チェンマイから北へ一八〇キロ、バスでの所要時間は三時間である。移動の最中、路肩のあちらこちらにタイ国王の大きな看板が見えた。ガイドの説明によると選挙が間近で国王派と反国王派の対立で、選挙戦は過熱しているという。不案内だった。やはり、貧しさからの脱却が争点になっているようだ。途中、メーカチャン温泉で、高く吹き上がる間欠泉を見学した。迫力満点で近くでは足湯も楽しめた。

チェンライに到着するとランナー王国を建設したメンラーイ王の像の前には多くの人々が集まっていた。メンラーイ王は一二八七年にランナー王国を建国し、一二六二年に王国の首都はチェンライよりチェンマイに遷都されたという。タイ北部のランナー王国は一九三九年にタイ王国に編入されるまでの六〇〇年余もの間、ランナー・タイ王国として繁栄する。その建国者がメンラーイ王である。今も英雄として人々の尊敬を集め信仰の対象にもなっているという。

チェンマイはバンコクに次ぐタイ第二の都市であるが、チェンライは古都の面影を十分に残し、新都の兆しも十分に感じられた。寺院も数多くあり、特に純白に輝く寺院ワット・ロンクンは神々しさと、けばけばしさを同時に備えていた。外から見るとまるで飾り付けたデコレーションケーキのようで記憶に残った。

四日目の一月二日はタイ最北端の街メーサイへ出かけた。メーサイの近くには、ゴールデン・トライアングル（黄金の三角地帯）と呼ばれる三国の国境を接する場所がある。タイ、ミヤンマー、ラオスの三国だ。この国境地帯には長大なメコン川が流れており、メコン川を渡れば外国である。ここでは麻薬などの取引が公然と為されているという。私たちもボートに乗ってメコン川を渡り、ラオス領ドン・サンの街のマーケット通りを散策した。那覇の平和通りのような面影のするお土産品店が左右にずらっと並んでいた。

タイ側に戻り昼食にトムヤンクンが出た。私はチェンマイの市場で試食していたが、苦みと辛みが混ざったごった煮のスープは苦手で少し口を付けてすぐにやめた。

昼食後にアカ族、ラフ族、カレン族が暮らす山岳民族の村を訪ねた。とくにカレン族は首長族として有名である。その村を訪ねるのも当初からの目的の一つであった。

村はこじんまりとした観光村に仕立てられていた。どの家にも軒先に土産品が吊され、設置されたテーブルの上にも所狭しと玩具や細工物が並べられていた。そのテーブルの傍らに丸い金色の首輪を付けた女たちが、赤黄青などの極彩色華やかな衣装を身に着けて座っていた。

女たちは、幼い子から老人まで、だれもが首輪を付けていた。小さな金属製のフラフープを何層にも首に巻き付けたようなもので、首の長さは通常の二倍から三倍ほどにも見える。なんだか痛々しい。

首輪を付けるようになったのはいくつかの説があるという。虎に喉を食いちぎられないようにするためだとか、首が長い方が美しいとか、他の部族の男性と交際をもたないようにするためだとか、いろいろ言われているようだが理由ははっきりしないという。

およそ五歳ごろから首輪を付けはじめるようで周りの女性も付けているのでそれほど違和感はないようだ。むしろ若い子たちはおしゃれの一部として首輪を楽しんでいるという。

実際彼女たちは可愛くてチャーミングだった。彼女たちもまた長い首の女性は美しいとされるため、首輪を付けて早く首が長くなるように祈っているそうだ。首が長いほど結婚相手も見つかりやすいと言われているという。

しかし、私には、美しいというよりも痛々しいという当初からの印象をどうしても拭えなかった。起源も理由も定かでないというが、女性たち自らが付けたようには思えなかった。目に見えない権力や男性たちの横柄な女性支配がこのような習慣を継続させているのではないかとも思われた。男性たちは付けないのだ。

確かに金色の首輪は何重にも巻かれていて美しいのだが、寝るときも風呂に入るときも外すことができないという。重さも相当なものだろう。理由は幾つも男性側の都合のいいように付けられ、付け足すことができるはずだ。好奇心以上に女性たちの現実に目まいを覚えて、テーマパークになった観光村を後にした。

私はこの土地の習慣を誤解しているかも知れない。それでも首長族に好奇心を持った自分を卑下した。

バンコクのスワンナブーム国際空港を飛び立った帰国の途上で、私の脳裏にはこの旅の記憶が幾つか蘇ってきたが、やはり首長族の少女たちの笑顔と可憐さは特別なものだった。もちろん私の脳裏には琉球人を展示した明治期の大阪における万国博覧会の「人類館」事件が重なっていた。アイヌや琉球人を見世物にして展示したのだ。

先の太平洋戦争時における日本軍のタイ進駐は、一九四一年十二月八日の南方作戦開始と同時に武力進駐が決行される。日本軍とタイ軍の間で戦闘も発生したが、タイから領土を使用する進駐許可が出たため、平和進駐へ移行したという。

当時は東南アジアのほとんどが欧米の植民地支配下に置かれていた。タイ王国は唯一の独立国で日本の友好国でもあった。タイ王国は、イギリスやオランダ、アメリカ合衆国、フランスなどの欧米の植民地に囲まれている上に、中華民国やイギリス領ビルマやインド洋へのアクセスの中心にもなるため、日本軍にとって重要な作戦基地、兵站基地となったのだ。日本は太平洋戦争の開戦と同時にフィリピンおよびマレー方面への侵攻を企て南方要域攻略作戦を開始する。タイは作戦実施のための後方拠点になったのである。

タイの風はあくまで優しかった。過去にも現在にも優しい風が吹いたのかもしれない。土地の記憶は土地の風がもたらすのだろう。土地の人々こそが土地の記憶を取り出せるのかもしれない。もちろん取り出した記憶は世界の共有する記憶だ。風と共に土地の匂いを運びながら世界を巡る風の声だ。

再びチェンマイの夜空を飛び交うコムローイの風景が、私を慰めてくれた。私の記憶に刻まれた生者と死者の鮮やかな交信の記憶だ。

## 二　ひめゆり

日本は必ず勝つと信じていました。だから一週間もすれば帰れると思っていたのです。でも、実際は違っていました。日が経つにつれて負傷した兵隊さんがどんどん運ばれて来るようになったのです。

私たちが配置された十七号棟の壕はベッドもない所でした。運ばれて来た兵隊さんが死んだらまた次の負傷者が運ばれて来るんです。死んだ兵隊さんを外へ運び出し、壕の外に掘った穴へ埋葬するのも私たちの仕事でした。

死んだ兵隊さんは壕の奥へ並べられていました。一人の兵隊さんの顔には、まだ白い布が被せられていました。

私とむっちゃんは兵隊さんの横に座って手を合わせました。

「今朝、亡くなったんだねえ」

「攻撃が激しいから、今は外に運び出せないのよ」

「そうだね」

「ご家族もいるでしょうねえ」

「さぞ、無念だったでしょう」

「攻撃が止んだら、康子たちも呼んで一緒に運び出しましょう」

「うん、そうしようねえ」

十七号棟には七名の学徒隊が派遣されていました。それぞれの棟に私たちは七、八名ずつ分散派遣されていたのです。

兵隊さんの右手が突然動きました。私とむっちゃんは驚いて抱き合いました。ゆっくりと手が動いたのです。

やがて右手は顔にかかった布を捲りました。さらに驚きました。生きていたのです。右の人差し指で自分の下あごを指差しました。下あごが全部なくなっていたのです。

「う〜、う〜」

兵隊さんは言葉にならないうめき声を発しました。

私とむっちゃんは、やがて正気に返り、兵隊さんの顔を見つめました。わりと年配の兵隊さんでした。兵隊さんは私たちの顔を見ながら指を動かし、うめき声を発し続けました。盛んに何かを訴えているのです。何かを指先で書いているのです。

「むっちゃん……」

私の声にむっちゃんがうなずきました。私は兵隊さんの顔の前に左手をいっぱい広げて差し出しました。兵隊さんはうなずきながら、私の掌に「べ、ん、じょ」と書きました。

私とむっちゃんは顔を見合わせうなずきました。

それから兵隊さんは、私とむっちゃんの掌に、水が飲みたい時は「み」と、便がしたいときは「べ」と書いてくれました。ただ、私たちは勉強はしましたが看護師の資格はありません。だから水を飲ませるときは看護師さんを呼んできました。看護師さんはゴム管を口に当て水を飲ませてくれました。

私は一九二八年五月、本部町《もとぶ》伊豆味《いずみ》で産まれました。名前は山里広子、当時十七歳。一九四二年の四月に憧れの沖縄師範学校女子部に入学しました。戦争が近づいてくると勉強どころではなくなり軍作業の時間が増えていきました。

沖縄陸軍病院へ派遣されたのは一九四五年三月二十三日、私たちは「ひめゆり学徒隊」を結成し、病院壕に行き軍医や看護師の手伝い、また兵隊さんや負傷兵の世話をみることになったのです。テレビもインターネットもない時代です。私たちは「連戦連勝」という大本営の情報を信じ込み「お国のために」と頑張ったのです。

私の夢は教師になることでした。伊豆味尋常高等小学校で学びましたが、放課後になるとテニスをしている先生たちを見て教師に憧れました。教師になるためには那覇市安里にある難関の沖縄師範学校女子部へ入学しなければなりません。

父は農業をしていましたが、教育には強い関心を示し、私たち兄妹の意向を尊重してくれました。兄は嘉手納の農林学校で学んでいました。私は六人兄妹の二女でした。

「沖縄師範に合格するには今の勉強では足りないぞ。合格したら、お前の好きなようにしてもいい」

父の激励を受けた私は、担任の渡慶次《とけし》恵子先生に相談しました。先生は師範学校女子部の卒業生でした。

私の頭を撫でながら、渡慶次先生が言いました。

「広子さん、よく決心したね。広子さんなら、うんと勉強したらきっと合格できるわ。私の家で寝泊まりして勉強してもいいよ」

私は嬉しくて、すぐに父や母に相談しました。両親とも笑顔で許してくれました。

当時学校は尋常小学校が六年生まで、その上に高等小学校が二年までありました。私は高等小学校の二年生になっていました。その年の一九四一年からは学校名は国民学校初等科、国民学校高等科と名称が変更になりますが、十三歳になったばかりでした。

両親の許しを得た私は、昼は学校で、夜は先生の家で一所懸命勉強しました。父はお礼にと、先生の家へときどき薪を届けていたようです。おかげで私は一発で合格することができました。

その年、本部町からは私を含めて三人が合格しました。伊豆味からは私一人でした。村の人たちが大勢私の家に集まり、お祝いをしてくれました。嬉しくてたまりませんでした。学校には寮がありましたから、寮に入りました。

寮には厳しい規則がありました。特に先輩の世話やお手伝いをするなど引き継がれてきた規則や伝統がありました。それでも勉強する時間がないわけではありません。寸暇を惜しんで勉強しました。村の人々の期待を背負っているんだという自覚もありました。

学校や寮での行事などは、楽しいものばかりでした。首里城への遠足も忘れられません。龍譚池《りゅうたんいけ》の周りで弁当を広げ、みんなでおしゃべりをしながら食べました。寮で新しくできたお友達、むっちゃんや孝子たちと一緒に那覇の町を散策したり、波上宮まで出かけて海を見たりなど楽しかった思い出が蘇ってきます……。

学校にプールが新設されたときは、先輩も私たちも一緒になってはしゃぎ周り、みんなで泳いだり記念写真を撮ったりしました。

でも次第に楽しい学校行事も少なくなっていき、勉強よりも軍作業の時間が多くなっていきました。班をつくって首里や那覇を離れて高射砲陣地を造る作業にも動員されました。日本の勝利を信じて疑いませんでした。ただ、一九四四年十・十空襲の後には、私たちにも一抹の不安が芽生え始めていました。学校でも十二月には看護教育が組み込まれました。

年が明けた一九四五年三月二十三日、いよいよ米軍の沖縄上陸が予想される中、私たちはお国のために学業を中止し、「ひめゆり学徒隊」を結成して南風原《はえばる》の陸軍病院へ看護要員として配属されたのです。名前の「ひめゆり」は沖縄県立第一高等女学校の学校広報誌の名前「乙姫」の「姫」と、沖縄師範学校女子部の学校広報誌の名前「白百合」の「百合」を併せて「ひめゆり」という名称にしたのでした。二つの学校は同じ敷地内に建つ併設校でしたから先生方の中には両方の授業を掛け持ちしている方もいらっしゃったのです。両校の女子生徒合わせて二二二名と引率教師十八名の合計二四〇名からなる学徒隊でした。

ひめゆり学徒隊以外にも各地で女子学徒隊が結成されました。「白梅学徒隊」「なごらん学徒隊」

「瑞泉学徒隊」「積徳学徒隊」「梯梧学徒隊」「宮古高女学徒隊」「八重山高女学徒隊」「八重農学徒隊」の八つの学徒隊でした。多くの犠牲者を出しました。ひめゆり学徒隊の犠牲者は、最終的には教師・学徒二四〇名のうち半分を上回る一三六名が死亡したのです……。

沖縄陸軍病院は沖縄守備軍（第三十二軍）の直轄で、本部、内科、外科、伝染病科に分かれており、四十近くの横穴壕の土壁に二段ベッドを備え付けて患者を収容していました。四月一日、米軍が上陸して前線の負傷兵が増加するのに伴い、内科は第二外科に、伝染病科は第三外科に変更されました。それほどに負傷者は多かったのです。那覇近郊の一日橋、識名、知念半島近くの糸数にも分室が置かれ学徒隊は全員が分散配置されました。

私たちは、軍医や看護師の手伝いだけでなく、飯炊き、水汲み、掃除、洗濯など、できるものはなんでもやりました。特に汚物の処理や死んだ兵隊さんたちの埋葬は私たちの仕事でした。

埋葬といっても、最初のころは兵隊さんも手伝ってくれて墓穴を掘って埋葬していましたが、そのうち、余りにも死者が次々と出るので墓穴を掘るのが間に合わず、爆弾が落ちてできた大きな穴に遺体を転がすように並べていました。

やがてその一つの遺体に、下あごのない兵隊さんも含まれていることを発見しました。

「可哀想にね……、あの兵隊さん、奥さんもお嬢さんもいると、掌に書いてくれたのにね」

私とむっちゃんの、そんなつぶやきを軍医に咎められました。

「おい！　何を言っているんだ。これが戦争だよ」

「悲しむ時間があったら、こいつの身体と脚をしっかり押さえていろ！」

軍医は糸鋸を手にしています。私たちには、死を悲しむ時間さえありませんでした。最初のころは艦砲でできた穴に埋葬する兵士にも、「ごめんね」とつぶやいていましたが、そのうち「ごめんね」の言葉も失っていました。戦争では言葉も奪われるんです。

また切り取られた脚から流れる血を見て、卒倒するほどでしたが、やがて脚を抱えて、遺体埋葬場に投げ捨てることができるようになりました。汚物や遺体の臭気に吐き気をもよおしていましたが、気がつくと慣れていました。人間って怖いですね。死にも戦争にも慣れてしまうのです。

南風原の沖縄陸軍病院で悲しみを飲み込み、驚きを隠しながら必死に働いていましたが、ひと月ほど経った四月二十七日、糸数分室に行くように命じられました。仲良しのむっちゃんも孝子さんも一緒です。

糸数分室は糸数の自然壕アブチラガマに設置された南風原陸軍病院の分院です。もともとは糸数集落の避難指定壕でしたが、日本軍の陣地壕や倉庫として使用され、戦場が南下するにつれて南風原陸軍病院の分室となったのです。

アブチラガマはとてつもなく大きな自然壕でした。全長二七〇メートル。ガマの中には、負傷兵や村人たち六〇〇人ほどが収容されていました。軍医、看護師、そして私たちの仲間のひめゆり学徒隊もすでに配属されていました。久し振りに学友たちとの再会を喜びましたが、すぐに慌ただしさの中に取り込まれていきました。ここにも数多くの負傷兵が次々と運び込まれて来たのです。

アブチラガマは私たちが移動してきた当初は電灯も点いていました。洞窟の中にできた賑やかな町のようにも思われましたが、暫くして照明が消え、一気に不気味な沈黙の町になりました。米軍が近づいてくる気配に怯えて、緊張感で身体が震えることもありました。壕の隅々に横たわった重傷者のうめき声は耳を押さえたいほど凄惨なもので、さらに私たちの緊張を高めました。壕内では脳症を患った兵士からいきなり抱きつかれたり殴られたりしたこともあります。また、切断した手足を処分しに外に出ようとすると呼び止められて言われました。

「おい、それ、捨てるんだろう。俺の脚だ。炊いて俺に喰わせろ」

そんな風に言って私たちを困らせる兵士もいました。食糧も徐々に乏しくなっていきました。アブチラガマに配属されてから一か月後の五月二十五日、沖縄防衛の第三十二軍は南部の喜屋武《きやん》半島へ撤退することになりました。それに伴い、南風原にあった陸軍病院も南部へ移動するらしいと噂されました。アブチラガマにもやって来るぞ、という伝言がもたらされました。そのとおり、すぐに陸軍病院の医師や看護師や学友たちがやって来ました。再会を喜びましたが束の間のことでした。出会っては別れ、別れては出会う。私たちはそれを何度か繰り返しました。

南風原壕を撤退する際には重傷患者を放置してきたことがひそかに囁かれました。それだけではありません。青酸カリを注射し手榴弾を置いてきたというのです。私たちの身にも、いつこのようなことが起こるかもしれないのです。故郷の父や母、テニスをしていた渡慶次先生の姿を思い浮かべて涙を堪《こら》えました。

また、当初は波平、糸洲、伊原に外科壕が設置されていましたが、米軍の進攻とともに波平と糸洲の外科壕は放棄され、そこに配属されていた学友たちも、私たちが働いている伊原の第一外科壕と第三外科壕の二つに合流するとのことも知らされました。すでにこの時点で、私たちの仲間からも十九名の犠牲者が出ていることも知りました。

日本軍の陣地は進撃してくる米軍にことごとく破壊され、全滅もしくは孤立し、もはや組織的な戦闘は不可能となりつつあったのです。私たちの壕の前にも何度か爆弾が落ち、大きな爆風が壕の中まで吹き渡りました。六月十七日のことです。この日の爆撃で、さらに多くの学友が死にました。外に出ていた孝子さんも砲弾の破片を胸に受け即死しました。私もむっちゃんも、もう涙は涸れていました。六月十八日の夜、外科壕の学徒隊に解散命令が伝えられました。これ以上軍とともに行動を強制することは死を強要することになる。それを避けるための命令であると、上官は言ったようにも思われます。

でも、米軍が身近に迫り、次々と壕を破壊していく包囲下のもとでの解散はまさしく戦場に放り出されることでした。死の危険にさらされることになったのです。私たちの不安や懸念をよそに、私たちに手榴弾が渡されました。私たちはだれもが自決を覚悟しました。

六月十九日の早朝、這うようにして壕の外に出ました。むっちゃんも一緒でした。私たちは五人でグループを作りました。大勢だと敵に見つかるということで幾つかのグループに別れて逃げたのです。それは兵隊さんの指示でしたが心細さが増し、どこに逃げればいいのか分かりません。その指示はありませんでした。

私たちのグループは、ただ道沿いに進みました。しばらく行くと小さな岩の窪みを見つけました。そこへしがみつくように身を隠したのです。

「おい！　何しているんだ」

一人の日本兵が私たちを見つけて近づいて来ました。

「敵はすぐ近くまでやって来ているぞ。ここではない。もっと南だ。南に逃げるんだ」

日本兵はそう言って走り去りました。その兵隊さんに弾が直撃しました。兵隊さんはその場に倒れ、手足をぴくぴくと動かしていましたが、やがて動かなくなりました。

「死ぬときは即死がいいね」

むっちゃんが言いました。だれも答えません。兵隊さんに言われたとおり、私たちは南の米須《こめす》の海岸を目指すことにしました。

六月二十三日ごろだったと思います。私たちはひもじさに耐えながらやっと米須の海岸に着きました。すると多くの学友たちが私たちの姿を見て、手を振って迎えてくれました。あちらこちらのガマ（自然壕）に身を潜めていたのです。南風原壕で一緒だった明子さん、糸数壕で一緒だった山城さん、那覇市場へ一緒に遊びに行った康子さん、みんなで涙を流して再会を喜びました。

女子師範のK先生にも会いました。第三外科壕が十九日の早朝に攻撃され、引率教師四名と学友三十八名が死んだことが分かりました。胸が詰まりました。脱出直前の惨事だということでした。

「私はしばらくここを離れる。怪我をした生徒を休ませている。連れに行くが、戻って来るまで隠れていろよ。いいか、みんな、生きるんだよ」

私は、K先生に笑顔で頭を小突かれました。よっぽど疲れた顔をしていたのかもしれません。でも、K先生は日が暮れても、また翌日にも戻って来ませんでした。戦死していたのです。

やがて手榴弾の爆発する音が聞こえるようになりました。もうみんな耐えられなかったのです。なにもかもに……。むっちゃんの姿も見えなくなりました。明子さんも、山城さんも、康子さんも……。

私は六月二十六日に米軍に捕まりました。壕を出た途端、米兵に腕を掴まえられたのです。

「ノー！　殺せ！　殺して！」

私は残った力を振り絞って大声で叫び暴れました。でも大男の米兵の前では蟻のような抵抗だったかもしれません。実際、私はもう気力も体力もなくなっていたように思います。

大里に駐留する憲兵隊のキャンプに連れて行かれました。それから翌日、トラックに乗せられて嘉手納基地近くの収容所に連れて行かれました。米兵から指摘されて初めて背中と右脚に傷を負っていることに気がつきました。現在の沖縄市にあった米軍病院で治療を受けるために入院しました。

八月十五日にハワイ生まれの日系二世が病室にやって来て戦争が終わったことを教えてくれました。私はむっちゃんや死んだ学友のことを思い出して何度も何度も涙を流しました。

「米軍が沖縄に上陸する前に戦争が終わっていたら、こんなにたくさんの人が死ぬことはなかった。

解散命令を出して壕の外に追い出されなければ、多くの学友たちが生き延びたはずなのに。なぜ、私たちは壕の中に留まろうとしなかったんだろう。なぜ私はあのとき、みんなと一緒に死ななかったのだろう。死ぬ決意で壕の外に出たはずなのに、なぜ私は生き延びてしまったのだろう」

私は生きている負い目や申し訳なさから、何度か死のうと思いました。死ねませんでした。その度に「生きるんだよ」とおっしゃったK先生の優しい笑みを思い出しました。また戦後、「ひめゆりの塔」にもなかなか足を運ぶことができませんでした。でも今では、生き残ったからこそ、亡くなった友達を慰め、友達の無念さと戦争の悲惨さを語り継ぐことができるのだと思うようになりました。

六月二十三日、私たちが米須海岸に着いたあの日に、牛島満司令官の自決により日本軍の組織的戦闘は終了していたのです。その後も各地で戦闘が続き、米軍が沖縄戦の作戦終了を宣言したのは七月二日のことでした。

平成三〇年度の沖縄県の資料によると、摩文仁に建立された「平和の礎」の刻銘者数は、沖縄県民一四万九五〇二人、県外都道府県者七万七四三六人、米国民一万四〇〇九人、その他、韓国台湾など合わせて二四万一五二五人だとされています。

## 三　尿

父、山川幸助は鹿児島県などで機関銃隊の一員として二年間務めあげ、一九四五年の二月末に故郷浦添村に戻って来ました。一時帰省ではありましたが久し振りの父との対面です。ぼくたち家族はみんな大喜びでした。

「お父、これからまた一緒に遊べるね」

「もう、戦争に征かないでよ」

弟の幸治と幸三郎が無邪気に父にまといつきます。

父は笑顔でうなずいていました。父は生後八か月の幸太《こうた》を抱き上げて言いました。

「高い、高～い。父さんだよ、もうどこにも行かないからな」

父は笑っていました。とても幸せそうでした。

ところが、帰郷からわずか三週間後に、父の召集を求める赤紙がまた届いたのです。

祖母ウサが悔しそうな顔で言いました。

「アイエナー。またなあ」

「ワラビ（童）もまだクーサルムン（小さいのに）、国というのは情ケンネーランサヤ（情けもないんだなあ）」

祖母が腰を曲げながら家の中を歩き回り、涙を流していた姿を、今でもはっきりと覚えています。

ぼくも、父が再び戦争に出かけたら生きて帰れないのではないかという不安が大きく膨らんでいました。一九四四年の十月に沖縄全土に空襲があり大きな被害が出ていました。年が明けると、ぼくの家の近くの前田高地には日本兵がたくさん集まって陣地壕を造っていました。戦争は間近に迫っていたのです。体験したことのない恐怖を感じました。巨大な人食い怪獣がノッシノッシと足音を立てながら迫って来るように感じられたのです。

「幸一、心配ない、大丈夫だよ、お父は必ず帰って来る。今度の出征地は本島南部だ。遠くではない。いつでも会えるさ。心配するな」

「幸一、お前は長男だからな。頑張って三人の弟たちの面倒を見てやるんだぞ。おばあや、お母の手伝いも頼むぞ」

お父は、優しくぼくの頭を撫でてくれました。ぼくは涙がこぼれそうになるのを必死に堪えました。そして大声で答えました。

「お父、マカチョーケー（任せておけ）」

父は、ぼくを強く抱きしめてくれました。ぼくは十歳になっていました。

父は再び、兵隊になりました。父は父でなくなりました。再び帰って来ることはありませんでした。永遠に帰って来ないのが死なんです。

父が出征してから間もなくして、本土への学童疎開船が出ることを聞きつけた母キクが、ぼくと二人の弟を疎開させようかとおばあと相談していました。おばあが首を横に振りました。

「キク、ナランドー（駄目だよ）。家族は一緒がいいよ。船旅や危ナサンドー（危ないよ）」

「幸助が帰って来るまで、ここで待ッチョウカー（待っていよう）」

「ぼくがみんなを守るよ、お母。お父と約束したんだ」

ぼくの言葉に母も笑顔になりました。母も、家族みんなで住み慣れた前田に残ることを決意したのです。

ぼくの名前は、山川幸一《こういち》。一九三五年二月浦添村前田で産まれました。祖母と両親と三人の弟たちと暮らしていました。ぼくの上にお姉ちゃんが産まれていたのですが幼くして病気で死んでしまったそうです。

一九四五年、ぼくは浦添国民学校の三年生でした。もちろん年が明けてからは学校は閉鎖されていました。兵隊さんたちの宿舎になったのです。

父が戦争に征ってからは、予想どおり激しい戦争になりました。砲弾の音が絶えず聞こえました。砲弾を撒き散らす巨大な人食い怪獣が、やはりやって来たのです。

前田高地は首里司令部壕を背後に控えた最前線でした。日本軍は近くの嘉数高地と併せて頑強な防衛線を張り巡らしていたのですが、米軍は容赦なく攻撃を仕掛けてきたのです。

ぼくたち家族は、前田高地の近くにある西新城《にしあらぐすく》という母の実家裏の防空壕に隠れていました。父が掘ってくれた防空壕です。時々、壕の近くで激しく撃ち合う銃の音も聞こえました。ぼくは幸治と幸三郎を両脇に座らせて頭を押さえていました。泣き出そうとする三歳の幸三郎には手こずりましたが、二人ともぼくの言うことをよく聞いてくれました。あるいは恐怖で震えていたのかもしれません。

前田高地は大変な激戦地でした。朝から晩まで艦砲弾が飛び交っていました。壕の中に一週間もいると食べ物も水もなくなってしまいました。お母とぼくが、一緒になって食べ物を探し、水を汲みに出かけました。辺り一面焼け野原になっていて死体が至る所に転がっていました。ひゅー、ひゅーと砲弾がぼくたちの近くで音立てて飛んで行くようで、昼間は壕の外に出られなくなりました。喉も渇き、いつもひもじい思いをしていました。

「このままでは危ないな。おばあ、ここからヒンギラ（逃げよう）」

「ヤンヤ（そうだな）、首里のウガンジュムイ（拝所のある森）かいヒンギラ（逃げよう）。防空壕もたくさんあると聞いている。ウカミ（琉球の神様）が守ってくれるよ」

おばあの返事にお母がうなずきました。

四月の二十七日ごろだったと思います。西新城の壕を出てウガンジュムイを目指しました。注意深く身を屈めながら歩いていたのですが、どこからか飛んできた銃弾が祖母と三男の幸三郎に直撃し、目の前で即死しました。二人の遺体を木の陰に隠し、悲しむ間もなく歩いていると、今度は次男の幸治が突然、泣き叫びながら倒れました。銃弾が胸を貫通していました。あっという間に胸を赤く染めて息絶えました。

「アイエナー、イットゥチニ（一瞬に）三人も死んでしまったよ」

「幸一、近くにメーウイゾー（前上門家）の墓があるから、そこでひとまず、身を隠そう」

母の言葉に、ぼくはうなずきました。メーウイゾーは父の親戚です。少し後戻りして墓を訪ねました。メーウイゾーの墓には既に人がいっぱいでした。

親戚のおばさんは顔を強ばらせて幼い幸太を見ながら言いました。

「泣く子がいると、墓には入れないよ」

「泣いたらアメリカーに見つかるさ。この辺はもうアメリカ兵がうじゃうじゃしているよ。あんたたちも見たでしょう。マギンチュドー（大きな人たちだよ）」

母は、なんとかお願いしてやっと一晩だけと、許しを貰いました。お母は必死に幸太が泣かないようにとあやしていましたが、食べ物もなく、おっぱいも出ないようでした。水を少しだけ分けて貰い、ハンカチに染み込ませて吸わせていました。

翌四月二十八日、夜が明けると再び首里を目指しました。周りには艦砲の砲弾や迫撃砲の落ちる音が絶えず鳴り響いていました。母と手を繋ぎ、かがむようにして歩きました。首里には日本軍の司令部が在り、たくさんの兵隊さんたちがいるので助けてもらえるのではないかという希望もありました。でもそれゆえに、イクサ（戦い）の真っ只中に飛び込んだのです。

墓を出て間もなくでした。ひゅーという音がしたように思いました。母が負ぶっていた幸太が声も上げずにがくっと首をうなだれました。銃弾が幸太のこめかみを貫通したのです。幸太だけでなく母も肩と脚に被弾し座り込んでしまいました。母を座ったままで引きずるようにして木の陰に隠れました。

「お母、ここに居ては危ないよ。逃げないと」

ぼくはパニックになっていました。どこかにアメリカ兵が隠れていて狙われていると思ってうろたえたのです。

母の脚や肩からも血が流れていました。

「幸一、よく聞いてよ。首里に行くのはもう諦めよう。もう一回前田に戻って身を隠して、お父の帰るのを待っていよう。ねえ、そうしよう。お母はしばらくここで休んでから行くから、先になりなさい。早く行きなさい！」

「お母、駄目だよ。ぼく一人だけでは怖いよ。逃げられないよ」

ぼくは、泣きだしそうになりました。

「あんたは山川の長男だろう。お父と約束したんだろう。お母を守るって」

「みんなを守るって、約束したんだ」

「みんなは、もう死んでしまったよ……。生きているのは、あんたとお母だけだ。幸太も死んでしまった」

母は、死んだ幸太をしっかりと抱いていました。

「何をぐずぐずしているんだ、はやくここから逃げなさい」

「お母……」

「ヒンギレー（逃げなさい！）。お母も後から行くから。すぐに会えるよ。お母も頑張るからね、生きるんだよ。いいね」

母はぼくの頭を撫で顔を撫でて言いました。

「うん」

ぼくは十歳、涙を拭いて立ち上がりました。

前田に向かって走りました。やっぱり砲弾が飛んできます。迫撃砲の音も聞こえます。途中で怖くなって、見つけた小さなガマに逃げ込みました。逃げ込むと同時に雨が降ってきました。

雨の降る間、ぼくはじっと我慢してガマの中に隠れていました。翌日も翌々日も雨でした。その間、何も食べることができません。緊張して気が付きませんでしたが、ぼくは一週間以上も何も食べていませんでした。ひもじくて、ひもじくて、たまりませんでした。母はいつまで待ってもやって来ません。

ガマの前に生えているツハブキの葉を丸めて雨を溜めて飲みました。何度か飲みましたが、ひもじさは収まりません。このままでは栄養失調で死んでしまうと思いました。翌日にも空腹は収まりません。ますますひどくなりました。

ぼくは自分のおしっこを飲むことを思いつきました。やはりツハブキの葉を丸めておしっこを溜めました。量も少なく、おしっこは濁っていました。口に含んだら吐き気がしました。それでも思い切り、飲み込みました。水よりは栄養があるかなと幼心にも思ったのです。もちろんそれは正しいかどうか分かりません。

雨はいつまでも止む気配がありませんでした。雨を見て雨の音を聞きながらぼんやりと死んでしまった三人の弟のこと、おばあのこと、そして母や父のことを考えていました。

「ここに居たら死んでしまうかも」

ふと我に返ったようになり、ぼくは前田に向かって雨の中を駆け出しました。

西新城の壕に着くと、中にだれかがいるような気配がしました。母かなと思いましたが、覗いてみると年老いたおじいとおばあが横たわっていました。二人は動くのも億劫なようでした。

「あい、どこのワラバーカネ(どこの子かね)」

「山川の長男の幸一です」

そう名乗りましたが、知っているはずはありません。

「ここはぼくらの壕ですよ」

「エエ、アンヤミ(ええ、そうなのか)、いっとき、休ませてくれないかねえ。おじいもおばあも、もう年をとって歩けないさ」

「……いいよ」

ぼくは答えました。

「有り難うねえ、ワラバー。あり、ここに黒砂糖があるよ。食べなさい。芋もあるよ」

ぼくは差し出された黒砂糖を受け取って急いで食べました。芋もお礼を言って食べました。久し振りの食事です。パクパク食べました。おじいとおばあは笑って見ていました。

「おばあたちは食べないの?」

「おばあたちはもういいよ。ワラバーよ。喉が渇いたから水を汲んで来てくれないかねえ」

ぼくは黒砂糖のお礼の意味もあって渡された急須に急いで水を汲みに行きました。近くに川はないので水溜まりの泥水ですが、できるだけ澄んだ水を掬いました。

壕の周りは静かになっていました。前田高地の激戦も終わったようでした。たぶん、米軍の勝利に終わったんだろう。

「有り難うねえ、ワラバー」

おじいとおばあは、美味しそうに水を飲みました。それから三日後に二人は一緒に死にました。おばあはぼくに願い事をしていました。

「ワンガ死ネーカラヤ。ガマヌ奥ニ、ウチェール(置いている)バサージン(芭蕉布)、掛キティ、トラシヨー。おばあが若いときに織ったもんだよ」

ぼくは、うなずきました。おばあの希望どおり、芭蕉で織った薄葉色の着物を掛けてあげました。

おじいからはマッチを貰っていたので何かと便利でした。それ以降はずっとこの防空壕で過ごしました。鍋もあり、火を焚いて蝸牛や蛙などを捕まえて湯がいて食べました。空腹も徐々に満たされていきました。母は、待っても待っても来なかったです。

五月の末ごろだったと思います。壕の外に出ると、「ヒューイ」という口笛が鳴ったのです。

「しまった、アメリカ兵だ」

ぼくは、慌てて壕の中へ戻りました。見つかったかもしれない。そう思うと心臓が早鐘のように動悸を打ちました。見つかると殺される。ぼくは息を潜めてじっとしていました。三、四人のアメリカ兵たちの話し声が聞こえます。やがてアメリカ兵たちは、ぼくが隠れている壕の奥まで入って来ました。みんなが笑いながらぼくを引っ張り出しました。おじいやおばあの遺体も引っ張り出しました。

「殺されるんだ。ぼくはここで死ぬんだ」

そう思って怯えていると、アメリカ兵はポケットからチョコレートを出してぼくにくれました。自分が食べるのを見せてぼくにも勧めたんです。それを見てぼくも一口、囓ってみました。

「美味しい！」

ぼくは思わず言葉を発し顔をほころばせていました。それを見てアメリカ兵たちはまた笑っていました。

それからぼくは宜野湾野嵩《のだけ》の収容所に連れて行かれました。一週間ほど経てコザの孤児院に移送されました。孤児院には多くの孤児たちが収容されていましたが、でも決して暗い顔をしてはいなかったです。戦場に比べると、屋根があるし食べ物があったのです。

しばらくして生き別れになっている母が迎えに来てくれました。

「幸一、生きていたんだね、良かったね」

母はぼくを見るなり、駆け寄って来て抱きすくめてくれました。ぼくも涙を流しました。母は右足を引きずり杖を突いていました。

「幸一……、これからは、きっといい世の中になるはずだから、一緒に頑張ろうねえ」

母は、ぼくの頭を何度も撫でました。

浦添の前田に戻って母と二人の生活が始まりました。しばらくして、父が捕虜になり胡屋の病院に居ると言うことを親戚から聞いて、母と二人勇んで胡屋に出かけました。しかし、父は居ませんでした。人違いだったのです。

父は死亡証明書もありません。おそらく戦死したのだろうと思われますが定かではありません。父の宙ぶらりんの死は、母にとっては辛いことだったろうと思います。

しかし、母は悲しい顔をしませんでした。七人いた家族は母と二人だけになりましたが、母と一緒に一所懸命生きてきました。自慢の母です。戦時中は何度も心が折れそうになりましたが、最後まで生きることを諦めずに良かったと思います。

ぼくはこの歳になっても、おしっこをする度に、あの日のことを思い出すんです。

## 四　ボスニア・ヘルツェゴビナ

ボスニア・ヘルツェゴビナの街、モスタルの風に吹かれたのは二〇一六年九月十八日のことだ。いきなり戦争の匂いに緊張した。バスから降りた目前の建物の壁には至るところに砲弾や空爆の痕跡が刻まれていたのである。

モスタルはボスニア・ヘルツェゴビナの首都サラエボの南西七十キロの地点にある。ネレトヴァ川が流れる渓谷にある街だ。十五世紀から十六世紀にはオスマン帝国の要衝として栄え、また十九世紀から二十世紀にはオーストリア＝ハンガリー帝国の領土となり発展した街である。川の西岸にはヨーロッパ風の建物やカトリック教会が立ち並ぶ。東岸にはトルコ風の町並みが残りイスラム教徒が多数居住していた。他宗教への寛容さもあり一八三四年にはセルビア正教会が建設されるなど複数の宗教が併存する街だ。モスタルの名前はネレトヴァ川に架かるスタリモスト（古い石橋）から来ているようだ。

しかし、一九九二年に勃発したボスニア・ヘルツェゴビナ紛争では、宗教や民族の違いも許されなかった。旧市街のほとんどと古い石橋はクロアチア軍の民兵により破壊された。

二〇〇四年、各国の援助とユネスコの貢献でトルコ式アーチ型の石橋は再建され、旧市街の建物の多くも回復した。復元された石橋とモスタルの旧市街は、再び多文化が共存する都市の見本ともされ、国際協力や多様な文化・民族・宗教が集まる共同体の象徴的な都市であるとして世界遺産にも登録されている。

モスタルの石橋を見るのも今回の旅の目的の一つだった。人と人とを繋ぐ石橋が人類の悪の象徴とも言うべき戦争で破壊されたこと、和平が叶い再び平和のシンボルとなって復元された石橋の上から、平和を謳歌する人々が歓喜の声を上げながら川へ飛び込む映像がテレビで何度も紹介されたこと、などがあったからだ。

モスタルの街には思った以上に内戦の痕跡が至るところに露出していた。内戦が終息したのは一九九五年、生々しい土地の記憶と風の匂いが私を幻惑した。

バスを降り、狭い軒並みを身を屈するようにして歩く。石畳でできた路上の両脇には露天が無造作に並んでいる。その傍らで屈強な若者たちがテーブルを囲んでビールを飲みながら談笑している。クロアチア人だろうか。笑顔はない。鋭い目付きで睨まれ一瞬身が竦む。七十年前の沖縄戦の風と匂いも、この街と同じだったのだろうか。沖縄戦の犠牲者たちがモスタルやサラエボで死んだ人たちの苦痛の表情と重なる。

復元された石橋の上には多くの人々が群がっていた。二人の男が上半身裸になり、今にも川に飛び込むぞという仕種で、時々大声を上げて叫んでいる。お金を要求しているようだから、観光客相手のパフォーマンスとしての飛び込みのようだ。

石橋の長さは思ったよりも短い。五十メートル程の長さだ。しかし川面まではとても距離がある。五階建ての建物ほどの高さになるのではないだろうか。下を覗くと目眩むほどである。

辺りを見回すと絵画の中にいるような錯覚に襲われるほどに美しい。川の水は澄んでおり、両岸は深い緑に覆われている。山並みも鮮やかな稜線を作り空は雲一つない青空だ。家屋は肌色の石造りで古い歴史を感じさせる趣がある。山の斜面にも煉瓦色をした屋根を被せた石造りの家屋がぽつんぽつんと建っている。この地で両岸から激しい銃撃戦が行われ石橋も破壊されたのだ。わずかに十数年ほど前のことだ。

ボスニア・ヘルツェゴビナの内戦は理解することが難しい。長い民族の歴史や宗教が絡んだ内戦だと思われる。親しくしていた隣人が他民族だからといっていきなり銃を向け合い殺し合うのだ。民族浄化という名の下に婦女子を強姦し堕胎できない歳月を経て解放する。この戦争がこの土地で起こったのだ。

モスタルに来るまでに頭に入れてきた知識を反芻する。戦争は一九九一年に勃発したユーゴ解体の動きの中で起こったはずだ。一九九二年三月にボスニア・ヘルツェゴビナが独立を宣言したことが発端になる。当時、同国には約四三〇万人の人々が住んでいたが、そのうち四十四パーセントがムスリム(スラブ人のイスラム教徒)、三十三パーセントがセルビア人、十七パーセントがクロアチア人と、異なる民族が混在していた。ムスリムとクロアチア人が独立を推進したのに対し、セルビア人はこれに反対したため、両者間の対立はしだいに深刻化していき、独立宣言の翌月には軍事衝突に発展する。やがてムスリムとクロアチア人勢力の中でも対立が生まれ三つ巴の内戦となっていく。

セルビア人勢力はボスニア・セルビア人共和国を、クロアチア人勢力はヘルツェグ・ボスナ・クロアチア人共和国をそれぞれ樹立し、ムスリムと併せて三勢力が「民族浄化」の名のもとで他民族の追放虐殺を行なうなど凄惨な戦いが三年余も続いたのである。

ヨーロッパ共同体と国際連合が仲介にあたり、国連保護軍が派遣され、三勢力に対し四度にわたって和平案を提示したが、三勢力すべての同意を得ることはできなかった。政治的解決は困難をきわめ、一九九五年八月末、セルビア人勢力に対する北大西洋条約機構ＮＡＴＯ軍の空爆が実施され、セルビア人勢力は大きな打撃を被る。

一九九五年十一月にアメリカ合衆国の主導で紛争三当事国の代表がアメリカのデートンの空軍基地に集まり、デートン和平合意が成立する。これにより、国連と多国籍軍の監視のもとで、ムスリムとクロアチア人の「ボスニア・ヘルツェゴビナ連邦」（領土の五十一パーセント管轄）とセルビア人の「セルビア人共和国」（領土の四十九パーセントを管轄する）の二政体からなる一つの主権国家を目指すことになったのである。

ボスニア・ヘルツェゴビナ紛争の悲惨さは、自勢力の支配下に住む異民族を排除し、勢力圏を民族的に単一にするための民族浄化が行われたことにもある。手段としては各種の嫌がらせや差別的な待遇、武器の没収、家屋への侵入・略奪・破壊、資産の強制接収、暴行・拷問・強姦・殺人によって、その地域から退去せざるを得ない状況に追いやる方法や、強制追放、強制収容、あるいは大量虐殺によって物理的に異民族を地域から取り除く方法がとられたのである。全土で繰り広げられた戦闘の結果、死者二十万人、難民・避難者二五〇万人が発生し、第二次世界大戦後のヨーロッパで最悪の紛争となったのである。

石橋を歩いて東側に渡ると、ムスリムの人々が営業しているバザールが軒を連ねていた。老人から子どもまでが笑顔を浮かべながら売り子になっている。一軒の土産店に入り、石橋を描いたB4大のスケッチを買う。カフェに入り一杯のコーヒーを飲む。それから街中に建つ古いモスクを見学する。内部に螺旋階段があり、屋上まで上って行くと石橋や対岸の町並みや遠くの山並みが見渡せた。ネレトヴァ川の上流と下流にも目をやることができた。

橋上でパフォーマンスをしていた二人の男は、私が橋上をうろつき、橋下で見学しようと待ち構えていた一時間ほどの間で、結局一度も飛び降りなかった。橋上のたもとに無造作に置かれたブロック片には、だれが刻んだのか「一九九二―一九九五」との数字が鮮明に刻まれていた。人間の平和への祈りであり記憶の記録なのだろう。

土地の風は、どこの国でも記憶の匂いがする。ボスニア・ヘレツェゴビナ以外にも、今回の旅はクロアチアの首都ザブレグや海上の城壁都市ドブロニクの旧市街地、またスベロニアのブレッド湖やモンテネグロのコトリの街を見て廻った。雄大な大自然の美しさと人間の歴史を刻んだ史跡からは無数の声が聞こえてきた。人間の愚かさと偉大さを包む土地の厳とした風の声である……。

## 五　移送と帰還

一九四五年三月、ぼくは当時十八歳でした。戦局の悪化で徴兵検査が二十歳から十八歳に引き下げられました。ぼくは三月二十三日に県立農林学校の卒業を控えていましたが、卒業を待たずに三月一日に那覇市立商業学校（現那覇商業高校）に駐屯していた日本軍の「玉二一七二部隊高射砲中隊」に入隊したのです。

死ぬ覚悟はできていました。ためらいはありませんでした。「お国のため」と言えば、だれも文句は言いません。両親もぼくが戦争に征くことを当然のことだと思っていました。ぼくの同級生は、だれも卒業証書は持っていません。

ぼくの名前は具志堅信弘《ぐしけんのぶひろ》。一九二六年八月恩納村前兼久《おんなまえかねく》で産まれました。十三歳のとき、父親が嘉手納で時計屋を開いたので家族で嘉手納に引っ越しました。一九四二年に嘉手納の県立農林学校に入学し、二年まで順調に勉強しました。

一九四四年七月、サイパンが陥落しました。沖縄も危ないというので、本土から多くの軍隊が沖縄に駐屯し、県立農林学校の校舎も日本軍の兵舎として使われました。

三年生になったころには戦争も緊迫してきて、授業の代わりに読谷に在る座喜味城跡まで日本軍の陣地構築に駆り出されました。戦争に勝つためだったので当然のことだと思っていました。

ぼくは特攻隊に憧れていました。三年生のとき、予科練の試験を受けるために県営鉄道で那覇に行きました。しかし、身長が五センチ足りず、落ちてしまいました。悲しくて悔しくて帰りの列車でしくしく泣きました。

家に帰っても涙が止まらず、布団に潜り込み、涙で布団が濡れるほど泣きました。当時の軍事教育で、お国のために尽くすことを第一義と考える軍国少年として成長していたんです。

入隊から程なく三月二十三日、沖縄本島は早朝から激しい空爆に見舞われました。那覇市立商業学校に駐屯する玉部隊も激しい空爆を受けました。初めて体験する戦争でした。

入隊してから、ぼくたち少年兵は厳しい訓練を受けましたが、空爆の間は逃げ回ってばかりいました。高射砲も発射されましたが、届かなかったのか、墜落する敵機はありませんでした。

学校を使用した兵舎が空爆の標的にされることが分かったので、部隊は撤退を余儀なくされ、那覇市牧志の壕に移りました。

牧志の壕にも、連日空爆があり艦砲射撃が続きました。四月一日に米軍は沖縄本島に上陸したとの情報もあり、いつ敵兵が目の前に現れるか、隊員の緊張も極限に達していました。

そんな中、同じ部隊の鈴木久男少尉が、文学の話をして、ぼくたち少年兵の緊張をほぐしてくれました。堀辰雄の作品や高村光太郎の『智恵子抄』、立原道造の『萱草に寄す』などを朗読してくれたのです。戦争の中での忘れられないひとこまです。

ぼくたち少年兵は、皇国少年であったとはいえ、親元を離れてのいきなりの戦争体験でした。暗い壕の中で寂しく、そしていつ敵兵がやって来るかもしれない恐怖感にも囚われていたのです。鈴木少尉はこのことを見抜いていたのだと思います。みんなで文学の話を聞き、詩の朗読を聞いている間は、恐怖感も忘れ壕の中は明るくなり夢でいっぱいになりました。また加藤武男中隊長も笑みを浮かべて許してくれました。

五月末には上陸した米軍が目の前に現れました。那覇から撤退して摩文仁《まぶに》に到着します。大渡村の近くにある自然壕を拠点にして米軍との激しい戦闘が始まりました。みんな必死で戦いましたが多くの仲間たちが次々と死んでいきました。優しかった鈴木少尉も目前で敵の銃弾を受けて死んでしまいました。鈴木少尉の死を体験し、戦争とは人が殺し合い、どちらかが死ぬことなんだと、今さらのように理解しました。兵士になったことを初めて後悔しました。弾薬も残り少なくなり戦う仲間も減っていきました。

六月二十日ごろだったと思います。夜が明けるとすぐに加藤中隊長が残った十五人ほどの隊員を集めて言いました。

「弾薬が尽きた。敵も目の前にいるが、戦闘もここまでだ。ここで中隊を解散する。各自、他の部隊に合流して戦ってくれ」

中隊長は、ぼくたちに手榴弾を一個ずつ配りました。中隊に残っている最後の兵器でした。

「みんな、片方の靴下を脱げ!」

突然、炊事班の山田伍長が、整列しているぼくたちに言いました。

「加藤中隊長からの思いやりだ」

そう言って、米びつに残っているわずかばかりの米をみんなに分け与えてくれました。靴下は三か月ほど洗っていません。風呂にも入っていません。しばし笑顔がこぼれ、全員で仲良く分け合いました。考えて見ると、ぼくの配属された中隊は、戦死した鈴木少尉を始め、人間味溢れる兵士たちがたくさんいたように思います。少し感傷的になり涙をこぼしそうになったことを覚えています。

解散命令が出た後、ぼくは二人の県外出身の上官と壕を出ました。合流する部隊を探しながら摩文仁の海岸の壕で身を潜《ひそ》めていました。壕は立てないほどの低さの狭い自然壕でした。幸い、岩から水滴がちょんちょんと垂れてきたので、鉄兜に少しずつ落ちてくる水を溜め、米を浸して膨らませ柔らかくして食べました。いつまでここにいるか分からなかったので大事に食べました。

波打ち際には死体がたくさん浮いているのが見えました。兵隊だけでなく、民間人の死体も混じっているように思いました。昼は艦砲射撃が飛んで来ましたが、夜は敵艦からの砲撃もなく、敵が攻めて来ないので岩場から降りて、波打ち際の死体の服のポケットから食料を探しました。死体は膨れているためにポケットに手が入りづらかったのを覚えています。

二人の上官は、このままここに残るか、それとも壕を出て友軍の部隊を探すか、時々議論をし合っているようでしたが、結局は留まることを選んでいました。

解散から五日ほど経ったころだと思います。米軍が拡声器で投降を呼び掛ける声が聞こえました。たどたどしい日本語です。

「日本軍の、みなさん、戦争は、終わりました。出テキナサイ」

「沖縄県民のみなさん、岩の下に隠れていないで、出テキナサイ。食べるもの、たくさんあるよ。出テコイ」

大きな拡声器からの声が、岩場に響き渡りました。出て行ったら殺されると思い、ぼくたちは、なお一層、洞窟の中で身を潜めていました。たとえ殺されなくとも惨めな捕虜になるのは恥でした。

一人の上官がつぶやきました。

「出て、様子を見てくるか」

間髪を入れずにぼくが答えました。

「ぼくが出ます」

ぼくは上官を押しとどめて外へ出ました。どうしてこの言葉が出たのか分かりません。上官を思いやる気持ちからだと思いますが、この一瞬の判断がぼくを生き延びさせたのです。

壕を出てわずか四、五メートル歩いただけでした。いきなり銃を持った米兵に取り囲まれました。ぼくは波打ち際まで手を挙げたままで連れて行かれ、砂の上に座らされました。何名かが、すでに手を挙げて座っていました。さらにぼくと同じようにして何名かが降りて来て、ぼくの傍らに座りました。

やがて米軍は、火炎放射器で岩場や壕の中を焼きはらいました。二人の上官が残っている壕にも火炎放射器の炎がうなり声を上げて飛び込んでいきました。ぼくはどうすればよかったのか。この光景を思い出すと今でも胸が痛みます。

それからぼくは、金武の屋嘉収容所で一週間ほど過ごし、嘉手納の兼久浜から移送船で二十日間ほどかけてハワイに連れて行かれました。総勢四〇〇人ほどの捕虜だったと思いますが、二十人ほどが一つの部屋に詰め込まれました。足の踏み場もないほどの狭さです。船底で窓もない部屋でした。座って寝る人もいました。トイレもなくバケツ二つが置かれていました。捕虜になるとはこういうことだったのかと改めて知った思いでした。

食事は一日、二回、冷めたマカロニなどが出ました。食器もなく、すべての食事を手で受けて食べました。兵士の中には捕虜が恥であるという思いや精神的な苦痛でハワイに着く前に、海に飛び込み自殺をする者もいました。

ハワイのオアフ島のホノウリウリ収容所に一か月ほどいました。食べ物はパンや牛乳、卵などが出て、みろみるうちに体力も回復しました。その後、ホノルル港近くのサンドアイランド収容所に移りました。収容所で日本の敗戦を知りました。

収容所ではゴミ収集や草刈りなどの作業をしました。草刈りをしていると、真珠湾攻撃で日本軍が投下した爆弾の破片を見つけました。近くにいたMP（軍警察）が飛んで来て私の顔を見て言いました。

「ガッデム、ジャップ（この馬鹿野郎、日本人！）」

MPは、ぼくを罵るだけでなく、銃尾で小突きました。

戦後も、戦争の恨みは続いていたのです。真珠湾の憎しみは至るところで捕虜のぼくたちに向けられました。

「ぼくたちが戦争を始めたのではない。国が戦争を始めたのだ」

そう言い聞かせても、ぼくたちに恨みつらみが向かうのは仕方のないことのようにも思いました。ぼくたちは紛れもなく、日本人だったからです。

ホノルル港には、戦地から帰還する将兵が続々とやって来て、いつも賑わいを見せていました。ぼくたちはPW（捕虜）と書かれた服を身につけ、その光景を横目に見ながら港に散乱した塵を拾いました。抱きついてキスをしている男女や抱き合っている家族を見ていると、自分がとても惨めに思われました。

自由もなく辛い日々でしたが、楽しいこともありました。ハワイ在住の県系人がぼくたちを慰問に何度もやって来たのです。煙草や食べ物の差入れもたくさんありました。収容所を出ての作業のときは、昼食時間になると、どこからか多くの県系人がやって来て、弁当などの差入れがあり、まるでピクニックのようでした。

県外の人々からは羨ましがられました。ぼくたちは得意な気分で、いつも胸を張って、ポケットにはいっぱいのお土産を膨らませて帰って来ました。郷里を同じくする同胞の存在がこれほど有り難いと思ったことはありませんでした。

また沖縄玉砕と聞いた県系人たちは、家族や親族の情報を懸命に集めてもいました。郷里を同じくする捕虜と巡り会ったときは方言が飛び交い笑い声や泣き声も聞こえました。一緒になって踊り出す人もいました。県系人にはMPたちにも知り合いがいるようで、MPたちはこの交流を大目に見てくれていました。

ハワイに来て一年半が過ぎた一九四六年十二月、ぼくたちは解放されました。日本の軍服に着替え、日本から迎えに来た復員船に乗りました。十二月三十一日、神奈川県の浦賀に着きました。翌日、船を乗り換えて沖縄に向かいました。中城《なかぐすく》の久場崎港についたのは新年を迎えた二日ごろだったと思います。船の甲板から本島の島影が見えたときは感激してだれもが涙を流しました。沖縄玉砕と聞いていたがゆえに港で待つ同胞の姿を見ると、だれもが力一杯手を振って急いで船を降りて行きました。

久場崎の港で、ぼくたちを歓迎するかのように何羽もの白い鳥が水面を飛んでいました。ぼくは、摩文仁の岩陰で捕虜になるまいと決意を固めているときに見た同じ白い鳥のことを思い出しました。鳥たちは、水面の上を楽しそうに飛んでいて、とてもうらやましく思いました。ぼくにも羽があれば自由な鳥になりたいと思いました。夕方になってピーピーと鳴いている鳥の声を聞くと寂しさが込み上げてくることもありました。久場先の港の鳥も、あの時と、同じ白い鳥のように思いました。

港に待っている人々の間をかき分け両親の姿を探しました。ふと、『智恵子抄』を読んでくれた鈴木少尉のことが思い出されました。戦場で出会った優しい人々、思いやりのある人々はみんな死んでいたのです。

父や母の姿は、いつまで待っても探せませんでした。沖縄玉砕、この言葉がぼくの心に蘇り、徐々に徐々に大きな不安になって膨らんでいきました。白い鳥ももう見えませんでした……。

## 六　アイルランド

ある詩人はこう言った。「上着」という詩だ。

「古い神話の刺繍で　踵《かかと》から咽喉まで飾った上着を　わたしはむかし　自分の詩に着せていた　だが馬鹿者たちがそれをひったくって　まるでやつらが作ったみたいに　人前でそれを着てしまった

詩よ　やつらにそれを呉れてやれ　裸で歩く方が　もっと勇気のいることだから」と。また次のようにも言っている。「ぼくは明けがたのように無知でありたい」と。

ある詩人とは、アイルランドの詩人W・B・イエーツだ。『イエーツ詩集』（鹿島祥造訳編、一九九七年）からの引用だが、アイルランドは四人のノーベル文学賞作家を生んだ国だ。イエーツをはじめ、劇作家のサミュエル・ベケット、ジョージ・バーナード・ショウ、シェイマス・ヒーニーだ。また他にも世界的に有名なアイルランドの作家には、オスカー・ワイルドやジェイムス・ジョイスらがいる。

アイルランドは「国民ひとりあたりが買う詩集の数が世界一多い国」とも言われている。文豪大国として知られるアイルランドは、長年にわたってすぐれた文学者や文学作品を生み出してきた。この国のはじめてのノーベル文学賞受賞作家となったのが、詩人で劇作家のウィリアム・バトラー・イエーツだ。

アイルランドは、長い間イギリスの支配を受けていたため、古代ゲール語などの伝承や物語が存在したが、土地の文学は脚光を浴びることなく埋もれたままであった。一五四一年からのイギリス王国の支配とアイルランドの征服は、それに伴う弾圧によりゲール語による文学は減り、代わりに英語による文学が増えていったのである。

ところが、十九世紀後半からアイルランドでは自国の言語や文化を見直そうという「文芸復興運動」が盛んになり、その中心人物となり積極的に運動を牽引していったのがイエーツやバーナード・ショーだ。イエーツは民話に想を得た詩を創作し、神話や伝承を土台にした数多くの劇を創作した。

冒頭に引用した詩は、この片鱗を示している。

文芸復興以後は、英語とゲール語との一種の統合が行われ、新たなアイルランド文学が誕生する。古来の神話伝説や土着の生活がこの国独特の神秘的世界とロマンを孕んで取り扱われ、祖国愛に結びつくと同時に普遍的な今日的課題の提示ともなっていくのである。

翻って考えるに、アイルランドとイギリス本国との関係は、沖縄と日本本土との関係に類似しているとよく言われている。沖縄においても、一六〇九年の薩摩による琉球侵略によって琉球王国は傀儡《かいらい》政権になり、一八七九年には明治政府によって断行された「琉球処分」によって日本に併合され琉球王国は滅亡し沖縄県が誕生する。

明治期に新しい時代の近代文学が誕生して以来、沖縄県の文学者は沖縄方言（シマクトゥバ）による文学作品の創作と日本文学への援用は大きな課題としてきたのだ。

またアイルランドにはもう一つの土地の記憶がある。イギリス王国の支配によって生まれた長い間の宗教戦争や民族紛争、そして独立戦争がある。

アイルランドは十二世紀以来イングランドに征服され、プロテスタントの不在地主によって土地を没収された。宗教上・政治上の差別も加わったため、十七世紀から十八世紀にかけてしばしば反乱が起こり、その度に激しい弾圧を受けた。一八〇〇年にイギリスに併合され、一八二九年にはカトリック解放法が成立したが、小作権の安定と地代の軽減を望む土地問題と、アイルランド人による自治要求の二つは十九世紀後半のアイルランドとイギリス政府の焦点となった。

一九一四年自治法の成立後、独立運動が激化し、一九一九年のアイルランド独立戦争を受け、一九二一年三月三日アイルランド統治法により、アイルランドは自治領となった、しかし、カトリックの多い二十六州が南アイルランド、プロテスタントの多い六州（アルスター六州）が北アイルランドとして二つの自治領に分割された。

一九二二年十二月六日、英愛条約により南北アイルランドは統一国家アイルランド自由国として独立することとなったが、北アイルランドには自由国から離脱する権利が保障されていた。北アイルランドはその権利をすぐに行使し、自由国から分離し連合王国にとどまったのである。

また、アイルランドのナショナリストは南北分割を認めたわけではなかった。英国に残った北アイルランドでは、英国の統治を望むプロテスタント系住民と、アイルランドとの統一を求めるカトリック系住民が鋭く対立した。

北アイルランドでは、当初からカトリック系住民は就職や住居などの点で差別されており、さらに第二次世界大戦後、イギリスの福祉行政が北アイルランドの差別構造を一段と際だたせることになった。

一九五五年にアイルランド共和国軍（ＩＲＡ）が武力闘争を開始。六〇年代にはＩＲＡのテロ活動が過激化すると、対抗してプロテスタント系軍事組織アルスター義勇軍などとの抗争が激化した。六九年にはイギリス軍が投入され、七二年には北アイルランド議会が閉鎖され、イギリスが直接統治に乗り出した。

しかし、このような形態で北アイルランドを安定させることは、南北統一を遠のかせることになるとして、何度も北アイルランド議会を回復する努力がなされては反対派の抵抗でつぶれ、またＩＲＡは要人を狙ったテロや、イギリス本国での爆破テロなども行った。

また一九八〇年末からはハンスト闘争も行われ政治犯としての待遇復活を要求しハンストに入ったＩＲＡの受刑者の一人が獄中からイギリス下院に立候補して当選し、まもなく死亡、続けて計十人がハンストで死亡した。

一九七〇年から八〇年代に問題はさらに複雑化したが、八五年には北アイルランド協定が結ばれ、アルスター地方の行政にアイルランド共和国の参加が認められるようになった。一九九四年にはＩＲＡが和平交渉開始を宣言し、九八年和平合意が成立し、自治政府を発足させることで両者が合意した。しかし、その後もプロテスタント系軍事組織の対立が招いた放火殺人事件やＩＲＡの分派によるイギリス本土の爆破テロなどが繰り返された。六〇年代後半に始まったテロなどで、双方に三千人を超える犠牲者が出たとされている。また現在もなお、ＩＲＡの武装解除をめぐっての和平交渉は難航しているとも言われているのだ。

このような凄まじい土地の記憶は、沖縄の地に類似しているとは言えないだろう。しかし、沖縄は、戦後日本国から切り離された歴史もあり、沖縄に対する構造的な政治差別や政策は、今日までもなお繰り返されていると言う人々もいる。例えばその一つが、辺野古新基地建設に現れているのだと。沖縄戦で多くの犠牲者を出した県民の平和を願う心が無視され、日本を防衛するための軍事基地化されていく島の現状に現れているはずだと。

沖縄は、武力によって琉球王国が解体させられた一八七九年以降、武力による組織的なテロ事件や抵抗は一度もない。この無暴力の歴史はたぶん誇るべきことなのだろう……。

こんな沖縄を考え、アイルランドの土地の風や土地の記憶を体験する旅が二〇一八年に実現したのだ。八月十四日から二十二日までの旅である。

八月十四日に成田空港を出発してその日は機中泊、十五日にアイルランド共和国の首都ダブリンに到着した。タラの丘を見学し、北アイルランドの首都ベルフェストで宿泊。ベルフェストはヴィクトリア朝の栄光を今に伝える街で、煉瓦造りの建物がまばゆかった。タイタニック号を造船した街でもある。

十六日の早朝にベルフェストを出発、世界遺産のジャイアンツコーズウエイを経てデリーの街を見学し、ロンドンデリーで宿泊する。

十七日には北アイルランドを後にしてアイルランド共和国に入国、イエーツの墓地があるスライスゴーを訪れてゴールウエイに宿泊した。北アイルランドとアイルランド共和国の出入国はバスの中で簡易に行われ、国境を越えるという意識も緊張感もまったくなかった。高速道路の料金所で一時停止するような感覚である。ただ通貨が、北アイルランドではイギリスボンドを使用、アイルランド共和国ではEUのユーロであった。

イエーツの墓を訪れるのは、この旅の悲願の一つでもあったが、生憎と雨が降り、傘をさしての訪問になった。教会の周りには高木が聳えていたが庭園の一角に墓地のエリアがあり、その一つがイエーツの墓だった。三畳ほどの広さで名前を刻銘された墓碑があり、その前には礫《こいし》が敷かれていた。ノーベル文学賞を受賞した文豪の墓としては質素だった。どの墓もイエーツと同じ造りで取り立てて飾り立てるものもなく、墓碑銘は細かい雨に打たれていた。

イエーツはアイルランド共和国の首都ダブリンで生まれ、すぐにロンドンに移り住む。しかし、祖父がスライスゴーに住んでいたため、夏をスライスゴーで過ごし、美しい自然の風景は深く心に刻まれたという。十五歳でダブリンに戻り住むのだがスライスゴーをこよなく愛し、この地に墓地が建立されたのだという。

次のような詩もある。「あなたが年をとって　髪は白くなり　居眠り好きになって　暖炉の前でうとうとする時がきたら　この詩集をとりおろして　読んでおくれ」と。詩と人間をこよなく愛したイエーツであった。

雨に煙った風景の中で、確かにイエーツの言葉は、風の声になって私の胸を叩いたように思われた。雨にも風にも匂いがあるのだ。傘を広げた小さな金属製の骨組の先端からこぼれる雨のしずくがこのことを教えてくれていた。二度と訪れることのない墓碑の前を立ち去りがたかった。靴底でキュッキュッと鳴る礫の音を、雨や風の音と一緒に聞いて墓地を後にした。

十八日にゴールウエイを発ってモハードの断崖を見学し、いよいよダブリンの街に再入場した。二泊のゆったりとした市内見学の計画だ。

ダブリンの街は寒かった。温度は一〇度前後だと思われたが、小雨も降っていて余りの寒さにフェード付きのジャンパーを買った。そのジャンパーを着て、十八日にはパトリック大聖堂を見学、その後市中の散策に出かけた。ここがジェイムズ・ジョイスの『ダブリン市民』の舞台になった街だ。戯曲『ゴドーを待ちながら』のサミュエル・ベケットが過ごした街だと思うと感慨深かった。

雨の中を散策していると偶然にもイエーツの記念館を見つけた。雨宿りの意図もあってそこに飛び込んだ。二階建ての小さな記念館には数人の先客がいた。木材の床板で優しい温もりを感じた。壁にはイエーツの写真が飾られ、詩集や関連したグッズが販売されている。グッズ売り場の店員に要領の得ない英語で話しかけると、双方の意図が少しは理解し合えたようにも思えて小さくうなずき合った。沖縄からやって来たと言うと場所を教えてくれと言われた。イエーツも苦笑しただろう。イエーツの肖像画や絵はがきを数枚購入した。

二階に喫茶コーナーがあることを教えて貰ったので、狭い階段を上って行くと、確かに喫茶コーナーがあった。若いカップルが多く満席であった。座る場所がないので、覗いただけで諦めた。

翌日の十九日は雨が上がった。一五九二年に創設されたアイルランド最古の大学トリニティ・カレッジを訪ねた。一五九二年というと日本では豊臣秀吉が天下を統一したころだ。ここダブリンではエリザベス一世によって創設された最高学府トリニティ・カレッジが誕生したのである。公開されている図書館前には長蛇の列ができ、三十分以上も並んで入館した。館内は息を飲むほどの豪華さと美しさだった。アイルランドやイギリスで出版された本はすべてここに収納されるという。天井まで届く木の本棚に並べられた蔵書は知の象徴であり、美しい芸術品のようにも思われた。

その中にはケルト芸術の最高峰と言われる「ケルズの書」も観光客の注目を集めていた。ケルズの書とは、豪華な装飾を施された福音書で、この図書館で三〇〇年にも渡り保管されているという。私はケルズの書へ目が行くよりも、ドーム型の天井を持つ豪華な図書館の館内の蔵書に長く目を留めた。

アイルランドでは、文学や文学者の出自や思索に多く時間を囚われたが、他方で歴史的な建造物に心を奪われたことも確かである。記憶から記憶へ引き継がれた伝統的な建造物は見事であった。同時に破壊された建造物も目に付いた。宗教や民族間の争いを想像させる土地の記憶である。

また肥沃な土地であるというよりも、岩石が多く岩肌が剥き出しになった痩せた土地に暮らしを成立させているという印象が強かった。もちろん、私の見たアイルランドはほんの一部であろう。しかし、確かに土地の記憶や風の声が聞こえて来た。それは栄光を謳歌する歓声ではなく死者たちの寂しい声のように思われた。文学は或いはこの声を拾うことによって成立しているのかもしれない。そのようなことを思わせる風だった。

## 七　青紙

ぼくの名前は川上勝史《かつし》。一九三〇年三月、西原村千原で産まれました。父は教員をしていましたが、ぼくが尋常小学校三年生のとき、家族は父親の都合で、当時日本の支配下にあった台湾に移住しました。一九三九年八月のことです。二学期の授業から台中の渓州小学校に通いました。

渓州小学校は日本人ばかりの学校で、約一六〇人ほどの生徒がいました。当時、台湾の人は公学校と呼ばれる現地人だけの学校に通っていました。父は公学校に赴任したのです。

公学校では沖縄にあった「方言札」のようなものがあり、現地語を使ったら「方言を使うな！日本語を使え」と、強く指導されていました。また、多くの日本人は台湾の人々を「チャンコロ」などという蔑称で呼んでいたようです。そのような風潮がぼくたちの学校にも蔓延していたのか、公学校の生徒とは激しく対立し、石を投げ合うこともありました。

台湾に移住した二年後の一九四一年十二月には、日本軍が真珠湾を攻撃し太平洋戦争が始まりました。

ぼくは小学校を卒業した後、父の勧めもあって現在の中学校にあたる台中州立工業学校に進学しました。一九四三年のことです。技術を身につけようと思ったのです。しかし一年生のころは、授業の傍ら、飛行場を敵から隠すための石垣造りに動員され、川から石ばかり拾っていました。

二年生のころには空襲も頻繁にありました。ぼくは、進学と同時に寮生活を始めていましたが、寮の近くの売店で友人たちと一緒に買い物をしに行くとき、急に敵機がやって来て機銃掃射を受けたことがあります。慌てて木の陰や人家の屋根の下に身を隠しましたが、恐ろしい思いをしました。

ぼくは飛行機乗りに憧れていました。十四歳のとき予科練の試験を受けました。小学校のときから「お国のために身を捧げなさい」という教育を受けていましたが、それは沖縄でも台湾でも同じでした。早く予科練の試験が受けたくてたまりませんでした。戦闘機を操縦して敵を攻撃したかったのです。

でもぼくは不合格でした。身体が小さかったのと、体力にやや不安があるとのことでした。どうして小さく産んだのか、親を恨むほど悔しい思いをしました。

一九四四年の十二月には、沖縄に駐屯していた第三十二軍の第九師団「武部隊」二万五千人が台湾へ移駐してきました。最強の部隊だと噂に高い部隊でした。上海事変や南京攻略戦、徐州会戦や武漢作戦に参加した歴戦の精鋭部隊で、沖縄方面の防備強化のために一九四四年七月に沖縄へ配置され、沖縄防衛の中核戦力と期待されていました。その武部隊が沖縄から台湾へ移駐してきたのです。

当然、移駐してきた理由はぼくには分かりません。大人たちの話では、大本営の方針に基づき、台湾からルソン島へ投入された第十師団の代替兵力として台湾への移駐が決定したということでした。台湾在住の日本人は、これで勝ち戦、間違いなしと喜びましたが、台湾在住の沖縄人たちは故郷沖縄防衛の精鋭部隊の台湾移駐に複雑な思いを抱いていました。

しかし、武部隊の移駐は、台湾在住のだれもが、もう戦争が身近に迫っていることを感じるものでした。台湾からも、東南アジアや日本へ次々と兵士が派遣されていたのです。

上級生が出征するときは、小指を切り、布に血を染み込ませて日の丸を作りました。一つ上で大分県出身の優しかった黒田先輩を見送るときは、特に大きな日の丸を作り、駅まで見送り、列車が見えなくなるまで手を振りました。

三年生になって卒業も間近に迫ったころ、ぼくたち三年生のもとに「青紙」の召集令状が届きました。召集令状は赤紙だけではなかったのです。赤紙の他にも「青紙」「白紙」があり、「青紙」は防衛召集で空襲などの際の国土防衛のために、予備役、補充兵役、国民兵役（在郷軍人）を短期間召集するもの、「白紙」は軍需工場での勤務などのために召集するものでした。用紙はいずれも縦十五・五センチ、横二十五、七センチ、黒のインクで印刷され、紙は半紙のように薄いものでした。「白紙」は苛酷な労働条件から、「青紙」は、「赤紙」と変わらない任務を帯びることから、「赤紙」と同様に怖れられていた召集令状でした。

「家に帰って、お父さん、お母さんと相談しなさい。一週間後に戻って来ること」

学校の先生方は、ぼくたちにそう言いました。

当時は「征くのをやめなさい」という親はおらず、三年生のほぼ全員が学徒二等兵になりました。ぼくたちが動員された部隊は、学校がそのまま駐屯地になっている部隊でした。ここで様々な軍事訓練を受けました。また前線の軍隊へ送る支援物資や機材などを作りました。

例えば午前中は戦車の模型に向かって体当たりする訓練です。竹棒の先に爆弾の模型を付け、二メートルから三メートルの高さの戦車の操縦席に爆弾を落とし、それから戦車を離れて道路脇の壕に伏せる訓練です。だれも馬鹿馬鹿しいとは思いませんでした。

午後はトロッコのレールを造る鍛冶屋の作業です。鋼《はがね》が入っているので力一杯カチンカチンと叩かなければなりません。手に豆ができました。学徒二等兵二〇〇人で一年間に一万五千本のレールを造るノルマがありました。実際終戦までの半年間で、約八千個余りを造りました。

銃剣を持って門の前に立ち見張りをする「衛兵」の当番も回ってきました。一日二十四時間、三人で一時間交代で立ちました。夜の当番の際は眠くてしょうがありませんでした。

八月十五日正午、ぼくたちは中庭に集められました。戦争に勝ったら、南の島の多くが日本のものになる。それを信じて頑張っていました。戦争に負けるなんて思ってもみませんでした。ところが敗戦を伝える天皇陛下の玉音放送が流れたのです。

だれもが日本の敗戦に耳を疑い、そして悔しい思いで涙を流しました。ぼくたちは一度も敵兵と戦うことなく敗れたのです。信じられませんでした。

武装解除になり、家に戻ることになりました。敗戦が本当であることをすぐに思い知らされます。日本人と台湾人の立場が逆転したのです。天皇陛下の玉音放送から二週間ほどが経っていたと思います。学校に行って退学証明書をもらう必要がありました。三年生全員が先生からそのように言われたのです。

朝早く起きて学校に向かう途中、同級生に会いました。同級生もまた退学証明書を貰うために学校に行ったのです。

「今、学校に行くと危ないよ。台湾人に殺されるよ」

同級生の頬は殴られた跡で赤く腫れていました。信じられないことでしたが、しばらく様子を見るために、近くの知り合いの家に身を隠しました。それから正午前に学校に出かけました。校門前で台湾人の待ち伏せに遭いました。十人ほどのグループで、顔の見知った同年齢の生徒たちでした。しかし容赦はしませんでした。襟首を掴まれ押し倒されました。

「五十年間の恨みだ！　思い知れ！」

彼らは代わる代わるにぼくを足蹴にして、つばを吐きかけました。台湾は日清戦争での日本側の勝利により、一八九五年（明治二八年）に中国から割譲され、以来五十年間日本に統治されていたのです。日本の敗戦はこの統治時代からの解放でもあったのです。

寮に荷物を取りに行くと、さらにひどくやられました。

「日本人は豚だ！」

「豚だ！　豚だ！」

「豚らしく四つ足で歩いてみろ」

断ると拳で頬を殴られました。口から血が流れました。抵抗すると後ろから羽交い締めにされお腹を蹴られました。諦めて四つん這いになりました。

「あはは。豚だ！　豚だ！」

大声で笑われ、おしりを撫でられ、叩かれました。

腫れた顔で家に帰ると、母は泣きじゃくりました。

「いいかい、家からはもう二度と外に出ないでよ」

「路地でも、日本人の子どもが殴られているらしいよ。いいね」

ぼくは、台湾人をいじめたり馬鹿にしたりしたことは一度もありませんでした。それなのに戦争が終わると、こういうことが起こるのかと不思議な憤りを覚えました。母がぼくの顔に薬を塗っている間中、日本が台湾で行ったことをいろいろと考えていました。

日本政府が設置した台湾総督府がなくなりました。台湾はひととき無政府状態でした。混乱の中、日本人が台北に集まって帰国船を待っているという噂を聞いて、ぼくたち家族も台北へ移動しました。

噂のとおり、多くの日本人が台湾各地から台北に集まっていました。他府県出身者はすぐに帰国船に乗って引き揚げて行きました。ところが、敗戦後すぐに米軍政府統治下に置かれた沖縄への引き揚げは、なかなか許可が下りませんでした。ぼくたちは、米軍の空爆で破壊され、空っぽの台湾総督府の建物に泊まりながら、沖縄に帰る日を待ちました。米一合が中国政府から支給されましたが、ひもじさはなかなか収まりませんでした。

総督府の三階には日本軍の「武部隊」がおり、一階にいたぼくたちは、三階に行って食料をもらうこともありました。軍隊は食料を確保していたのです。

幼い子はおなかをすかせてしょっちゅう泣いていました。その子の母親がしきりに「ごめんなさい。ごめんなさい」と謝っていたのを覚えています。

やっと沖縄へ帰れたのは、敗戦から一年以上も経った一九四六年の十一月でした。中城村の久場崎に船が着き、頭からＤＤＴを掛けられました。

敗戦後、台湾にいた沖縄県出身者は軍人や疎開者、南方からの引き揚げ者を含めて三万人程であったと言われています。台湾は九州や本島北部と同じように国や県が勧める疎開先でもあったのです。台湾にも、人の数だけ様々なドラマがありました。敗戦後の長い待機期間に業を煮やし、宮古や八重山の出身者の中には独自でサバニ（小船）を調達し、故郷に戻った人々もいます。また親しくなった台湾の人々と涙を流しながら別れる光景を何度か見ました。中には台湾に留まる決意をして山中の村に帰る人々もいました。

沖縄に到着後、久場崎の米軍テントで食べたごはんが、ものすごく美味しかったことを昨日のことのように思い出します。家族から一人の犠牲者も出さなかったのは、運が良かったのだと、今でも台湾と沖縄の土地の神様に感謝しています。

## 八　済州島《チェジュ》

済州島、一日目の土地の風は衝撃的だった。人間の罪業は歴史を越え歴史を作る、そんな惨憺たる感慨に打ちのめされた。

済州四・三平和記念館のレリーフには、後ろ手に縛られ、拷問のために宙づりにされた農夫。大量虐殺を連想させる積み重ねられた頭蓋骨。討伐隊によって殺害された人々の遺骨が散乱する洞窟。緊迫した避難生活と死の瞬間まで生きるためにもがいたであろう声のない悲鳴。死なねばならない理由などなかったかもしれないのに……。どれもが人間の仕業だ。人間の行為は人間の欲望や怒りを越えるのだろうか。残酷な行為は正義の名によって正当化されるのだろうか。

館内を案内してくれた友人の済州大学教授K氏の説明は、済州四・三事件の矛盾や真相を熱く語りかけてくれた。私の胸には言葉にならない熱い風が吹き続けていた。

韓国済州国際空港へ降り立ったのは二〇一九年十一月十六日、二泊三日の旅で、十八日に島を離れる予定だ。「済州ダークツアー」と名付けられ、済州島に残る戦争の負の遺産を学習するための二十名ほどのスタディツアーである。

実はその前日の十五日に、ソウル郊外の慶熙《キョンヒ》大学で国際学術会議が開催された。テーマは「沖縄学は可能か―ポスト伊波普猷《いはふゆう》時代の挑戦と展望」だ。沖縄に関心をもつ韓国内外の研究者が様々な視点から発言をした。学術会議は慶熙大学に「グローバル琉球・沖縄研究センター」が開所されたことを記念して行われたものだ。所長に就任したS教授は日本語が達者で沖縄文学にも精通していた。数年前から懇意にしていたS教授に招かれて冒頭での「沖縄文学」についての基調講演を依頼されたのだった。

学術会議が終了した翌十六日に、希望者を募って「済州ダークツアー」が計画されたのだ。日本からの参加者には帰国者も数名いたが学術会議の参加者のほとんどがこのツアーにも参加した。すでに食事会を兼ねた懇親会も何度か重ねられていたので緊張感も和らいでいたのだが、済州島に降り立ったとたん、土地の記憶を孕んだ風が私たちを襲ったのだ。

済州四・三平和公園は広大な敷地であった。平和記念館だけでなく、中庭には慰霊塔や犠牲者の名前を記した刻銘碑、慰霊の祭壇、そして軍や警察に連行され行方不明になったままの犠牲者たちの石碑四千余基が整然と並ぶ「行方不明者標石」、まさにこの標石群が済州四・三事件の複雑な経緯を示していた。

同伴してくれた済州大学のもう一人の友人N教授は私に小さな声でつぶやいた。

「私の父は、その標石の一つになっている……」

N教授は遠くに立つ標石を指差して示してくれた。そして再びつぶやいた。

「母方の祖母は犠牲者だ……」と。

済州……。こんな島なのだ。標石には、時折周りの木々からカラスが飛んで来て何かを啄んでいたかと思うとまた飛び去った。足取りが重くなり、済州の土地の記憶に圧倒される。円周路を様々な思いに囚われながら歩いていると「飛雪」の母子像に出会った。ドーム型になった螺旋階段を降りると、中央にわが子に覆い被さるように両膝をつき背中を丸めて抱きしめている母親像があった。一九四九年一月の焦土作戦で家を焼かれ、飢えと悲しみに苛まれた雪原で二歳になる幼い娘と共に犠牲になったピヨン・ピヨンオク母娘の像だという。すでに幼子は死んでしまっているのだろうか。雪を避け必死に温もりを与えようとしているようにも見える……。

「済州四・三事件」とは、一九四八年四月三日に在朝鮮アメリカ陸軍司令部軍政庁支配下にある南朝鮮の済州島で起こった島民の蜂起に伴い、南朝鮮国防警備隊、韓国軍、韓国警察、朝鮮半島の李承晩支持者などが一九五四年九月二十一日までの期間に引き起こした一連の島民虐殺事件を指す。南朝鮮当局側は事件に南朝鮮労働党が関与しているとして、政府軍・警察による大粛清を行い、島民の五人に一人にあたる六万人が虐殺され、また済州島の村々の七十パーセントが焼き尽くされたとされている。

一九四五年九月二日に日本が連合国に降伏すると、朝鮮半島はアメリカ軍とソ連軍によって北緯三十八度線で南北に分割占領され軍政が敷かれた。この占領統治の間に、南部には親米の李承晩政権、北部には金日成の北朝鮮労働党政権がそれぞれ米ソの力を背景に基盤を固めつつあった。

一九四七年三月一日、済州市内で南北統一された自主独立国家の樹立を訴えるデモを行っていた島民に対して警察が発砲し、島民六名が殺害される事件が起きた。この事件を機に三月十日、抗議の全島ゼネストが決行される。これを契機として、在朝鮮アメリカ陸軍司令部軍政庁は警察官や北部から逃げて来た若者で組織した右翼青年団体「西北青年会」を済州島に送り込み、白色テロが行われるようになったのだ。

特に西北青年会は反共を掲げて島民に対する弾圧を重ね、警察組織を背景に島民の反乱組織の壊滅を図った。これに対して島民の不満を背景に力を増していた南朝鮮労働党は、一九四八年四月三日、島民を中心とした武装蜂起を起こしたのである。

済州島民の蜂起に対して、韓国本土から鎮圧軍として陸軍が派遣されるが、人民遊撃隊の残存勢力はゲリラ戦で対抗する。そのため治安部隊は潜伏している遊撃隊員と彼らに同調する島民の処刑・粛清を行っていった。これは、八月十五日の大韓民国成立後も韓国軍によって継続して行われた。韓国軍は、島民の住む村を襲うと若者たちを連れ出して殺害するとともに、少女たちを連れ出しては、輪姦虐待を繰り返した後に惨殺したと言われている。

一九五〇年に「朝鮮戦争」が始まると「朝鮮労働党党員狩り」は益々熾烈さを極め、完全に鎮圧された一九五七年までには八万人の島民が殺害されたとも言われている。また捕縛された刑務所内でも一二〇〇人が殺害されたとされる。海上に投棄された遺骸は対馬まで流れ日本人によって引き上げられて対馬の寺院に安置される。

済州島は歴史的に権力闘争に敗れた政治犯らの流刑地・左遷地だったことなどから朝鮮半島から差別され、また貧しかった済州島民は当時の日本政府の防止策をかいくぐって日本へ出稼ぎに行き、定住する人々もいた。韓国併合後、日本統治時代の初期に同じく日本政府の禁令を破って朝鮮から日本に渡った二十万人ほどの大半は済州島出身であったという。日本の敗戦後、その三分の二程は帰国したが、四・三事件発生後は再び日本などへ避難し、そのまま在日朝鮮人となった人々も多い。

しかし、この事件に対して長年「反共」を国是に掲げてきた韓国では、責任の追及が公的になされることがなく、また事件を語ることがタブー視されてきたため、事件の詳細は未解明のままであった。二〇〇〇年に金大中政権のもとで「四・三真相究明特別法」が制定され、二〇〇三年に韓国大統領に就任した盧武鉉は、自国の歴史清算事業を進め、十月に行われた事件に関する島民との懇談会で初めて大統領として謝罪し、済州四・三事件真相糾明及び犠牲者名誉回復委員会を設置した。しかし、その後の保守派の李明博政権、朴槿恵政権の時代には進展は見られなかった。

二〇一七年五月十日に大統領に就任した文在寅は、就任後初めての四・三事件犠牲者追悼記念日である二〇一八年四月三日の追悼式に盧武鉉以来大統領として十二年ぶりに出席した。

文在寅大統領は追念辞で「四・三の完全な解決を目指し揺るぎなく進むことを約束します」「四・三の真実はどんな勢力も否定することのできない明らかな歴史の事実として、位置付けられたことを宣言します。国家権力が加えた暴力の真実をきちんと明らかにし犠牲となった方たちの怒りを解き名誉を回復するようにします」と事件の完全解決に意欲を示した。

また式典では、小説家、玄基栄（ヒョン・ギョン）が追悼辞を述べた。同氏は「四・三」で最大の被害を受けた村の一つ「北村里（プクチョルリ）」での虐殺をテーマにした小説「順伊（スニ）おばさん」を著し「四・三」の実情を世間に知らしめた。このため、当時の韓国当局からは拷問に遭い、小説も禁書となった経歴を持つ。

玄基栄は追悼辞の中で「四・三で犠牲になった方々の悲しい魂は今、春の野原に黄色い菜の花として群れをなして咲いている。喊声のように一斉に咲いた菜の花を見ながら、私たちは南北分断の政府に反対し、統一国家を叫んだ七十年前の喊声を聞いている」とした。さらに「四・三の英霊たちは私たちに四・三の悲しみだけにとどまるな、四・三の悲しい経験が生産的な動力になるようにせよ、その犠牲を無駄なものにするな、と語りかけている」と訴えた。

玄基栄はまた、「莫大な死は私たちに、人間とはいったい何で、国家とはいったい何であるかを深く考えさせる。死ではなく生命を、戦争ではなく平和を教えてくれている。四・三の魂たちは朝鮮半島の南北間に憎悪の言葉と身振りを止め、和解と相生、平和の道に進むよう、私たちの背中を押している」とし、「朝鮮半島に平和が訪れるよう力を貸してほしい」と呼びかけたのだ。

事件から七十一年目となる二〇一九年三月四日、軍と警察が初めて公式に謝罪の意を表明したという。済州島四・三事件の記憶は極めて現代的な課題であることにも驚かされるのだ。

済州二日目の凪は、さらに私を滅入らせた。済州島南西部を中心に廻ったのだが日本軍の構築した戦争の遺跡があちらこちらにはっきりと分かる形で残っていた。高射砲陣地、アルトゥル飛行場、海軍陣地洞窟壕など、どれも日本軍の戦争遺跡だ。これらを見ると戦後はまだ戦後のままのようにも思われる。

アルトゥウル飛行場跡地は農家の畑に変わっていたが、広大な敷地には、かまぼこ形の掩体壕《えんたいごう》が十基ほど残っていた。その一つにゼロ戦の骨組みだけの模型が顔を出していた。韓国の芸術家の作品のようだ。骨組みにはメッセージが記された色とりどりのリボンが結ばれている。日本語のメッセージや韓国語のメッセージが骨組みの機体を覆っていた。

このアルトゥル飛行場から、南京を空爆するための戦闘機が飛んだという説明には驚いた。沖縄と同じように済州島も日本本土への米軍の進攻を防ぐための防波堤として様々な軍事基地が建設されていたというのだ。多くの韓国人労働者や兵士を酷使したのだろう。海岸沿いに掘られた海軍陣地壕も幾つか見た。攻撃艇を隠す巨大な壕で足下はぬかるんでいて、スマホのライトを点灯させて歩いた。

　もちろん、四・三事件の遺跡も訪ねた。記念公園ではなく、生々しい現場である。高射砲陣地跡を下りるとソダル・オルム虐殺跡地だ。周りには遊歩道が組み立てられていたが、中央に二つの大きな沼になった窪地があり、そこで多くの村人が虐殺されたのだという。この地からは長く死者たちの怨嗟の声が聞こえたという。正面には慰霊碑が建てられ、説明板には「百祖一孫の墓」と書かれている。百名の祖先に一人の孫しか残せなかったとの意のようだが弾圧のすさまじさを思わせる。また慰霊碑の前には靴のレリーフが並べられていた。連行される村人が、自分の履いていた靴を脱ぎ捨てて投げ、死地に向かうことを家族や親族に知らせたというのだ。

　多くの犠牲者を出したとされる北村里《プクチョルリ》の「四・三ノブンスイ記念館」も見学した。入口には仰向けになって死んでいる母親の乳房にしがみつき乳を咥えている幼子の絵が掲示されていて一気に声を失った。外苑には慰霊碑と刻銘碑があり、さらに「順伊《スニ》おばさん」の碑も建てられていた。また犠牲になった子どもの墓もそのままに残されていた。

　歩いて北村里の港に向かった。途中に数軒の家があったが、その一つに当時の家を模した建物もあった。粗末な茅葺きで、屋根全体をロープで押さえつけ、周りは石垣を積んで囲いがなされている。沖縄でもよく見かける民家と屋敷跡だ。

　北村里の港は波も穏やかだった。あの時の波も今と変わらなかったのだろうか。波は村人たちの虐殺を見ていただろうか。さらにその数年前には日本軍の海軍陣地壕を作るために多くの村人が動員されたのだ。

死者たちはもう声を持たない。私たちは聞こえない声を聞こうとしているか。見えないものを見ようとしているだろうか……。

その日の夜は夕食後にホテルを抜けだして、新しくできた友人たちと散策をしながら居酒屋を探した。だれもが高揚した気分を鎮めたかったのだと思う。少なくとも私は夜の済州島の風に吹かれて気持ちを鎮めたかった。

済州島の風は海からの風だ。涼しい風というよりも、生暖かい風で海の匂いがする。街路樹にソテツの木を見つけて感激した。沖縄と同じ土地の同じ樹木で同じ風だ。そんな気がした。

連れだった仲間は済州大学の教員二名、慶熙大学の教員一名、東京からやって来た教員二名、私と合わせて六名だった。マッコルリを飲み、チジミを食べ、海産物料理に舌鼓を打ちながら話が弾んだ。

済州大学の二名の教員は、しばらく家を留守にしているということで途中退座した。残った私たち四人はなかなか引き揚げることができずに酩酊した。話は多岐に渡っていたように思うが、済州の話ではなく日本の現状を憂える話が多かったように思う。

外に出ると月夜だった。街灯の少ない通りを歩いていたが、なかなかホテルは見つからなかった。突然、四人で顔を見合わせた。だれもホテルへの帰る道を覚えていないのだ。四人とも苦笑しながらくるくると同じ場所を廻ったあとで、やっとホテルを探し当てた。ロビーで手を振って別れたが、私には何だか土地の精霊に取り憑かれた時間のようにも思われた。

済州三日目の朝は早かった。計画されたツアーの日程は昨日の夕方ですべて終わっていた。だから、その日に済州を離れる人たちも多かった。昨晩痛飲した東京から来た友人二人は済州国際空港から金浦空港を経て成田へ戻るという。私は一人、仁川空港を経由して那覇空港への戻りだ。

パンフレットを開いて済州と沖縄を比較する。済州の人口は六十二万人、沖縄は一四三万人だ。面積は済州島より沖縄の方が少し広い。しかし沖縄本島だけを比べると済州島の方が大きい。沖縄は雪が降らないが済州は雪が降る。

また、済州島は火山島で世界遺産にも登録された溶岩洞窟が有名。沖縄はサンゴ礁によって形成された石灰岩地帯で玉泉洞のような石灰洞窟がある。済州島の名物の一つは「黒豚」料理だが、沖縄にも豚料理がたくさんある。豚足やミミガーなど、沖縄でも済州でもよく食べる。また、済州島では豚肉が入った肉うどんがあり、沖縄にもソーキそばがある。

さらに済州島の方言と沖縄の方言には、本土の人には通じない独自の方言がある。また済州島には「トルハルバン」と呼ばれる石像の守り神があるが、沖縄にも「シーサー」と呼ばれる守り神がある。トルハルバンとは石のお爺さんと言う意味のようだが韓国伝統の帽子をかぶり、両手を腹部で合わせている。トルハルバンは街の入口などに立てられる守護神で悪霊を追い払う魔除けの意味をもつという。それだけではない。沖縄も先の大戦で唯一地上戦のあった悲劇の島だが済州も例外なく悲劇の島だ。済州国際空港の滑走路付近も集団虐殺の場で、三八四名の遺骨が発掘されたという。

私たちは自らの悲劇だけでなく他者の悲劇にも目を向けねばならないのだ。

済州が生んだ高名な作家金時鐘（キム・シジョン）と金石範（キム・ソンボム）の対談集『なぜ書きつづけてきたか　なぜ沈黙してきたか』（二〇一五年）を思いだす。副題に「済州島四・三事件の記憶と文学」と記されている。在日の詩人金時鐘（一九二九年朝鮮生まれ）と、小説家金石範（一九二五年大阪生まれ）の対談で進行役は立命館大学教授の文京洙（ムン・ギョンス。一九五〇年東京生まれ）が担当している。本書は二〇〇一年に刊行したものを、二〇一五年に再度同じメンバーで行った対談を増補したものである。

済州四・三事件で南朝鮮労働党側に組みし辛くも日本に脱出して死を免れたのが金時鐘。出生の地の惨劇を日本にいて激烈な痛みを有して眺めていたのが金石範だ。二人とも長い沈黙を経た後に、金時鐘は済州体験を詩にし、金石範は「火山島」などの小説にした。

金時鐘は済州で皇国少年として成長する。戦後故国の言葉を奪われている自分を自覚し、日本的抒情の感性で育ってきたことに気づく。日本語でしか表現できない金時鐘は、その抒情から脱出することを表現者の宿命と自覚し、悲惨な済州四・三事件の体験を見つめ在日の詩人として詩集を編んでいく。他方金石範は、故郷を訪れ、故郷の死者や惨劇に触れて長い歳月を掛けて「鴉の死」や「火山島」などの作品にその惨劇の歴史は結実する。

自らが体験した両者の言葉を聞くのは重く辛い。この言葉が数多く詰まったのが対談集だ。その幾つかの言葉を取り上げると次のようになる。

◇金時鐘の言葉

・人間としての（ぼくの）生き方は、四・三への沈黙を含めて、自分が加担した　四・三に対する絶望、罪悪感みたいなものを詩的真実、文学的真実に生かしているわけだよ。（一四一頁）

・言葉というのは圧倒する事実の前にはまったく無力なものです。（中略）圧倒する事実が記憶となって居座っている者には、創作作品そのものが何かの操作みたいに映っちゃうのね。実際は創作こそが、つまり虚構こそが事実を超えうるし、事実をより普遍的な事実として描き出せるものなんだけどね。（一六八頁）

・その土地の不幸や災いは、その土地の神様じゃないと鎮められないんだ。（二〇四頁）

◇金石範の言葉

・小説は観念が実態を越えるものとしてある。（八二頁）

・綱渡りってあれまっすぐ立って止まったら、落ちやすい。動いているから平衡をとれる。もし私が書くのを止めたら、私は綱から落ちますよ。（一八六頁）

翻って考えるに、済州の土地に埋もれた死者たちの声だけでなく、私たちは私たちの土地に埋もれた死者たちの声をしっかりと聞いているだろうか。忸怩たる思いにとらわれ、改めてその大切さに気づかされる。

済州国際空港を後にした大韓航空一二〇六便は済州の土地を加速度をつけて飛び上がると一気に大空へ舞い上がった。私の視界から済州島は一気に消えた……。消すことのない土地の記憶と土地の風を私は纏っているだろうか。何度か済州島の島影を探したが、やはり、もう目には見えなかった。

## 九　三つのサン

「ヤーサン・ヒーサン、シカラーサン（ひもじい、寒い、寂しい）」。この三つのサンのつく言葉は私たちの合い言葉になりました。親元を離れて宮崎での疎開生活は二年余りも続いたのです。

私の名前は金城エミ子。一九三四年八月に与那原《よなばる》で産まれました。私は三人姉妹ですが、私が七歳のころ、母は一番下の妹を産みましたが産後の経過が思わしくなく亡くなってしまいました。母が身重な身体で歩く姿と、葬式の様子は、まだ目に浮かびます。

母が亡くなってから、私は二人の妹の世話などで友達と遊ぶ時間はなくなりました。一番下の妹の母乳は親戚のおばさんたちの家を廻って母乳を分けてもらいました。

疎開のときは満十歳。与那原国民学校初等科の五年生でした。日本政府は一九四四年七月七日の緊急閣議で、南西諸島での戦闘に備え「沖縄県の老幼婦女子十万人を本土や台湾に疎開させる」ことを決めたのです。戦局が悪化し、日本の統治下にあったサイパン島が米軍の攻撃で陥落した日でした。

　疎開は被害を軽減させるためというほか、足手まといになる婦女子を退去させ、日本軍の配備で不足する食糧事情を改善しようとの狙いもあったようです。父は、下の妹の良枝が小さいので家族全員で疎開をすることを考えていました。ところが父は役所から疎開を止められました。

「お父さんは行けませんよ。防衛隊への召集通知がきています」

　父は困っていました。私の顔を見て言いました。

「お前たち三人だけでは、余りにも幼すぎる。どうしようか」

「大丈夫よ、お父さん、私が面倒見るよ。それに引率の先生もついて行くって言うしね」

「そうか、エミ子は偉いねえ」

　父は、笑って私の頭を撫でました。もちろん、私は疎開生活がどんなに大変なものか知りませんでした。

　また父を躊躇《ためら》わせる理由はもう一つありました。学童疎開船「対馬丸」が米軍潜水艦の攻撃を受けて沈没したらしいという噂です。私は、そんな父の不安には全く無頓着でした。

　結局父は、良枝を親戚の家に託し、私とすぐ下の妹の啓子《けいこ》を宮崎に疎開させることに決めたんです。啓子は六歳で与那原国民学校初等科の一年生でした。

　私たちを乗せた疎開船は一九四四年九月に那覇港を出発しました。そのひと月前に対馬丸は沈められたのです。沈没の公式な発表もなく、疎開は続けられたのです。

十数日掛けて、疎開船は鹿児島に到着しました。到着すると予《あらかじ》め決められた疎開先へ向けて出発しました。船の上で仲良しになったチーちゃんや民子さんは熊本行きです。民子さんは啓子を可愛がってくれたので、別れるのはちょっぴり寂しかったけれど啓子も笑顔で手を振りました。

私たちの受け入れ先は宮崎県の三財国民学校でした。引率の先生一人、世話係のお姉さん二人で、合わせて三十七人が三財国民学校を目指しました。

校長先生や先生方に笑顔で迎えられましたが、私たちは新しい環境に戸惑い、笑顔を失っていました。

疎開には、それぞれの民家に割り当てられることもあると聞いていましたが、私たちはみんな一緒に学校の裁縫室に寝泊まりしました。私は妹の啓子も一緒だったので、ほっとしました。

最初のうちは、なかなか慣れませんでした。また学校では、同年の子どもたちから、からかわれたり、いじめられたりすることもありました。

「家に帰りたい」

そう言って、泣いている男の子もいました。みんな寂しくて泣いていたのですが、世話人のお姉さんが、泣いている子を一所懸命慰めていました。

三財に着いてから一か月ほど経ったころでした。

「沖縄で戦争が始まったよ。空襲があったよ」

学校の先生方から、こう聞かされました。

「那覇の町は、ほとんど焼けたみたいだよ」

私たちは、みんなワーワー泣いてしまいました。那覇十・十空襲です。一九四四年十月十日、沖縄全土が空襲されたのです。ちょうどホームシックになり、心細さも合わせて、沖縄に残っている家族のことがとても心配になったのです。

私も防衛隊に召集された父のことや、親戚に預けられた良枝のことが心配になって、泣いている啓子を抱きしめていました。

それからすぐに、沖縄では体験したことのない寒さに襲われました。連日気温が氷点下まで下がり、学校の教室の傍に置かれた防火用水には氷が張りました。

「ヒーサン、ヒーサン（寒い、寒い）」

そう言って身を切られるような寒さに震えていました。疎開は、せいぜい二、三か月ぐらいと聞かされていましたので、年を越してもすぐに帰れるものと思っていたのです。

初めて体験する寒さで、だんだんと我慢ができなくなっていました。多くの子どもたちが持ってきていたのは夏服数枚だったのです。あまりの寒さに、上着の袖を切って半ズボンに縫い付け、世話係のお姉さんに長ズボンに作り替えてもらう子もいました。私は年長さんでしたので、下の子の面倒を見ることも多かったのですが、幼い子はトイレに行こうと夜起こしても寒くて縮こまってしまい布団の中でお漏らしをする子もいました。

また私たちは霜焼けにも悩まされました。妹の啓子も、しもやけに悩まされました。寒さで足指が赤く腫れ上がるのです。かゆくなって擦っていると皮膚が裂け膿が出ます。その足でズックを履き、痛みをこらえて学校へ通わなければなりませんでした。

疎開先では勉強どころではありませんでした。私たち年長さんは世話係のお姉さんたちと一緒に、洗濯したり、ご飯を炊いたりと忙しかったからです。朝は年下の子どもたちが起きる前に起きました。ガスはないので火をおこすのも大変でした。ご飯ができたらみんなを起こします。ご飯と言っても芋を刻んでお米と一緒に炊《た》くんです。芋にお米が付いているような状態でした。

やがて芋も、お米もなくなってきました。冬になると手に入る野菜も少なくなりました。私たちだけでなく、長引く戦時体制下で食糧事情は極端に悪くなり、三財国民学校の生徒のみんなもひもじい思いをしていました。腕白な男の子たちは道端のごみ箱を開けてミカンの皮を拾い、千切って食べる子もいました。まさに、「ヤーサン、ヒーサン、シカラーサン（ひもじい、寒い、寂しい）」でした。

寒さが終わって少し暖かくなったころには、虱《しらみ》に悩まされました。洋服の縫い目まで虱が湧きました。頭や身体をポリポリ掻いている子が多くなりました。太陽が出た日には縁側に出てみんなで虱つぶしをしました。

六月の末ごろから「沖縄は玉砕した」という言葉が聞こえました。

「玉砕ってなんですか？」

学校の先生に尋ねました。

「みんな死んでしまうことよ」

「沖縄の人はみんな死んだんですか？」

「……」

私は、とても心配しました。八月になると次のように言われました。

「広島に原子爆弾が落ちた。一里四方が全滅らしい」

「ぱっという光に当たった人はみんな死んだらしい」

「長崎にも原子爆弾が落ちたってよ」

そんな話が聞こえました。もう沖縄には帰れると思いませんでした。それから間もなく、八月十五日、玉音放送が流れたのです。日本が負けたことが知らされ、ようやく戦争が終わったのです。

「沖縄玉砕」ということがずっと言われていたので、沖縄に帰れるかどうか心配でした。はやく父と妹の良枝のことが知りたかったのです。でも、なかなか沖縄には帰れませんでした。

敗戦から一年余が過ぎた一九四六年の十一月、校長先生が私たちみんなを集めて言いました。

「沖縄へ帰れるぞ。みんなよかったな」

校長先生の言葉に、みんなバンザイをして喜びました。辛いことはたくさんありましたが、私たちの中から一人も犠牲者は出ませんでした。校長先生始め、学校の先生方、同級生たち、そして地域のみなさんのおかげだったと思っています。三財小学校を離れるときは盛大なお別れパーティも開いてくれました。

「ああ、よかった。でも沖縄はどうなっているんだろうなあ」

みんなこのことが気がかりでした。

沖縄から集団疎開した学童は五五八六人。疎開先は宮崎、熊本、大分の三県であったと言われています。それぞれの地での疎開児童たちは、それぞれの思い出を抱いて沖縄へ帰ったのだと思います。鹿児島で別れた他の児童のグループもすでに沖縄へ帰ったはずだと言われました。

私たちは来たときとは逆のコースで帰りました。宮崎から電車で鹿児島へ行き、鹿児島から船に乗り那覇港に着きました。那覇港からは米軍のトラックに乗せられて中城村の久場崎に行きました。久場崎では消毒などをして三日間ほどキャンプで過ごしました。次々と疎開していた子どもたちの親や家族が来て引き取って行きました。沖縄玉砕と聞いていたので人間はいないかと思いましたがたくさんの人々が生きていたのです。

でも、私と啓子の迎えはだれも来てくれませんでした。だんだん心細くなってきました。三日目になっても親が迎えに来てくれなかった十名ほどの学童は、トラックに乗せられて各村を回り送ってくれることになりました。

私と啓子は手を強く握ってトラックに乗りました。周りの風景は、緑の木々が少なく、まだまだ土肌が剥き出しになっていました。人家も少なくとても不安でした。やはり戦争で多くの人々が亡くなったことが分かりました。

与那原までは、三財での世話係のお姉さんがついていってくれることになっていましたので、なんとか心細さを紛らわせることができました。

与那原の我が家に着きましたが、我が家はありませんでした。焼き尽くされて、砲弾が落ちた跡でしょうか。大きな池ができていました。私と啓子は呆然と立ち尽くしていました。

「おねえちゃん……」

六歳になった啓子が尋ねます。

「今日から、どこに寝るの？」

「ねえ、どこに住むの？　お父ちゃんはどうしたの？」

私は答えることができません。

すると、腰の曲がったおばあちゃんがやって来ました。

「あれ、ワーマーガーよ（私の孫よ）、チバテーサヤ（よく頑張ったね）」

私には、初めて会うおばあちゃんのように思われました。傍らには三財から一緒だったお姉ちゃんが笑って立っていました。

「あんたたちのお父さんのお母さんよ。だからおばあちゃんだね」

「あんたたちの妹の良枝ちゃんも、あばあちゃんが預かってくれたんだって。おばあちゃんは良枝ちゃんの面倒を見なければいけなかったので、久場崎には迎えに行けなかったんだって」

「ワッサタンヤ（悪かったね）、心配掛けたね」

「これからは心配するなよ。ワッターヤーヤ、近サクトゥ（我が家は近いから）、リカ、マンジュイカヤ（さあ一緒に行こうね）」

「良かったね、エミ子、啓子ちゃん」

「うん」

啓子が涙目を擦《こす》ってうなずきました。でも私は父がどうなったか心配でした。おばあちゃんに聞こうと思いましたが、なんだか怖くて聞けませんでした。

私はお姉さんにお礼を言って、お姉さんを見送りました。

その晩、おばあちゃんから父が防衛隊で戦死したことを聞きました。私も啓子も声を上げて泣きました。私の腕の中で、小さい良枝も泣いていました。

それからが大変でした。私は二人の妹の面倒を見なければならなかったのです。おばあちゃんは、私たちの屋敷跡に、私たち三人姉妹が住む小さな家を建ててくれました。

「山羊小屋みたいだな」

小屋を建ててくれた伯父さんは笑っていました。伯父さんは父の兄です。何かと助けて貰いましたが、おばあちゃんの家も貧しかったのです。贅沢は言っていられませんでした。この小さな家から私たち残された三姉妹の戦後は出発したのです。

学校になんか行く時間はありませんでした。村の家々を回り食料を恵んでもらい、小さな裏の畑に野菜を植えました。また村の畑から掘り残した芋を探しました。カンダバー（芋の葉）を切り、ときには手に入れた小さな芋を切って鍋に入れ、水と塩を加えて炊きました。三人の食事はこれだけでした。汁まで飲みました。

おばあちゃんが時々様子を見に来ましたが、私は炊事や、洗濯や掃除、そして二人の妹の世話をみなければいけません。下の妹の良枝はまだ二歳です。夜中に大きな声で泣くこともありました。もちろん私に子育ての経験はありません。一緒に泣いてしまうことも多かったのです。

それだけではありません。おばあちゃんの息子の伯父さんも奥さんと一人の子どもを失っていたのです。奥さんは、啓子におっぱいを与えてくれたそうですが、戦後すぐに亡くなったということでした。下の子は戦争で亡くしたと言うのです。だから、おばあちゃんは伯父さんと、伯父さんの息子の中学生になったばかりの二人の男の子の面倒も見てあげなければいけなかったのです。

ある日、近所のおじさんがやって来て言いました。

「俺は、あんたのお父と一緒に防衛隊に取られた。あんたのお父は、あんたたちのことばかり気にしていた。優しいグヮだったよ」

「あんたのお父から、あんたに渡すようにと、腕時計を預かったんだが、アメリカーに取られてしまった」

「あんたのお父の遺体は、俺が糸満のガマ（壕）の中に隠してある。そろそろ取り出して供養してやった方がいい」

私はお礼を言って、是非そうさせて欲しいとお願いしました。

私は、もう十五歳になっていました。三財にいるころ、父の夢を見たことがありましたが、あのころ父は戦死したのかもしれないと思いました。

伯父さんも一緒に行ってくれることになりました。啓子が良枝を預かってくれました。

糸満に着くと摩文仁に近い場所まで歩いて行きました。伯父さんは父の骨を入れる大きな甕を背中に括りつけていました。用心深くガマの中に入り、懐中電灯で奥を照らすと、父は真っ白な骨になっていました。私は座り込んでしまいました。

「お父ちゃん……」

私は、涙が止まりませんでした。私の戦後は、二度目の戦争の始まりだったのです。

## 結辞　土地の記憶

土地の記憶を自明なものにしてはいけない。土地の記憶は作られた記憶ではない。自らが作る記憶だ　自らが発見する記憶だ。旅の記憶は私にこのことを教えてくれた。

また土地の記憶はみんなが共有することによって世界の記憶になる。世界は多くの言語、宗教、民族でできているが、世界はいつも試されている。固有の記憶を共有し、共存することができるかと……。

世界を繋ぐものは記憶する力だ。風の声を聞き、土地の記憶を紡ぎ出す力だ。記憶は隠蔽され、風は気紛れだ。しかし、それだからこそ私たちは風の声を聞き土地の記憶を言葉にしなければならない。風の声はどこにあるか。土地の記憶はどこにあるか。答えはすぐに見つかる。命に敬意を払う人々の心にある。人間を愛する人々の心にある。あなたの恋人に、父親に、母親に、友人にある。貧富や職業や、性別や国家を越えて世界を愛する人々の心にある。

風は流れる。見ようとしないと留《とど》まらない。聞こうとしないと聞こえない。風は世界を駆け巡る。人々の声を集めて、人々の喜怒哀楽を集めて、耳を傾ける世界の人々の心に命を届ける。声は、世界をつくるすべてのものが持っている。人間は人間の声を、象は象の声を、ポプラの樹はポプラの樹の声を。湖も建物も声を持っている。刻まれた土地の記憶を有している。この声と共に生きることが人間の営みだ。個々の記憶は絶対無二で、七十八億の人間の記憶がある。どれもが正しい記憶だ。記憶はピュアだ。記憶を利用する者が邪《よこしま》なだけである。

沖縄の土地の記憶も数多くある。改めて問いかけてみる。琉球王国、沖縄戦、蘇鉄地獄、芋、米軍基地、青い海……。それでも足りない。薩摩の侵攻、冊封史《さっぽうし》、おもろさうし、組踊、三線、石敢當《いしがんとう》……。それでもまだ足りない。琉球処分、エイサー、シヌグ、集団自決、由美子ちゃん事件、コザ騒動、日本復帰、辺野古……。記憶は人間の数だけある。私たちが生きている土地に、私たちの姿勢のままに土地の記憶がある。摩文仁、伊江島、ヤンバル、渡嘉敷島《とかしき》、サイパン、パラオ、広島、長崎、東京、そして死者たち、生者たちの記憶……。

記憶は世界の土地で、それぞれの民族の言葉で語られる。見えない記憶こそ真実に近い。聞こえない言葉こそが辛い記憶だ。過去の記憶、進行する記憶、未来への記憶が生者の姿勢で蘇生する……。

世界はどの土地にも記憶がある。固有の記憶を有している。同時に類似する記憶をも有している。世界の街でも村でも、地の果てでも生きているのは人間だから。

私たちの記憶は世界の記憶だ。沖縄の記憶は日本の記憶だ。記憶は武器になる。弱い人間を結びつける心の武器になる……。

渡嘉敷島を訪問するのは三度目だ。三度目の訪問は二〇二〇年二月九日、「フェリー渡嘉敷」に乗り島を訪れた。今回は島の歴史や渡嘉敷島の集団自決（強制集団死）に詳しいK氏に案内を請うた。二度の訪問では見えなかったものがはっきりと見えてきた。見ようとしなければ見えないのだ。目的が記憶を獲得し記憶を拘束する。簡単な法則だ。

土地に刻まれた記憶は改めて凄惨だった。「集団自決」の現場、日本軍陣地壕跡、慰安婦の家、青い海、そしてニシヤマ（北山）……。私たちの記憶だ。訪問の度に新しい発見がある。海の記憶、山の記憶、路地の記憶、家々の記憶……。記憶はどれも新しい。

渡嘉敷島は慶良間《けらま》諸島の一つである。慶良間諸島は、沖縄本島・那覇の約三十キロから五十キロメートル西方にある。渡嘉敷島、座間味島、阿嘉島、慶留間《げるま》島などの島々からなる。

一九四五年三月二十三日、沖縄諸島は米軍の激しい空襲に見舞われた。二十四日には艦砲射撃も始まる。米軍の沖縄上陸部隊の最初の目標は慶良間諸島の確保であった。慶良間諸島によって囲まれた海峡は島々によって各方向からの風を防ぎ、艦隊にとっては最適の投錨地であったのだ。

日本軍は米軍の主な上陸地点を沖縄本島の西海岸と予想して米軍の上陸船団を背後から襲撃するために、慶良間諸島に海上特攻艇三〇〇隻を配置していた。

三月二十六日、米軍は空と海からの爆撃の支援の元に、阿嘉島、慶留間島、座間味島に上陸、二十七日には渡嘉敷島に上陸する。日本軍は特攻艇を一隻も出撃することなく自らの手で沈め、山中に撤退して持久戦に転ずる。米軍は三月三十一日までに慶良間諸島の主要な地点を制圧する。

この慶良間諸島での戦争の特徴は、多くの住民が非業の死を遂げたことにある。一般に「集団自決」と言われている。親が子を、兄が姉妹を、夫が妻を殺すという親族同士が殺し合った「強制集団死」の殺戮を指すものだ。

また、もう一つの特徴は朝鮮半島から、軍夫（渡嘉敷二一〇人、座間味三〇〇人、阿嘉島三五〇人）と、慰安婦数十人が強制的に連れて来られて多くが犠牲になったことも挙げられる。

一九四四年二月、米軍の上陸直前の渡嘉敷村は一四四七人の人口で、五六二人が戦争の犠牲になる。そのうち三三〇名は「集団自決」の犠牲者だ。

K氏から渡された資料（『集団自決』の真相を究明するプロジェクト」報告書）には次のような事例が記されている（次項参照）。

◇犠牲者を出した集団自決の主な事例

| No. | 場所 | 犠牲者 | 人数 | 理由・実行者・手段 | 出典 |
|---|---|---|---|---|---|
| 一 | 渡嘉敷 | 住民 | 三二九 | 手榴弾その他 | 『観光コースでない沖縄』 |
| 二 | 座間味島 | 住民 | 一七一 | 手榴弾その他 | 『同右』 |
| 三 | 慶留間島 | 住民 | 五三 | 手榴弾その他 | 『沖縄壁新聞』 |
| 四 | 屋嘉比島 | 住民 | 一〇 | 手榴弾 | 『観光コースでない沖縄』 |
| 五 | 伊江島アハシャガマ | 住民・防衛隊 | 約一〇〇 | 防衛隊の爆雷 | 『伊江島の戦中・戦後記録』 |
| 六 | 伊江島サンダラ壕 | 住民・軍人 | 約五〇 | 爆雷・手榴弾 | 『同右』 |
| 七 | 伊江島自然壕 | 住民 | 約四七 | 爆雷 | 『同右』 |
| 八 | 読谷村チビチリガマ | 波平住民 | 約八三（一四〇人中） | 焼身・注射 | 『南風の吹く日』 |
| 九 | 沖縄市美里 | 美里集落住民 | 約三〇 | 焼身・自刃等 | 『美里からの戦世証言』 |
| 一〇 | 沖縄市美里 | 那覇避難民 | 約三〇 | 焼身 | 『同右』 |
| 一一 | 糸満市カミントゥ壕 | 住民 | 五八余二二家族 | ※ | 『糸満市史』 |

◇日本軍による虐殺事件の主な事例

| No. | 場所 | 犠牲者 | 人数 | 理由・実行者・手段 | 出典 |
|---|---|---|---|---|---|
| 一 | 久米島 | 郵便配達員 | 一 | 降伏勧告状配達でk隊長が拳銃で | 『久米島住民虐殺事件資料』 |
| 二 | 久米島 | 北原区民殺害 | 九 | 米軍との接触を理由に屋内で刺殺・放火 | 『同右』 |
| 三 | 久米島 | 仲村渠一家 | 三 | スパイ容疑で家族三人刺殺 | 『同右』 |
| 四 | 久米島 | 朝鮮人一家 | 七 | 理由なく連続して絞殺惨殺 | 『同右』 |
| 五 | 座間味島 | 阿佐集落住民 | 一 | 防衛隊の爆雷 | 証言記録 |
| 六 | 阿嘉島 | 住民・朝鮮人軍夫 | 二<br>一二 | スパイ容疑、軍律違反等で連続殺害 | 『沖縄県史⑩』<br>『恨・朝鮮人軍夫の沖縄戦』 |
| 七 | 渡嘉敷島 | 伊江村住民 | 六 | 投降呼び掛け者の伊江村民をA隊長らが処刑 | 『沖縄県史⑩』 |
| 八 | 渡嘉敷島 | 村民 | 五 | スパイ容疑で村民連続殺害 | 『同右』 |
| 九 | 大宜味村渡野喜屋 | 避難民 | 約三〇 | 宇土部隊の敗残兵が手榴弾で殺害 | 『同右』 |

惨憺たる事実だ。これも耳を傾けないと聞こえない。目を凝らさないと見えないのだ。風の声、土地の記憶に蘇る物語は幾人のものだろうか。自らを語ることのできない死者たちの声をどのようにして蘇らすか。ただひたすら考え続けることなのか。少なくとも死者たちを死者たちのままで沈黙させてはいけない。最も辛い出来事は死者たちの側にあるのだから。すべての死者たちが、例外なく言葉を奪われてしまっているのだから……。

幸せになってはいけないと沈黙する強制集団死からの生還者たち。一年の周期ごとに焚かれる香の匂い。風の声、島の記憶、土地の記憶……。

それでも世界は生きている。世界は考えている。世界は日々を記憶する。世界は広く、そして狭いのだ。

記憶を封印してはいけない。世界を巡る風を止めてはいけない。世界は失敗を繰り返す。しかし、世界は平和を知っている。戦争も知っている。戦争は人間を、文化を、そして記憶をも破壊する。それだから世界は……。それでも世界は生きている。

〈了〉

# 二　マブイワカシ綺譚

# 第一話　秘密

私は天願《てんがん》キヨの仕事を手伝っている。天願キヨはユタ（巫女）だ。ユタといっても様々なユタがいる。死者の霊を呼び寄せてこの世とあの世を繋ぐことのできる霊能力をもったユタから、子どもの進学や非行問題、夫婦間のトラブルなど、カウンセラー的な役割を担っているユタもいる。男のユタもおれば女のユタもいる。ホンモノのユタもおれば偽物のユタもいる。

沖縄には、ユタは少なく見積もっても三千人は居るという。多く見積もれば九千人ほどだと言われる。そんなに開きのある見積もりがあるのかと思うのだが、ユタのことだからそうなるのかもしれない。思わず苦笑が出る。ユタは、営業許可証を得ずとも商売している人はいるからだという。これも私の周りの茶飲み場での噂だ。

噂と言っても、火のないところに煙は立たない。沖縄にユタが多いのは、悩みの多い県だからというが、この噂にはやや信憑性がある。今なお戦争の記憶に悩まされている人々が多くいるからだというのだ。戦後七十三年余、この時間が経過したからこそ、記憶が甦ってきて戦争のトラウマに悩まされる人もいるようだ。ある大学の研究者の見解としてデータを紹介しながら新聞で連載されていたのを読んだことがある。これは噂ではない。研究論文だ。

米軍基地の問題もある。基地被害は、金で償われるものではない。少女が強姦されたり、主婦が拉致されたりすることもある。信号無視で突っ込んで来た米軍車両に跳ねられて死亡することもある。またヘリコプターが空から落ちることもある。心身に受けた傷はリセットできないし命は取り戻せない。悩みの多い県のはずだ。

さらに結婚率も離婚率も高い、が自殺率も高い。自殺率は雪が降る秋田や新潟など東北の県に次いで全国で五番目に多いという。年間の自殺者は三百四十人ほどで、一日にほぼ一人の割合で自殺者が出ている。貧しさも沖縄の深刻な問題だ。

ユタの多くは、ユタ稼業と言われ、自分に備わった能力を発揮して商売にしている。ユタにもそれぞれの専門分野があるようだ。人々の評判が口から耳へ、耳から口へと広がり品定めがなされる。ユタの言葉をハンジ(判示)というが、ハンジのよく当たる噂を聞きつけると、遠く離島からもやって来る。稼ぎのいいユタは、ユタ御殿と呼ばれる豪華な家を建築する者もいる。ユタ御殿という呼称には賞賛の意もあるが、揶揄《やゆ》する意も込められている。

ユタ稼業は、利用する側から見ればユタゴーイ(ユタ買い)と言われる。ユタのシャーマンとしての能力を信じて家族の運勢の判断や、家や墓などを新築する際の日取りの決定、結婚する相手との相性、就職や転職、開業など、仕事に関する相談などもある。

さらにユタは、精神疾患の相談や治癒にも当たる。心身の不調や幻覚幻視を訴える者には、その理由や意味づけを説く。病気や事故などが頻繁に起こる者にはウグヮンブスク(祈願不足)による「シラシ(知らせ)」、あるいは霊などの「サワリ(障り)」によるものだとして「ハンジ」を示し、対処法を示す。

また、祖先を祭る祭祀、位牌継承などのトートーメー問題、そしてマブイワカシ、ヌジファなど死者のマブイ(魂)との交流等々、様々である。ユタは忙しいのだ。

天願キヨは、マブイワカシやヌジファが専門だ。私は天願キヨの姪で天願キヨのユタ稼業を手伝ってからもうすぐ三年になる。天願キヨのもとにユタゴーイにやって来る客に対して、三番座と呼ばれる茶飲み場で湯茶や茶菓子を出して接待し、順番を待って天願キヨの待つ二番座の部屋へ案内する。さらに電話で予約を受け付け、面談の日時を調整する。天願キヨには午前に三人、午後に四人までだと強く言われている。死者のマブイが天願キヨに降りて来ると疲労が大きいので、たくさんの人々の相手をすることは困難だというのだ。このことが主な理由だが、同時に天願キヨには商売っ気が全くない。

しかし、逆に商売っ気のないこの丁寧な対応が、天願キヨの評判を高めているようにも思われる。客には、二、三か月待ってもらうことも頻繁にある。待てない客には、よそに行ってもらう。それだけだ。簡単な決まりだ。

「久しぶりだね、大城《おおしろ》さん」

天願キヨは笑みを浮かべて、すぐにそう言った。

大城さんは三人姉弟でやって来た。午後の三番目の客だ。私は茶飲み場で湯茶で接待し、その後に天願キヨの部屋へ案内した。いつものことだが、天願キヨの部屋は線香の匂いが絶えない。私は部屋の仕切り戸を開け、風を入れ替える。これも私の仕事だ。

「ご無沙汰しています。あれから、もう七年ほどになりますか……」

大城さんと言われた一番上の姉が、やや緊張した面持ちで会釈をして応える。還暦を過ぎただろうか。頭には白髪が目立つ。電話をしてきたヨシ子さんだ。

「その節は大変お世話になりました。有り難うございました」

ヨシ子さんの言葉に合わせて傍らに座っている弟の喜久夫《きくお》さんと妹の武子《たけこ》さんも一緒に会釈をしてお礼を述べる。喜久夫さんは、たしか隣町の町会議員をやっているはずだ。

天願キヨが、笑顔を浮かべて返事をする。

「いえいえ、私もいい経験をさせて貰いましたよ。不思議な体験でしたね」

「ええ……」

「私たちのことを、七年も経つのに、よく覚えていましたね」

「そりゃあ、もう……。パラオまで行ってヌジファのウガンをするのは初めてでしたからね。私も緊張しましたよ」

天願キヨは、うなずきながらヨシ子さんの言葉を聞く。細面の顔が目を細めて笑うと少し頬が膨らんだように見える。

「天願さんにヌジファのウガンをしてもらった後からは、いいことばかりが続いていますよ。私は町会議員にもなれました」

喜久夫さんが笑顔で報告する。妹の武子さんもうなずきながら言葉を継ぐ。

「パラオで死んだ私たちの兄のマブイが、まだ成仏していなかったんですからね。びっくりしましたよ」

「亡くなった兄のマブイがパラオに取り残されていて、沖縄までウンチケーしなければ(連れ戻さなければ)ならない。ヌジファ(抜き霊)ということも初めて知りました。そんなこともあるんですね」

「病気がちだった私の娘も元気になって結婚もしました。本当に有り難うございました」

「そうですか、それは良かったですねえ。ヌチガフウどうや(命が一番だよね)。で、今日は……」

「はい。今日はですね、トートーメー(位牌)の継承のことでご相談に参りました。弟の喜久夫は三男ですが、子どもは娘しかいないのです。長男と次男は幼いころに亡くなっていますので、どうしたらいいものかなと思って……」

私は頃合いを見計らって立ち上がり戸を閉める。湯茶室とも呼んでいる茶飲み場へ戻り、次の客を待つ。次の客のないときは、私も客の後ろに座って、天願キヨの言葉に聞き入る。大城さんは午後の三番目の客で、今日はもう一組、最後の客が来る。

次の客は、マブイワカシの客だ。マブイワカシとは死者のマブイ(魂)をこの世からワカシする(別れさす）祈願だ。死者たちは、この世に未練のある者が多い。肉体は滅んでもシニマブイ（死者のマブイ）がこの世で彷徨っている。生者の住むこの土地にしがみついている。それを引き裂くのだから天願キヨも疲労困憊する。

シニマブイに対してイキマブイ（生者のマブイ）もある。イキマブイは生者と共にあり、驚いた時などは一時期、生者の肉体を離れるときがある。離れるとマブイグミ（まぶい込め）といってユタの力を借りて、離れたマブイを生者の肉体に取り戻さなければならない。そうしないとマブイを失った人間は呆《ぼ》けたようになり、生活にも支障が生ずるのだ。

トートーメーの相談（位牌継承）や幻覚に怯える精神疾患の客も来るが、マブイワカシの客のときが、天願キヨは最も辛そうだ。そして疲労も大きい。だから、その相談の客は一日に一人だけで最後の客にする。

大城さん姉弟がトートーメーの相談を終え、笑顔を浮かべて帰った後、三十分ほど経って、その日の最後の客がやって来た。マブイワカシの依頼をした客だ。城間静代《しろましずよ》さん、文代さんと名乗る二人の姉妹だ。二人とももう五十歳を過ぎているように思われる。

城間さんは、電話で次のように言っていた。

「父が死んで、七七忌も終わったのに私たち姉妹は寝付きが悪い。父の夢を何度も見る。父はこの世にいまだ未練があるようだ。やり残したことがあるように思われる。臨終の際にも何か言いたそうだったが聞き取れなかった。父の声を聞かせて欲しい。父を成仏させて欲しい。そのためにマブイワカシをしてもらいたい」

そんな依頼だった。

マブイワカシは、ユタによっていろいろの方法がある。亡くなった者との最後の別れの儀式である。死者に対して明確に現世との絶交を示す意味があり、現世に対する未練を断ち切らせることで、成仏を願うことに繋がるとされている。

天願キヨの方法は、香を焚き死者の声を聞いて、やり残したことを依頼主へ伝えることである。死者の多くは天願キヨに憑依《ひょうい》して思いの丈を述べる。それは天願キヨの心身へ大きなダメージを与えるが、天願キヨは、これが天職だと理解し、シニマブイを全身で受け入れる。このことによって死者の現世への思いを断ち切って成仏してもらおうとするものだ。同時に死者のマブイに香を捧げ、死んだことをしっかりと伝える儀式でもある。もちろん、憑依をせずにハンジだけで死者の思いを伝えることもある。

私は、城間静代さん、文代さん姉妹を天願キヨの部屋へ案内する前に、いつものとおり湯茶室で接待した。客の気持ちを和らげ、リラックスさせるためだ。天願キヨには、必ずこの時間を持ちなさいと言われている。

二人の客は、私を旧知の友人にでも会ったかのように、すぐに親しげに世間話を始めた。電話で深刻な声音《こわね》で面会の日取りを決めた人と同一人物とは思えなかった。涙隠して女が笑うのか。でも、私には笑えない過去の辛い出来事があった。

私は、福岡で七年間の歳月を過ごした。後半の三年間は辛いことが多かった。あのころの記憶が甦る。あのころの記憶から逃れるために、私は故郷沖縄の地に舞い戻ったのだ。

「あんたは、若いよね」

城間静代さんの言葉に、私は無理に笑顔をつくる。若いはずだ。若いと思いたい。私はまだ三十歳になったばかりなのだから。しっかりと笑みを浮かべて湯茶を勧める。

「私の娘のミーコぐらいかね」

「ミーコよりは、ちょっと年上じゃないかね」

二人の姉妹は、私に話しかけたり、互いに向き合って話し合ったりと忙しい。私に投げた質問の答えは特に欲していないようだ。互いに答えを奪い合って勝手に話し合っている。

お姉さんの静代さんは、やや頬肉が落ちて、時折、疲れた表情を見せる。妹の文代さんは丸顔で薄く化粧をしている。二人は初めからリラックスしている。リラックスし過ぎるほどだ。

「あんたは結婚しているの?」

静代さんが思い出したように私に尋ねる。私は聞こえない振りをして、その問いをやり過ごす。私は結婚していたとも言えるし、していなかったとも言える。説明するのは面倒くさいし、また他人に説明することでもない。

「いつか、ミーコのことも天願さんに相談したいね」

妹の文代さんの声だ。

「ミーコはウガンブスク(祈願不足)ではないよ。男運が悪いんだけよ」

姉の静代さんが答える。

「ミーコは色も白くて肌も細かい。親の私が言うのも変だけど、カワイイグァ(可愛い娘)だからねえ。男に好かれるんだよ」

「それでもさ。男が寄ってきて、結婚はせずに結局は捨てられるというのは、何かが足りないんじゃないの?」

「足りない何かを天願さんにハンジしてもらうわけさ」

「天願さんは、男と女の問題は、ハンジしないはずよ」

「そうかねえ……。ねえあんた、そうなの?」

私に尋ねているんだ。私は顔を上げる。腰も上げる。

「そろそろ、お時間ですから行きましょうか」

私は笑みを浮かべて、立ち上がり二人を促す。

「あれ、もうそんな時間ねえ。それではよろしくお願いします」

二人は私の後について来る。湯茶室での話は一気に遠い過去になる。私もそうしたい……。過去に脅《おびや》かされたくはない。過去とは、しっかりと縁を切りたい。記憶は人を不幸にする。

天願キヨは、すでに一段高い床の間で香を焚いていた。部屋中に香の薫りが漂っている。香炉に向かい、客座に背中を向け、手を合わせ、静かに瞑想している。目の前にはいつものように米粒と酒が供えられている。

私は城間さん姉妹へ座布団を勧める。座った二人はじっと天願キヨの背中を見つめている。咳一つしない。部屋の中にはいつの間にか厳粛な時間が流れている。私も二人の背中を眺めて後ろに座る。

やがて天願キヨが振り返る。

「城間さんでしたね」

「はい、そうです」

二人が顔を見合せながら返事をして小さくうなずく。先ほどの湯茶室でリラックスしていた表情はない。緊張して唇が震えている。

「千恵美《ちえみ》から聞いたんだけど、お父のマブイワカシをしてもらいたいって?」

「はい、そうです」

千恵美は私の名前だ。私の名前は天願千恵美。二人が振り返ったので、軽く会釈をする。二人はすぐに正面へ向き直る。やはり緊張がまだ解けてないようだ。

マブイワカシは、ユタや地域によって儀式の内容が異なるが、基本的には供物の水、米、酒などを死者の安置されたところに供え、この世からグソー（あの世）へ分かれることになったことを告げ、迷わず成仏してくださいと祈る。亡くなった人のマブイ（魂）がこの世に未練があると、なかなか成仏しない。この世のことは心配せずに、グソー（あの世）で幸せになりなさいと勧め、祈り、供養する。

「トゥドゥミはしましたか？」

天願キヨが二人に尋ねる。

「はい、村のウガンサー（高齢者）にやってもらいました」

トゥドゥミとは、お墓の入り口を止めることである。人が亡くなるとお墓の入り口を開けて納骨する。納骨が終わると入り口を閉める。しかし、亡くなってから四十九日の間は、マブイからすると墓口が空いた状態になっていて、墓内を出入りしているというのだ。この世に未練があって迷っているというのだ。だから、死者のその意を尊重して、出入り口は隙間に石を挟んだだけの仮トゥドゥミをする。

そこで四十九日を過ぎると、速やかに墓の前でお供え物をしてトゥドゥミのウガンをするというわけである。

「マブイワカシも本当は、墓の前でするほうがいいんですよ」

「はい」

「でも今は、みなさん忙しいからね」

「はい」

「墓の前では、たくさんのマブイが彷徨っているからね。邪魔されることもあるさ。だからこんなふうにして、墓を離れて、マブイを呼んでマブイワカシをすることもあるわけさ」

「はい」

「あんたたち、シマ（出身地）はどこね」

「ええっ？」

「墓はどこにあるの？」

「はい、ヤンバルです」

「ヤンバルのどこね」

「はい、東村の崎浜、三〇六番地です」

「あんたよ、それは実家の住所でしょう」

姉の静代さんの答えを、妹の文代さんが受け継いで訂正する。

「あれ、そうだったねえ。墓の住所もあるのかね？」

静代さんが驚いている。天願キヨが笑顔で答える。

「はい、ありますよ。役場に行けばすぐに分かりますよ。でも墓の住所まで言わなくていいですよ。東村の崎浜ですね」

「はい、そうです。ごめんなさいね。墓の住所は、私たちには分かりません」

「分からないのが普通ですよ。墓を移すとか、新築するとか、よっぽどのことがないかぎり覚えませんからね」

「はい、そうですよね」

二人の城間さんは、さっきから「はい」「はい」と、鸚鵡返しに答えていたのだが、少し緊張が解けてきたのかもしれない。言葉数がやや多くなってきた。

「ねえ、運天さん」

「天願です」

「すみません。ごめんなさい」

妹の文代さんが言い間違えた。一瞬申し訳なさそうに背中を丸めて小さくなったが、気を取り直すように顔を上げて天願キヨに言う。

「お父は、私たちに何か言い残しているように思うんですよ」

「どうして、それが分かるんですか」

「どうしてって……、死ぬ間際に口をもぐもぐさせていましたから」

「お母を亡くしてから、お父は、いつもお母の位牌の前で、口をもぐもぐさせて何か話していました。私たちには分からない言葉でしたが……」

「分からない言葉？」

「はい、お父の話には日本語ではないような言葉が、時々混じっているような気がしました。ウチナーグチでもありません。そんなとき、お父はいつも涙ぐんでいました。お母に語りかけていたんです。お母に何か言いたいことがあったんではないですかね」

「お母は五年前に亡くなりましたから、もうお母に話すことはできません。それでも、仏壇のお母に話していたんです。私たちが近寄ると、話を止《や》めることもありました。私たちには聞かれたくなかったんでしょうね」

「でも、お父は死ぬ間際になって、気持ちが変わったんですかね。口をもぐもぐしよったんですから ね」

「私たちに、何か言おうと思ったんじゃないですかねえ」

「何を言おうとしていたのか、気になって……」

「お父は、今年九十四歳で亡くなりました。大往生だと思っているんですが、気になることが、あったんじゃないかと思って……。このことは、とても大切なことじゃないかなと思って……」

「私たちは、二人とも寝付きが悪くなっているんです」

「私たちにはその理由が分かりません。なんでかねえ」

「なんでかねえって、あんたよ。それを天願さんに聞きに来たんでしょう」

「アンヤタンヤ(そうだったねえ)」

城間姉妹は、天願キヨが尋ねる前に、二人であれやこれやと話し始めている。湯茶室での調子が戻ってきた。天願キヨは、それを黙って聞いている。

静代さんと文代さんは、家族のことや自分たち夫婦のことまで話し出した。あげくの果ては子どもや孫の自慢話しまで始まった。

天願キヨは、それでも笑みを浮かべて聞いている。白地に藍色の絣模様の入った着物を着て座っている。長い髪を後ろで無造作に束ね白い紐《ひも》で結んでいる。これが客と対面するときの天願キヨの正装だ。

やがて天願キヨが二人に尋ねる。

「ところで、お父さんは、どこか外国へ行ったことがありましたか」

「いいえ、外国はどこにも行ったことはありません。行きたいとは言っていましたよ」

「どこへ?」

「さあ、それは、どこだったかは、よく分かりません。台湾とか、韓国とか、中国とか……、あの辺りだと思いますが」

「お母の写真を眺めながら、お父は涙をこぼしたりもしていましたよ」

「そうですか……」

「あれ、私たち、ユンタク(おしゃべり)し過ぎたみたいですね。ごめんなさいね、運天さん」

「天願です」

「はい、そうでした。ごめんなさい……」

文代さんがまた間違えた。今度は身を竦《すく》めている。

「いえいえ、構いませんよ。それでは、お父のマブイを呼んでみますので、静かにしていてくださいね」

「はい、よろしくお願いします」

二人は姿勢をただす。天願キヨも、再び背中を向けて、新しい香へ火を点けてウガンをする。香から生まれた煙が静かに糸を引いて天井までのぼる。

天願キヨに死者が憑依するのは、短いときで十五分程度、長くなると一時間近くにもなる。その間、客に背を向けて座り続けるのだ。客も天願キヨの背中を見ながら座り続けることになる。なかには客の方が天願キヨよりも先に憑依したのではないかと思われるようなこともある。緊張の余り顔面が蒼白になり、身体を震わせ目が虚ろになる。口をぽかーんと開けたままでいることに気づかないこともある。

今回は憑依するまでに三十分ほどが経過したように思われた。静代さんと文代さんは姿勢を崩さない。しっかりと天願キヨの背中を見つめている。

天願キヨが小刻みに身体を震わせながら、横に小さく揺れた。二人もその仕種に合わせるように小さく揺れる。

「タイヌムン(二人とも)、ユーチチヨー(よく聞きなさいよ)……」

やがて、天願キヨが振り返り、背中を丸めて静代さん、文代さんに話し始める。

二人は、慌てて背筋を伸ばす。

「お父のユシグトゥ(遺言)だからね、ユーチチヨー」

天願キヨの声が、死者の声に変わっている。頭を下げ、眼を閉じている。ハンジではなく憑依したのだ。

やがて天願キヨの上半身が前後に揺れる。頭も一緒だ。眼を閉じた顔が正面を向いていたかと思うと、ガクンと頭を垂れて下を向く。上半身が大きく揺れたり、小刻みに揺れたりする。マブイワカシの時のいつもの仕種だ。

天願キヨの口から、お父の言葉が漏れる。お父の名前は城間清治、死者の声だ。

静代さんと文代さんは驚いて掌を胸の前で組み合わせて固まっている。

「連れて行きたかったが、連れて行けなかったんだ。だから、お父は後悔しているんだよ……」

「驚くなよ、これからお父が話すことは、恥ずかしいことでも何でもないからな」

静代さん、文代さんの二人は、顔を見合わせて、それからうなずいた。

「話したかったけれど、話さなくていいとも思ったんだ」

「でも、お母が可哀想でなあ。話すことにしたんだ。お父はもう韓国へは行けないんだ」

「韓国?」

静代さんも文代さんも戸惑っている。顔を見合わせて同時に小さくつぶやいた。

「そうだ、韓国だ、韓国に行ってもらいたい。お前たちのお母はな……、韓国人なんだよ」

「お父は迷っている間に自分が死んでしまったからなあ。お父には、もうどうしようもできなくなった。そこでお前たちに頼みたいと思ったんだ」

お父の言葉に静代さんと文代さんは驚いて再び顔を見合わせる。横顔が青白くなり震えているのが分かる。

「お母は、美人の韓国人だ。戦争が始まる直前に騙されて連れて来られたんだ。当時は韓国のことを朝鮮と呼んでいてな、朝鮮ピーと言ってみんなが馬鹿にしていたんだ。沖縄は大和から馬鹿にされていたが、沖縄は朝鮮を馬鹿にしたんだよ。弱い者は、自分よりさらに弱い者を探して馬鹿にするんだ。ひどい話だよな」

「お母が、ジュリヌヤー（慰安所）を脱出したのは十七歳の時だ……」

私も座ったままで文代さんと静代さんの背後から少し前ににじり寄り、父親である城間清治の話しを聞く。

「お母の名前は、チョー・ソヨンだ。戦争が始まったころ、お父は嘉手納農林に通っている学生だった。実家も嘉手納にあった。今は嘉手納は米軍基地になっているが、おじいとおばあは嘉手納で農業をしていた。嘉手納は戦争前にはな、中飛行場という飛行場が造られていて、周りには日本軍の基地があったんだ。日本兵がたくさんいた。基地の周りには朝鮮から連れて来られた男も女もたくさんいた。朝鮮の男の人は、軍人ではなくて多くは労働者として基地建設とか土木作業に従事させられていた。みんな一所懸命働いていたよ」

「女の人はな……、ウチナーグチではジュリと言われるんだが、兵隊たちの慰み者になっていた。どんなことをするか分かるよな……。ソヨンにもそれが分かった」

「分かったから、ソヨンはジュリのヤー（家）から脱走したんだ。一人でないよ。ソヨンの話を聞くと仲間十人ぐらいで脱走したと言っていたな。朝鮮から騙されて連れて来られ、慰安婦にさせられるということが分かったんで逃げたんだ。でもどこへ逃げたらいいか分からなくて、気がついたらみんなバラバラになっていた。そして、ほとんどの人が捕まった。海を泳いで祖国に帰るわけにはいかないからな。捕まって、またジュリのヤー（家）に戻された。反抗して銃殺された人もいるって聞いたよ……」

「でも……、ソヨンは運が良かった。逃げ延びたんだ。おじいとおばあが匿《かくま》ったんだよ。おじいとおばあは偉いよね。軍にばれたら、それこそ銃殺されかねないのにさ。チムグリサヌ（可哀想）と言ってね。それを承知で匿ったんだ」

「ソヨンは台所の隅で震えているのをおばあが見つけて助けたんだ。ソヨンのことを、すぐにジュリのヤーから逃げてきた朝鮮人だってことが分かったんだね。ぼくは十九歳で、照子姉さんは二十二歳、ソヨンは十七歳だった。ぼくたちは四人姉弟。照子姉さんの他に妹の節子、一番下に弟の耕治がいた。妹と弟は戦争中に死んでしまったから、あんたたちには分からないだろうな……」

「ソヨンは妹の節子と年齢が一緒だった。節子の着物を着せて家族のようにして匿って暮らしたんだよ。節子と耕治もあのころは元気だったな……」

「おじいはな、ソヨンに戦争が終わるまで絶対に人に見つかるなよってな、強く言い聞かせていた。ぼくたちにもな、絶対ソヨンのことをだれにも言うなよ。ソヨンを助けているおじいがやっていることが正しいんだ。ソヨンが逃げたことが正しいんだってな。戦争は必ず終わる。おじいとおばあのやっていることが正しいことがきっと分かる日が来る。それまで待て。心配するな大丈夫だ。そう言って何度も、ぼくたちに言い聞かせよった。だからぼくたちは、絶対にだれにも言わなかった。

家族みんなでソヨンを守った。ソヨンの秘密を隠して生きてきたんだ……」

「ぼくは、家から嘉手納農林に通っていた。嘉手納農林には寮もあったけれど、寮には入らなかった」

「ソヨンはな、弟の耕治をとっても可愛がってくれた。節子とも、照子姉さんとも、すぐに仲良しになった。ほんとの姉妹みたいだった。言葉はすぐには通じなかったけれど、ソヨンは頑張って、だんだんとウチナーグチを話せるようになったんだ。カワイグヮだったよ(可愛かったよ)。おじいとおばあの手伝いもいっぱいしよった。おじいはな、ソヨンにだけなんで難儀させるかって、時々、ぼくたちを叱りよった」

「おじいとおばあは、ソヨンを本当の娘みたいに可愛がってなあ。そしてソヨンには、おじいがマサヨって名前をすぐにつけたんだ。マサヨ……、そうお前たちのお母の名前さ。お前たちはマサヨって覚えていると思うけれど、本当の名前はマサヨじゃなくて、チョー・ソヨンだ」

静代さんと文代さんが、信じられないというように時々顔を見合わせ、ハンカチを取り出して涙を拭っている。心なしか肩を寄せ合ったようにも見える。

私も驚いた。人生は様々だけど、戦争によって織りなされる数奇な人生があるんだ。そして、当然のことながら、幸せな人生も不幸な人生もあったのだろう……。今、語られているのはマサヨさんの死後の世界ではない。生者の世界の出来事なのだ。

「お前たちのお母のマサヨは、チョー・ソヨンの名前をずっと隠したまま、だれにも言わずに死んでいったんだ……。それで良かったのだろうか。お父には分からない。でもこのことを考えるとね、お父は、たまらなく悲しくなるんだよ。お母は寂しかったに違いない、それなのにお母には苦労ばかり掛けて、お母の故郷、韓国に連れて行くことができなかった」

「お母にね、韓国に旅行をしようかと何度か誘ったんだが……、お母はその度に断った。きっとお前たちのことを考えたんだ。辛い思いをさせたくないって。ぼくは韓国人の母親で何が悪いかと叱ったこともあったんだが……、このことについては、お母は頑固だった」

「でも、お父にはお母の寂しさが分かっていたんだ……。お母は絶対にそういう素振りは見せなかったけれどね。おじいとおばあに感謝ばかりしていた。今生きているのは、おじいとおばあに助けてもらったからだって。おじいとおばあが、私のお父さんと、お母さんですよって。それ以外に、私にはお父さんとお母さんはいないよって言うんだ。多くの韓国人が沖縄で死んでいったからなあ。お母と一緒に来た仲間たちもほぼ全滅だと聞いた……」

「お母は韓国のことを必死に忘れようとしていたんだと思う。両親や、家族のことは忘れられるものでもないのにね。実際、もうソヨンのお父さんとお母さんは死んでしまっているだろう。兄弟姉妹がいるかどうかも分からない。韓国のことは、一切、話すことはなかった。おじいが聞いても黙っていた……」

「お父は戦争のとき、嘉手納農林在学中だったとさっき言ったが、米軍がいよいよ沖縄へ上陸することが間違いないとされた一九四五年の初めごろにはね、日本軍を支援するために県下の学徒は、みんなそれぞれの学校単位で鉄血勤皇隊を組織したんだよ。嘉手納農林も県立の学校だったから、鉄血農林勤皇隊を組織して北部の山中で戦ったんだ。戦ったと言ってもな、訓練もしっかり受ける時間はなかったから、日本男児として、正規の日本軍を支援するという名目で死に場所を求めて出かけて行ったようなものだよ。一種のゲリラ部隊だな。実際、米軍と遭遇すると銃撃戦になったが、たくさんの仲間たちが死んでいった」

「だって、軍服は支給されたが、銃は全員には行き渡らなかったんだよ。戦いようもなかったさ。日本軍の支援部隊と言っても隠れているわけにはいかないんだ。前線では日本軍と共に戦った。敵兵と何度も遭遇したよ」

「生き残ったお父たちは、かろうじて東村の山中で終戦を迎えた。百二十名ほどの学友が戦地に向かったが、生き延びたのは三十四名だった。それも、終戦直前には餓死寸前で、とても米軍と戦える状態ではなかった。米軍と戦ったのではなく、飢えとマラリヤと、そして仲間を失っていく悲しみと戦ったんだ。お父も銃は持っていなかったが、手榴弾は持っていたよ……」

「戦争が終わって嘉手納に戻るとな、おじいと節子と耕治の三人は爆弾で戦死していた。戦車からの大砲だ。米軍は北谷《ちゃたん》や読谷《よみたん》の海岸から上陸して嘉手納の飛行場、当時は中飛行場と呼んでいたんだがそこに向かって進軍したんだ。嘉手納の家は砲弾を受けて、一気に吹っ飛んだ。でも、おばあと照子姉さんとマサヨが生きていた。お父は、おじいたち三人を失った悲しみと、照子姉さんたち三人が生き残っていた嬉しさで混乱した。ごちゃ混ぜになったままの気持ちで声を上げて泣いたよ。

自分が死んでいないことの不思議さと、生きていることの申し訳なさとの感情がごちゃまぜになっていた。悲しいのか悔しいのかも分からなくなっていたよ」

「いずれにしろ、我が家は四人が生き残ったんだ。お父は涙を拭いたよ。城間家の長男だからな。お母と照子姉さんとマサヨを守って生き続ける決意をしたんだ」

「おじい、見ていろよ、耕治、節子、見ていろよ。ぼくは頑張るからなって、天を仰いで誓ったんだ。あのときの天の青さが、お父を励ましたんだ。お父は、もう日本の国も人間も信用しなかった。家族だけを信じた。この日から、お父たちの戦後が始まったんだ。新しい戦争が始まったんだ、と言ってもいいかな……」

「嘉手納の家は、やがて米軍に踏み潰された。基地にするといって取り上げられたんだよ。残った小さな土地にバラック小屋を建てて住んでいたんだがな。米軍は飛行場を建設するということで土地を奪い家屋も壊したんだよ。土地はフェンスで囲われて、お父たちはフェンスの外に追い出された。フェンスの中には、もう自由に行くことは許されなかった。フェンスの外から眺める我が家の辺りは、すぐにブルトーザーで踏みつぶされて跡形もなくなった。悲しかったなあ。おばあは、しゃがんで泣いていたよ」

「フェンスの外の嘉手納ロータリーの近くにも、おじいの土地があったから、そこに小さな家を建て直したんだ。もちろんバラックの掘っ立て小屋さ。そこにおばあと照子姉さんとマサヨと一緒に住んだ。建築資材を探し集めて家を建て直したわけさ。嘉手納で生き残った者たちみんなで力を合わせて、それぞれの家を建てたんだよ」

「マサヨには、チョー・ソヨンに戻って母国に帰りなさいと諭したんだ。おばあとぼくと照子姉さんが一所懸命説得したんだが、マサヨは頑なに拒んだ。マサヨが言うには、私は一度だけでなく三度死んでいる。今、命があるのはおじいとおばあのおかげだ。おばあと一緒に沖縄で生きていく。おじいと子ども二人を亡くしたおばあに、今こそ恩返しがしたい。おじいは爆弾が落ちたとき、私を助けようとして死んだ。日本兵に殺されそうになったのを助けられた。逃げ込んだガマの中では、おばあが私を助けてくれた。私は三度命を助けてもらったんだ。なんで今さら、お国へ帰られようか。おじいが死んだ土地、おばあが生きている土地、この沖縄の土地こそ私のお国だ。ここで生きる、そう言うんだよ」

「ぼくは鉄血勤皇隊に行ってヤンバルの山で終戦を迎えたから、戦争中の家族のことはよく知らないのだが、正直言って困ったよ。逆にマサヨの決意を知った照子姉さんはマサヨの気持ち汲んでぼくを諭すんだよ。とうとうマサヨの言うことを受け入れた。マサヨはソヨンを捨てて、おじいが名付けたマサヨのままで、城間家の家族として戦後を生きることを決意してくれたんだ。戦死した節子の生まれ代わりだ。だれも不思議がる人もいなかった。戦後の混乱期だったから不思議がっている余裕はなかったかもな」

「嘉手納ロータリーでは、家族で米兵相手の商売をやった。戦争後のスクラップやら沖縄の珍しい家具や玩具、生活用品など、売れそうな物は何でも集めて米兵へ売った。照子姉さんとマサヨは、古いミシンを探してきて洋服なんかも作って売っていたよ。しかし、商売はなかなかうまくいかなかった。材料が手に入りにくかった。それ以上に、生きるためとはいえ、アメリカ兵相手の商売が、ぼくは嫌になった。夜ごとに死んだ嘉手納農林の戦友たちが現れて、ぼくを恨めしそうな目つきで見るんだよ。なんで、アメリカー相手に商売をするのか。アメリカーにへいこらおべっかを使うな！アメリカーをタックルセ（殺せ！）ってな。お父はたまらずに何度かガバッと飛び起きた。夢の中でも何度か涙を流したよ」

「お父は農家の息子だ。嘉手納農林で農業の勉強もした。農業以外にお父には知恵がない。しかし、農業をしたくても、先祖の土地はフェンスの中だ。今では、アスファルトで蔽われてアメリカ軍の飛行機を飛ばす滑走路になっている。畑ではなくなった。どうすればいいんだろう」

「お父は次第に酒の味を覚えた。商売もうまくいかないし、何もすることがないから酒を飲んだ。マサヨがぼくを励ましてくれたけれど、マサヨにさえ悪態をついた。お父は飲んだくれになった。時には暴力を振るってマサヨを殴った。お前が、目の前にいるのが、しゃくに障る。おまえが戦争を思い出させるんだ、などと理由を付けた。理由を思いつく度にマサヨを殴った。マサヨは、じっと耐えていた。ある日、マサヨを殴っているところを、おばあに見つかった」

「ヤングトゥムンヒャー（なんというひどいことをするんだ）。そう言われて、おばあに箒で叩かれた。照子姉さんには棒で叩かれた。やっと、お父は目が覚めたんだ……。なんというひどいことをしたのかと後悔した。あのころのマサヨへの仕打ちを思い出すと今でも悔やまれる。どんなにかマサヨは辛かっただろう。日本軍からの暴力を避け、理不尽な要求から逃げてきたはずなのに……。今度は、もう逃げ場がない我が家で、またもや理不尽な暴力を受けたんだ」

「お父はやっと、生きることに前向きになることができたんだ。屁理屈だと思われるかもしれないが天が青いことの意味が分かったんだ。お父はそのとき思ったんだ。天が青いのは人間の醜い戦争の記憶を吸い上げて生き続ける決意をさせるためにあるんだって。幸せを夢見て、全ての人々の悲しみに繋がるためにあるんだって。沖縄にも韓国にも米国にも日本にも青い空は繋がっているんだ。マサヨの家族もこの青い空を見ているんだって……」

「お父は、おばあと照子姉さんにヤンバルに行く決意を告げた。戦友の遺体を埋めたヤンバルの東村に行って農業をしたいと言ったんだ。そして、いつかは戦友の遺体を埋めた場所に慰霊碑を建てて供養をしたいと……」

「おばあとマサヨはすぐに賛成してくれた。照子姉さんは嘉手納に残り、小さな食堂を始めたいと言った。それでもいいと思った。照子姉さんには結婚を約束し合った恋人が嘉手納にいることも知っていたからだ」

「軍用地としての借地料も手にすることができるようになっていた。手元にあったそのお金を照子姉さんと分け合って、一九四九年の春、東村に土地を買い家を建てた。おばあとマサヨと三人での農家の暮らしが始まったんだ。辛いこともたくさんあったが楽しいことも多かった。おばあもマサヨも喜んでくれた」

天願キヨに憑依した城間清治が初めて顔を上げた。語り始めてからもう三十分ほどが経過しただろうか。顎を挙げて目を薄めに開《あ》け、ゆっくりと身体を前後に揺すっている。やや口を開き、目からは涙をこぼしているようにも思われる。

天願キヨの表情は、すっかり変わっている。いや顔が全く違う人物の顔になっている。細面の輪郭がやや四角になった。天願キヨはすっかり城間清治になっている。正確には天願キヨに城間清治が宿っていた。

城間清治は、顎を突き出し頭を挙げたまま、鯉が水面で口をパクパクさせるようにして何度か息を吸い大きく吐いた。そして歯をカチカチ音立てて噛み合わせた。その動作を何度か繰り返す。私には見慣れた光景だが、やはり心身に大きな負担が掛かっているのだろう。マブイワカシが済むと、天願キヨは放心したように深い眠りに陥る。

天願キヨは私にいつも言っている。

「人助けだよ。私も辛い思いをしてきたからねえ。死んだ人たちのマブイを助けるのが私の仕事。それが生きている人たちの助けにもなるんだよ」

私が、なぜこんなに心身を痛めつけてまでマブイワカシをしてあげるのかと尋ねたときの天願キヨの答えだ。

城間清治の頭が静止した。それから、徐々に背中が折れて、元の姿勢に戻ってゆく。城間清治は自分のことを、お父と言ったり、ぼくと言ったりしている。マブイも動揺するのだろうか。若いころの記憶と老いた時期との記憶がやや混乱しているようにも思われる。城間清治が身体を丸め再び語り出した。

「お父たちが東村へ移った一年後、暮らしもやっと落ち着いてきたと思った矢先、おばあが風邪をこじらせて亡くなった。また農業ができると喜んでいたのに残念でたまらなかった。これから、おじいの分までおばあ孝行を始めるんだ。そんな決意をマサヨとしたばかりだったのに、おばあは死んでしまった。マサヨも全身を震わせて泣いていた。ところが……」

「ところが、お父はマサヨの背中を見て気づいたのだ。マサヨが妹でないことに……」

「お父はずっとマサヨを妹のように思ってきた。家族の一員のように思って振る舞ってきた。おじいを亡くし、おばあを失った今、マサヨはだれにも遠慮することなく、チョー・ソヨンとして韓国へ帰ることができるのだ。そのことに気づいたのだ」

「おばあの葬儀の四十九日が終わった後、ぼくはマサヨを呼んで、今度こそ韓国へ帰るようにと強く言い聞かせた。戦後すぐに嘉手納で行《おこな》った説得と同じようにだ。ところがマサヨは、今度も首を強く横に振って頑固に断り続けたのだ。私はここがいいと……」

「お父は面食らった。おじいとおばあが死んだ今、ここがいい理由など思いつかなかった。韓国はここよりずっといい場所になる。苦労を掛けたが幸せになりなさいと強く諭した。ところが、マサヨは頑固だった。何を言っても首を横に振り続けて涙をこぼすばかりだった。お父は説得することを諦めて、マサヨの心変わりを待った。マサヨにもそのように告げ、韓国へ帰りたくなったら遠慮なく告げなさいと言い聞かせた。マサヨは黙ったままでお父の顔を見つめていた」

「マサヨはその後も淡々と食事を作り家事をこなし、お父の身の回りの世話をしてくれた。チョー・ソヨンを捨てた妹のマサヨは健気だった。お父はマサヨの結婚相手を探して、一生マサヨを支えてやろうと思ったほどだ」

「あの日……、そう、あの日、お父は村の青年たちと一緒に浜辺で車座になって酒を飲んだ。いわゆるモーアシビ（浜遊び）だ。東村に移って来てから二年目を迎えていた。ヨソモノのお父は畑の開墾などが忙しくて村の人たちと親しく酒を汲み交わすことは少なかった。おばあの法事を手伝って貰ったことのお礼もあって参加したのだった。その席でマサヨとの仲を邪推され、みんなからからかわれた。顔も似ていないし、ほんとに妹なのかと……」

「そのとき、お父はとっさにマサヨのことを妹ではなく自分の女房だと、答えていたのだ。どうしてそう答えたのかは分からない。なんだか村の青年たちにマサヨを奪われそうになったので、不安になってそう答えたような気もする」

「お父は、酔っ払って帰宅した。足をもつれさせながらマサヨに支えられて風呂場で足を洗い、手を洗い、顔を洗った。手ぬぐいを渡してくれるマサヨの首筋から甘い香りが漂い、お父の鼻腔をくすぐった。初めて気にする匂いだった。お父は必死で堪《こら》えた。マサヨは女房ではない、妹なんだ。ぼくはお兄ちゃんなんだと、言い聞かせた」

「でも……、お父はみんなに逆のことを言ってしまった。マサヨは、ぼくの妹でない、ぼくの女房なんだと。みんなにも公言したのだ。だから、抱きしめてもいいはずだ……」

「お父は混乱した。マサヨを直視することができなかった。妻でもなく、妹でもなく、成熟した一人の女性であることに、初めて気がついたのだ」

「夜中に目が覚めた。マサヨがランプをつけて縫い物をしていた。まだ電灯なんかない時代だ。お父は寝床からじっとマサヨの姿を眺めた。マサヨが沖縄へ来てからの歳月を思いやった。マサヨは、何を拠り所に生きてきたのだろう。マサヨには、どんな夢があるのだろう。夢がなくても生きていけるのだろうか。マサヨのことを考えると涙が自然にこぼれた。マサヨが愛おしくなってこぼれた涙を気づかれないようにそっと拭った。それからマサヨに声をかけた」

「マサヨ、何をしているんだ？」

「ぼくの問いにマサヨが驚いてぼくを見た。そして、にこっと微笑んだ。あのときの笑顔は世界一だった。マサヨは可愛くて美しかった」

「お兄ちゃんの野良着を繕っているんだよ。膝の方が破れているから膝当てを付けているんだ」

「そうか……」

「お兄ちゃん……、今日は、いっぱいお酒飲んだね」

「うん、酔っ払った」

「珍しいね、お兄ちゃんが酔っ払うなんて。でも、たまにはいいかもね。お水持ってこようか？」

「うん、お願い」

ぼくの言葉にマサヨは笑顔で立ち上がった。台所からコップに水を注いで持って来た。酔ったぼくの身体を支えて座らせ、コップを渡す。再びマサヨの身体から甘い石けんの匂いが立ち上ってきた。ぼくはもう我慢ができなかった。マサヨを引き寄せ、髪や肩を撫でて……、そして抱きしめた」

「マサヨは、ぼくの行為を受け入れてくれた。ずっとこの日を待っていたかのように泣いてうなずいた。マサヨの透き通る肌はマサヨの母国を思い出させた。マサヨは母国を捨てる決意をしていたのに、ぼくはマサヨの思いに気づかなかったのだ。マサヨは一晩中、涙を拭いながらぼくに寄り添いぼくの身体を温めてくれた」

「ぼくは、その日からお兄ちゃんを捨てたんだ。マサヨと一緒にこの村で生涯を送る決意をしたのだ」

「照子姉ちゃんは、すでに嘉手納で所帯を持っていた。子どもも産まれていた。お姉ちゃんにマサヨと結婚することを告げると、それこそ飛び上がって喜んだ。なんで二人はいつまでもぼやぼやしているんだろうって、気が気でなかったというのだ」

「照子姉ちゃんは、マサヨとぼくの将来を見越して、何かと都合がいいだろうということで、勝手に喜屋武《きやん》マサヨという名前を付けて戦災孤児としての戸籍も作ってくれていた。マサヨはチョー・ソヨンという母国の名前を捨て、喜屋武マサヨとしてぼくの嫁に来たんだ」

「マサヨは結婚すると、これまで以上に優しくしてくれた。お父には、できすぎた女房だった。いつも笑顔を受かべて、ぼくに寄り添ってくれた。農作業も難儀を厭わなかった。やがて、子どもも産まれた。お前たち二人のことだ。静代と文代と名付けた。お父は幸せだった。お父は有頂天になった。お父を励ましてくれた青い空に感謝した」

「ヤンバルでの幸せな日々はずっと続いたんだ。静代……、あんたが産まれたときに記念に植えた庭のつつじの樹は、今では大木になった。毎年、多くの花をつける。マサヨが大切に育てたんだ。見知らぬ人がつつじを見るために庭を覗き見ることもあるはずだ。今でもそうだろう？　お父も見事なつつじだと思う」

「マサヨと一緒に開拓した畑にはパインを植えた。パインの収穫も順調だった。豊作の年には二人だけでは収穫が間に合わずに、アルバイトの学生たちを募集した。定期的に嘉手納の土地の軍用地料も入ったから、生活に困ることはなかった。なにもかも順調だった」

「だが……、マサヨの白い肌に触れ、柔らかい乳房に触れる度に、チョー・ソヨンが蘇ってきた。マサヨの故郷のことを思い出したんだ」

「静代、文代……。お前たち二人が結婚して家を出て行ったとき、そして孫ができたとき、それこそマサヨと二人で幸せを噛みしめたよ。お前たちも子どもを育て、マサヨのような母さんになって欲しいと思ったんだ。でも、幸せを感じる度に、お父はマサヨの不幸を思った。マサヨの幸せと不幸を天秤に掛けた。マサヨの不幸を強く思いやった。苦しかった。お父の不幸と幸せも天秤に掛けた。お父はマサヨを妻にしてからの幸せが大きかった。有り難かった。お父はマサヨとの幸せを、手放したくはなかった」

「お父も、そしてマサヨも、お前たちにトーカチ(米寿)祝いをしてもらった。その時も幸せを噛みしめた。村の公民館を貸し切っての祝いに多くの村人が集まってくれた。ご祝儀をマサヨと相談して村に寄付したほどだ」

「戦争中に学友を失った場所には、生き残った仲間と相談して慰霊碑も建てた。夢が叶ったんだ。マサヨと二人で、月に一度は山へ登り、慰霊碑の周りの草を刈った。二人で慰霊碑の管理人のようなことを続けたんだ」

「山上からは、まばゆい海が一望できた。水平線の彼方から登る朝日を一緒に眺めたこともある。この海は韓国に繋がる海だ。この朝日は韓国でも見ることができるはずだ……」

「お父は気づいていたんだ。気づいていたんだけど、マサヨと離れたくなかった。このままでお父は死んでマサヨに看取って貰いたかった。ところがお父よりも先にマサヨが死んだ。トーカチ祝いの二年後、九十歳を迎える年にマサヨはお父の腕の中で死んだ。お父が先に逝くと思っていたのに、マサヨが早かった……」

「お父はマサヨなしで長く生きることはできなかった。マサヨが死んだその二年後に、お父はめでたく死ぬことができた。マサヨのいない二年間はマサヨのことばかり考えた。お前たち二人には、マサヨと同じ骨壺にお父の遺骨も入れて貰ったが嬉しかったよ。沖縄ではミートンダはカーミヌチビティーチ(夫婦は骨壺も一緒)という諺もある。あの世でも夫婦は仲良く一緒だということだ」

城間清治の目から涙がこぼれた。城間清治はその涙を拭おうともしなかった。相変わらず背中を折り、前屈みになって話し続けた。

「お前たちに告げておきたいんだ。グソー（あの世）はあるんだよ。グソーで生きることを考えてお前たちの今を生きなさい。お父は、再びマサヨとの幸せな生活を続けているんだよ。だけどね、だからね……」

「だからな……、お前たちにお願いがあるんだ。このことをどうしても伝えたくて、グソーからやって来たんだ。グソーからこの世にやって来ると、もうグソーには戻れない。シニマブイ（死魂）は消滅するんだ。マサヨの所には戻れないんだよ……」

「だけど、お父はそれでもいいと思った。そんな覚悟をしてやって来たんだよ。だから、お父のお願いを是非聞いて欲しい。お父の願いを叶えて欲しいんだよ」

「お父はマサヨからたくさんの幸せをもらった。でも何一つ返していないことに気づいたんだ。あの山上での慰霊碑の前で、海を見ながら必死に涙を堪えていたマサヨの願いを叶えてやりたいんだ」

「お母を、チョー・ソヨンを、韓国へ連れて行って欲しい。お母の遺骨を、お前たち二人で抱きかかえて、韓国へ連れて行って欲しい。チョー・ソヨンが産まれた故郷の村へ行き、分骨した骨を、故郷の両親の傍らに葬って欲しいのだ」

「ソヨンの故郷は貧しい村だと聞いた。住所は我が家の裏座敷にあるタンスの一番上の引き出しに仕舞った手文庫の中にある。その中の紙片に書いてある。ソヨンに無理を言って書かせたんだ」

「人は、だれもが語り得ない秘密を抱いたまま死んでいく。マサヨもそうだった。お父もそうだ。

その秘密をグソーからやって来て語るとグソーには戻れないんだよ。だから死者たちの秘密は、永遠に解き明かされることなく葬られるんだ」

「でも、お父は決意したんだ。大好きなマサヨ、チョー・ソヨンへ、お父ができるたった一つの恩返しだ。お前たちも驚いただろうが、お前たちにはこのことを受け入れる優しさがあると信じている。マサヨは、お前たちをそんな娘に育てたはずだ。隠された戦争の出来事を明らかにする勇気を持って欲しい。お前たち二人には、ソヨンとお父の秘密を背負って生きる力があると信じている。これが、お父の願いだ。どうかお父の願いを叶えて欲しい。最愛の妻、チョー・ソヨンのためにだ。お父はグソーからもこの世からも消えてしまうが、嬉しいんだよ。マサヨのためにできることが、一つあったことがな……」

静代さんと文代さんの肩が震えている。盛んにハンカチを取り出して、鼻をかんでいる。泣いていることが、もう背中からでもすぐに分かった。

城間清治は天願キヨに戻っている。天願キヨは、頭を垂れたまま動かない。他人の秘密を聞くことは、多くは辛いことだ。天願キヨは、その辛さをどう乗り越えているのだろうか。

私も、静代さんと文代さんのように、ハンカチを取り出して涙を拭った。福岡で別れたあの男は、今どこにいるのだろう。無性にあの男の面影が目前にちらついた。私たちは、抱えた秘密を処理できなかったのだ。生きている以上、だれにでも秘密の一つや二つはあると考えて生きることができなかったのだ……。

城間清治には、チョー・ソヨンとの生活が五十年余もあったのだ。私には、たったの三年だ。あの男との別れは、私の福岡での挫折を証明する出来事になっただけだ。城間清治のように私には誇るべきものは何もない。語るべき理由も何もない。ソヨンのように守るべきものもない。ただ、同じように小さな秘密がある。私は、あの男との記憶を振り払うように立ち上がった。

# 第二話　罪

「私はねえ、登美子《とみこ》、人を殺したのよ。男の人をね。その男の人はね、私をとても愛してくれた。だから……」

母が死んだと娘が一人でやって来たのは、年の瀬も押し迫った寒い日だった。慌ただしい年末の最中であったから、この人は所帯を持っていないのかと思った。

しかし、そうではなかった。幼なじみの夫と、一男二女の子どもにも恵まれて、幸せな生活を送っていた。また二人の兄もいて、亡くなった両親の位牌は長兄が継承し、何のトラブルもないという。

それでは何の用事で天願キヨの所に来るのか。尋ねると、母が夢枕に何度も現れると言うのだ。

正確に言えば、母は私に何か告げたいことがあって、それを済ませないと成仏できないと思われる。母は苦しそうだ。母を楽にしてあげたい。電話の主は確かにそう言ったのだ。

依頼主は比嘉《ひが》登美子。旧姓は山城登美子。登美子さんは一人で天願キヨを訪ねて来た。天願キヨがマブイワカシのウガンが専門だということを聞きつけて、ここに来たという。三か月ほど前に、他のユタの所にも行ったのだが、効果はなかったという。さらに二か月前にも他のユタの所に行ったという。二人のユタのハンジのとおり、長兄の家の仏壇に供えている位牌の前でウガン（祈願）をして、ヤンバルの墓にも行き、ご馳走を並べて丁寧なウガンをやり直した。だが、母は成仏しなかった。母の名前は山城キク。キクは仏壇の前に座り続け、登美子さんの夢枕に現れ続けた。うつむきがちな顔を時には上げて、悲しそうな顔を見せて声のない声を登美子さんに発し続けているというのだ。

長兄には母の姿は見えないという。登美子さんの不安を一笑に付し、全く取り合ってくれないという。それでも、一度目のユタのハンジには重い腰を上げて付き合ってくれた。二度目のユタの時は同行を拒否された。非科学的なユタのハンジに迷わされてはいけないと逆に説教された。それでもしつこく誘う登美子さんを、しまいには叱りつけたという。それで長兄へ頼るのは諦めて、一人でやって来たというのだ。

母親キクさんの声をなんとか聞き取って、母を成仏させてやりたい。それが私の願いだと、登美子さんは涙声で言った。湯茶室でも、電話の依頼の言葉と寸分も違わないことを述べた。

母は、私をではなく、あの世とこの世の仲介をしてくれるユタを信用していないのではないか。だから本当のことを話さないのではないか。そう思うと母がさらに哀れでならないというのだ。母は生前に一度だってユタゴーイをしたことはなかった。だからこのことはもっともな理由だとも思われる。だけど、母の沈んだ顔を覗き見ると、やはり母の遺言を聞かずにはいられないのだと言った。ここだけは電話での依頼のときよりも強調された。

登美子さんは、ユタにもそれぞれ得意分野があることを初めて知ったというのだ。天願キヨがマブイワカシのウガンが上手だということを知人から聞き、意を決して電話をしたというのだ。それゆえに、天願キヨの口から母の言葉が発せられたとき、登美子さんは驚いていた。他のユタの前では、なかったことだと。

「登美子、ユウチチヨ(よく聞いてよ)。これは、だれに罪があるということではないがね……、強いて言えば時代に罪があるのかね。あの時代のあの戦争に罪があるんだよ。お母はね、そう言い聞かせて戦後を生きてきたんだよ。でもね、もう限界だ。やはり、戦争なんかではなくて、お母に罪があるんだ。そう思ったんだ。登美子、聞こえているかね」

登美子さんは、天願キヨが頭を垂れているその前で、盛んに両手を合わせてうなずいた。神経質そうな泣き顔を見せている。

天願キヨの中に山城キクのマブイが入り込んだ。天願キヨは肉体を山城キクに占領されている。山城キクが語っている。

「私はね、登美子……、生涯で三人の男を愛したんだ。贅沢なことだよね。三人目の男は、あんたのお父だが、二人目めの男は、お母が殺したんだよ……」

「三人の男を、お母はみんな愛した。みんな優しかったよ。三人の男に愛されて、お母は幸せだった。抱かれる度にお母は声を上げたよ。あの声をね。女には抑えきれない声だ。どうしようもない女のサガ(性)の声だよ」

「男たちは、たぶんお母の声を、お母の愛情の現れだと思ったかもしれないね。あるいは甘えの声だと思ったかもしれないね。実際、そうだもんね。でもね、登美子、あんたももう分かっているだろうけれど、それは誤解だよ。必ずしもそうではないときもあるんだよね。女は男との関係で、本心なんかみんな捨てているさ。どこにもありはしないよ。心を捨てなきゃあ男に抱かれることなんてできないさ。女の演技だよ。もしくは生理的にあの声が出てくるだけだ。止められないのよ。たぶん子を生む女の性だと思うよ。もちろん好きな男との、あの行為のときだけだよ。あんたも分かるよね。男の人に組み敷かれる姿勢と同じ姿勢で子を産む。女の身体は不思議だよね」

「ねえ、登美子……。女の人は、亡くなるまでに何人の男の人に抱かれるのかね。そして、何人の男の人を殺すのかね。殺さなければ生きていけないもんね。過去の男に未練を抱いたままでは、前を向いて歩いていけないものね。己の体に覆い被さった男を、一人、二人と、真綿で絞め殺さなけりゃ、心も身体も壊れてしまうものね。永遠に男の人を愛し続ける。そして殺し続ける……。これが女の一生なのかねって思うさ。女は月のモノを胎内でも殺しているからね、殺すことに慣れているのかねえ」

「お母はね、登美子……。あんたのお父も、殺したことがあったかもしれない。あんたのお父は三人目の男さ。あれっ、このことは、さっきも言ったよね。やはり緊張しているのかね。組み敷かれる仰向けの姿態は男を殺すに適した姿態なのかね。下から見上げる男たちは、時には化け物のように見えるからね。だからつい手を首に回して殺すことを考えてしまうんだよ。もちろん頭の中でさ」

「でもお母は実際に二人目の男を殺したんだよ。このことを思い出すと、グソーでも、チム、ドンドンするんだよ。憎しみではないさ。愛情から殺したんだよ。本当だよ。本当のことを話すのは嘘を話すことよりも辛いんだよ。それも長く隠していた本当のことを話すのは、よけいに辛いさ……」

「でもね、思うんだよ。辛さはね、登美子、隠していたらいつまでもなくならないよ。そう思ったんだ。辛さをなくするためには正面から本当のことと向きあわなければいけないんだ。そうしないと、いつまでもその辛さを乗り越えることはできないんだよ。嘘は嘘のままで終わってしまうからね。お母は、戦争が終わってから七十年余にもなるんだけど、必死にこのことを忘れようとしてきた。忘れようとしたら駄目だってことが死んでからやっと分かったんだよ。それで、あんたの前に出てきたわけさ。お母は、あんたがいつ、天願キヨの所に行ってくれるか心配だったけれど、やっと探し当ててくれたね。有り難うねえ。お母は頑張って話すから良く聞きなさいよ。天願キヨはこっちの世界でも信用されているんだよ。死んだ人の心がよく分かるユタだねって」

「それではいいかい。話し始めるよ。一番目の男からね。一番目の男はね、結婚して、ひと月後に出征して、三年後に紙一枚の死亡通知で帰って来たよ。男がひと月後に出征することが分かったから、お母は慌てて結婚したようなものだけどね。ヤンバルの農家の一人息子だったから、どうしても跡取り息子が欲しかったんだね。親同士が結婚を決めたんだよ。結婚させられたと言った方が正しいかもね。でも、お母は悪い縁だとは思っていなかった。むしろ良縁だと思っていた。だから、うなずいたんだ。三つ年上の村の男だったが、イイ男だったよ。健康で村の陸上競技でも、いつも一番だった」

「男は、いや夫だね。夫は戦争に征くまでの一か月間、それこそ毎晩のようにお母を抱いてくれたよ。子どもを産むための結婚だったからね。お母は最初は戸惑ったけれど、ひと月後には、夫に抱かれるとね、チム(心)ワサワサーして嬉しかったさ。戦争に征かないで欲しいと夫の身体にしがみついたさ。でも、夫が戦争に征くことは避けられなかった。決められたことだったからね。お国のための戦争だもの、仕方がなかったさ」

「でも、お母は親たちが望むとおりに妊娠することはできなかった。夫はあんなに頑張ってくれたのに、親たちにも夫にも申し訳なくて涙を流して泣いたさ。月のモノがきたときは恨んだよ」

「でも、夫が帰って来ればまた子どもを産めるんだと思った。夫に抱かれる夢を見たことも何度かあったよ。その夢を見ては、必ず帰って来て欲しいと祈ったんだ」

「戦争に勝つとか負けるとか、そんなことは余り考えなかったね。夫が帰って来ればいいと思っていた。意地汚い女だね、お母は……。お母はちょうど二十歳だったからね。まだまだ若かったんだよね。村のモーアシビ（若い男女の飲み会）でも割と真面目だったんだよ。だから夫は最初の男だったし、日を重ねるごとに、どんどん好きになっていったんだ」

「夫は帰って来るような気がしていた。お母を一人にするはずがないと思った。あんなに激しくお母を抱いてくれたんだ。お母の乳房を撫でながら必ず帰って来ると言ったんだ。お母は、夫の言葉が信じられたんだよ」

「夫が戦争に征ってからは、村にもあっという間に戦争がやって来た。村の人は、慌てて山に逃げたんだけれどね」

「でも逃げたというのは実は錯覚でね、山にも戦争があったんだよ。戦争の場所を里から山に移しただけさ。山にも飢餓との戦争があったし、互いを憎み合う戦争があった。米兵から殺される戦争もあったんだよ。だから、実際には戦争からは逃げられなかったと言ってもいいね。戦争が始まったら、どこにも逃げられないんだよ」

「お母は嫁ぎ先のおじいとおばあと一緒に山に入ったんだ。おじいは防空壕を掘っていなかったから炭焼き小屋に逃げたんだよ。おじいが働いていた自分の炭焼き小屋さ。おじいは農業をしながら、炭焼きもしていたからね。そこに家財道具を持ち運び食糧を持ち込んだわけさ。だけど食糧はすぐに盗まれてね。だれが盗んだか分からないよ。みんな生きるために必死だったからね。鬼畜生にもなったんだよ。お母たちも食糧がなくなってからは、鬼畜生になったさ」

「でもね、登美子、山に逃げない村人が一人だけいたんだよ。おじいの弟さ。つまり夫の叔父さんだね。私からは血縁関係のない叔父さんだよ。叔父さんは山に逃げることなく一人だけ村に残っていたんだよ。偏屈な叔父さんだと村の人たちの噂も流れていた。私もそう思っていた。でも叔父さんは一人で戦争と闘っていたんだ」

「叔父さんは奥さんを戦争が始まる前に亡くしていて、男手一つで二人の息子を育てたんだ。苦労して育てた二人とも戦争に取られた。長男は正規の軍隊に取られて、次男は県立師範学校に合格したのに在学中に鉄血勤皇隊に取られた。次男が難関の師範学校に入学したときには、村のみんなから祝福され羨ましがられていたよ。でも叔父さんは村人とあまり付き合いをしなかったからね、変人扱いされていたわけさ」

「実際には二人の息子を育てるのに忙しくて村人と付き合う時間がなかったんじゃないかと思うけれどね。なんで山に逃げないのかって聞いたことがあるけれど、叔父さんは、死ぬときは死ぬんだって。何処に逃げても同じだって。また、戦争に取られた息子がいつ帰って来るか分からない。だからおうちに居るんだって。二人の息子には辛くなったらいつでも逃げて来いとも言ったって。やっぱりちょっと変わっているかもね」

「山で食糧がなくなるとね、おじいに言われて、私は時々叔父さんの家に物乞いに行ったんだよ。叔父さんは私が行くと、残り少ない食糧から私が望むものをすべて分け与えてくれたよ。ほら、持って行け、と言ってね、言葉はぶっきらぼうだったけど、心は優しかった。有り難かったよ」

「炭焼き小屋には、おじいとおばあと、私の義理の姉さんと私を入れて四名で生活していた。四名とも餓死しないで戦後を迎えられたのは叔父さんのおかげだよ。叔父さんは、台所の床の下とか、庭の木の横とかに穴を掘って食糧を隠していたんだよ」

「叔父さんの家は、垣根代わりに周りには石垣が積まれて、さらに大きな福木がびっしりと生えていた。福木は防風林にもなっていたんだけれど日よけにもなっていた。だから昼間でも家や庭は陰になり少し薄暗かったんだ」

「叔父さんを訪ねるとね、時々一人でトゥルバッテ（ぼんやりして）いる時もあったよ。やっぱり寂しかったんだろうねえ。炭焼き小屋に一緒に行こうって誘ったこともあったけれど聞き入れてはもらえなかった。奥さんや子どもたちとの思い出の残っている家を離れたくなかったんだろうねえ。どうせ死ぬんだったらここで死にたいと、おじいにも私にも言っていた。やっぱり優しい人だったんだね。人一倍の優しさが他人には偏屈に見えたんだね」

「叔父さんはね、時々どこに隠していたのか泡盛を持ち出して、昼間から一人で飲んでいることもあったよ。裏座で隠れてね。戦争に征った長男が八重岳で戦死したことが分かったと言って、一度は一人で泣いて飲んでいたよ。その現場に出会ってね、慰めたこともあるよ。次男がいるんだから頑張れってね、叔父さんの肩を撫でてやったさ」

「でも、叔父さんは分かっていたはず。次男は鉄血勤皇隊に組み込まれていたからね。そして三十二軍首里司令部付きになっているということだったから、生きては帰れないだろうってね」

「叔父さんの名前は伏せておこうねえ。お母が愛した二人目の男さ……。叔父さんは本当に優しかった。あんまりしゃべらなかったけれど、優しすぎて変人扱いされていることがよく分かった」

「叔父さんの家に行くとね、私をボソボソと小さな声で励ますんだよ。戦争に征ったあんたの夫はガンジュウムンヤクトゥ（頑健な男だから）きっと帰って来るよ、頑張るんだよキクって。そう言うんだよ。私はうなずいたさ。またそうだと思っていたさ」

「叔父さんは私が行くと、隠していた食材で料理を作って食べさせてもくれたよ。ウミンチュ（漁師）だったからね、魚なんかも捕ってきて日干しにして隠していたんだよ。お酒が入っているときはね、無口な叔父さんがおしゃべりになってね、海でサメに食われそうになった話とか、村に伝わるマジムンの話とかも聞かせてくれたよ。叔父さんが若いころのモーアシビの話もしてくれたよ……。叔父さんと一緒にいると戦争中であることも、つい忘れてしまうこともあったさ」

「でも……、もう分かるよね。お母が殺した男は、大好きな叔父さんだったんだよ……。仕方がなかったんだ。お母は若かったし、何もかも見えていなかった。戦争も夢も現実も嘘も区別がつかなかった。愛情と憎しみも区別がつかなかった。男のことも分かっていなかったさ。若いというのは、それだけで罪になるんだと気づいたのは戦後だよ。三十歳を過ぎてからだよ。仕方がなかったでは済まされないよね。人ひとりを殺したんだからね。それも、殺さなくても済んだはずなのにね」

「お母はこの罪を償おうと思って、何度も死のうとしたんだよ。でも、結局それもできなかった。今さら悔やんでもしょうがないことなのにね……」

「登美子……、お母はね、たぶん叔父さんをだんだんと好きになる自分が恐かったんだね。また叔父さんが、お母を好きになることが恐かったんだよ。結局、世間体を気にして叔父さんを殺したことになるのかもしれないね。こんなことってあり得ないよね。後悔ばかりだよ。このことがお母をずっと苦しめているんだよ」

「お母が望めば、お母も叔父さんと同じようにどのようにも生きることができたはずなんだけどね。お母はそうしなかった。もう取り返しがつかないさ。お母は、戦後ずっとこのことを後悔して生きてきたんだよ。心で殺したんじゃない。実際に手に掛けて殺したんだよ。男に組み敷かれるあの姿勢の時にね」

「お母はね、大好きな叔父さんを殺しました。そして叔父さんの家の裏山に埋めたんです。だから、お願い、叔父さんを掘り起こして供養して欲しいんです……」

「自分ができなかったことをあんたにお願いするのは、とても辛く心苦しいんだけど、もうお母は死んでしまったいるからね。生きている人たちの世界にはマブイでしか行けないからね」

「叔父さんは、もう、骨になっているはず。いやもう骨もなくなって土に還っているかもねえ……。お母は叔父さんを供養してやれなかったことが心残りなんだよ。辛いんだよ。自分で殺してから、供養できなくて辛いというのもおかしなもんだけどね。でもね、グソーに来ると生きている間に起こしたおかしなことが、はっきりと見えてくるんだよ。人間はイチムシ(生き虫)さ。ちっぽけな虫の命と何も変わらないように思えてくる。だから、それだけに悲しくも愛おしくもなってくるんだよ」

「登美子……、さっきも言ったけれど、辛いからといって自分の身の回りで起こったことを忘れてはいけないよ。忘れては辛さを乗り越えることはできないよ。正面からぶつからないと解決できないよ。これも、お母のユシグトゥ（遺言）だと思って聞いてね。あんたは戦後生まれだから戦争体験はないが、私たちは辛い戦争体験を忘れようとしてきたんだ。叔父さんとのことも、向きあわないで忘れようとしてきたんだ。だから、今ごろになってお母を苦しめているわけさ。戦争を生き延びてきた人たちは、だれもが一つや二つは世間様に顔向けのできないことをやってきたはずだよ。でも、その罪を忘れてはいけないんだよ……」

「叔父さんのことを考えると、苦しくなって、お母は成仏できないんだ。死のうと思っても……、どうしようもできない。もう死んでいるからね」

「登美子、お願いよ、叔父さんを供養して欲しいんだ。戦後七十年余、叔父さんはだれにも供養されずに、裏山の土の中で朽ちていくんだ。骨になって、土になって、だれからも、線香一つあげられずに、これからも、ずっと……」

「叔父さんは優しい人だったから、はい、ぼくはここにいますよって、幽霊にもならずに、だれにも知られずに、じっと朽ちていくんだよ。でもまだ間に合うはずよ。叔父さんを供養をして頂戴。沖縄には、供養されずに山中に埋まったままでいる人がたくさんいるんだよ。土地に埋もれたままで朽ちていく人たちのことを忘れてはいけないんだよ。忘れたら罪になるんだよ。多くは戦争の犠牲者たちだけど、グソー（後世）に来ると、このことがよく分かるんだよ」

「そうか、やっぱり、なんで、お母が叔父さんを殺したか、話しをしないと合点がいかないかね。なるだけ話をしないでおこうかと思ったけれど、そういう訳にもいかないだろうねえ……」

「トオ（そろそろ）、お母が叔父さんをなぜ殺したのか、その理由を話そうね。これまで、だれにも話さなかったから、お母は苦しんできたんだからね……」

「お母はね、自分が生きるために叔父さんを殺したんです。はい、理由はそれだけです……」

「やっぱり、話しづらいね。気持ちを強く持ってマブイになって出てきたのに、いざとなるとためらわれるね。ホント、理由はそれだけなんだよ。叔父さんを殺したのは戦争が終わると知ってからのことだからね。戦争のせいにはできないさ。分かっているけれど口をついて出てくる言葉はこればっかり。私のせいじゃない。時代のせいだ。戦争のせいだって。いつもそう言い聞かせて逃げてきたんだよ」

「人間は哀れなイチムシだね。弱いイチムシだね。自分のやったことなのに、後から理由を幾つも考える。そうしないと自分を許すことができないんだろうね。戦争を生き延びてきた人は、生き延びてきた理由を幾つも持っているはずよ。それを隠してもいるはずよ」

「沖縄戦では、十四万人余の県民が死んだから、少なくとも十四万人余の家族がいたわけよね。みんな苦しんでいるはずよ。この苦しみを戦争のせいにしたんだ。でも、戦争のせいにしたら苦しみはなくはならないよ。戦争を止めることができなかった自分たちのせいでもあるんだからね」

「こんなことを考えると、お母も苦しくてね。生きているときはそうでもなかったけれど、罪を犯したら、死んでからが苦しいんだね。それが分かったけれど、お母はだあ、もう死んでいるからね、グソーからは、何もできないさ。登美子、あんたにお願いするしかないわけさ。男の人たちには、こんなことは話せないさね。女のサガ(性)のことは女にしか分からないさ。身体の芯が、ワサワサーして熱くなるのはね、男とはちょっと違うはずだからね」

「思い切って話すね。お母はね、夫が戦争に征った後も、時々、身体がワサワサーしたんだよ。ワサワサーしたとき、叔父さんと抱きあったわけよ。不思議な感覚だった……」

「叔父さんも何年かぶりに女を抱いたんだろうねえ。お母もいけないことだと分かっていたけれど止められなかった。二度、三度と、続いてしまった」

「叔父さんは変わり者で村の人から相手にされないところはあったけれど、生活力というのかね、そういうジンブン(賢さ)はあったさ。野菜を作るのも上手だったし、ウミンチュだったから、当然、魚を捕るのも上手だった。家の壊れたところの修理なんかも、全部一人でやりよった。台所の傍らにね、トタン屋根で風呂場も作っていたよ」

「あの日……、叔父さんの家には味噌を分けてもらおうと思って行ったんだ。炭焼き小屋からおじいの使いでね。日が暮れたばかりで叔父さんは、風呂から上がったところだと言って裏座で泡盛を飲んでいた。私が行くとね、床の下から味噌を取り出して、すぐに分けてくれたよ。私がお風呂場を見ているとね、キクちゃんもお風呂に入ってから帰りなさいって勧めよったわけさ。迷ったけれど、もうひと月あまりも風呂に入っていなかったからね。入ってから帰ろうかねって思ったわけよ。叔父さんだし、まさかアレされることもないだろうと思ってね、少しだけお湯を使わせてもらおうと思ったわけよ。油断したんだね。お母は、このことも後悔しているよ。お母のせいなんだ。お母は、ひょっとして叔父さんにアレされることを、どこか心の隅で望んでいたような気もするんだ。結果的には、お母が叔父さんを誘惑したみたいなもんだからね」

「首に巻いた手ぬぐいを外して、叔父さんに言われるままに、お湯を使わせてもらったんだよ。最初は、湯浴みをしてすぐ出るつもりだったんだけど、あんまり気持ちがいいもんだから湯船にも入ってね。手足を伸ばしたんだ。もう生き返ったみたいだったよ。叔父さんの石けんも、勝手に使わせてもらったよ。自分の肌を撫でながらね。戦地に征った夫のことも思い出したさ……」

「服を着て、お礼を言って帰ろうとしたら、叔父さんに言われたんだ。キクちゃん、あんたも少し泡盛を飲んでみるかって。私はうなずいたの。そして、いつの間にか抱かれていた……。叔父さんからは、お酒の匂いも石けんの匂いも溢れていた。そして、男の人の匂いも久し振りに嗅いだんだ」

「やがてね、叔父さんに抱かれながら、お母は明日死ぬかもしれないし、叔父さんも明日死ぬかもしれない。戦争だしね。アメリカ兵がすぐにやって来るかもしれない。夫も戦争で死んでいるかもしれない。そんな考えも頭をもたげてきたんだ。もうどうなってもいい。戦争の中で、こんな悦びがあってもいいはずだって、叔父さんを受け入れたんだよ。身体の芯が温まってきて胸の前に揃えていた両手を、叔父さんの背中に回したんだよ」

「叔父さんも死んだ叔母さんのことを思いだしたかもしれないね。ゆっくりと、優しく、お母の身体を抱いてくれた」

「お母は、叔父さんの家に行くのが増えていった。叔父さんも風呂を焚いてお母を待っていてくれる日もあったよ」

「あれ、お母はなんの話しをしているのかねえ。恥も忘れて、男、女の話ばっかりしているね。二十歳のころだから懐かしく思い出すのかね。あのころのお母は、きっと恥も忘れていたんだろうね。おじいおばあには、どこに行くのかって、ときどき疑われたけれどね。食糧探しに行くと言うと、許してくれた……。お母は若くて元気で、好奇心も旺盛だったからね、男の身体も珍しかった。お母は自分の身体にも驚くことが多かった……」

山城キクになった天願キヨは、大きくため息をついた。やがて、じっと頭を下げて動かなくなった。娘の登美子さんもじっとしている。私も登美子さんの後ろでじっとしていた。

天願キヨに乗り移ったマブイが退散し、天願キヨが天願キヨに戻るまで動いてはならない。マブイと話してはならない。このことは強く言われていた。またユタゴーイの客にも湯茶室で強く言い聞かせていた。降りてきたマブイを驚かせてはいけない。マブイの気を散らせてはいけない。マブイも天願キヨと同じように意識を集中する必要があるのだ。一度天願キヨの肉体からマブイが離れてしまうと、元に戻すには最初の二倍も三倍もの体力と気力が必要だという。それだけではない。一度憑依を離れたマブイは、多くは二度と戻ることはないのだと。

天願キヨは顔を上げている。目は潤んでいた。まだ山城キクのままだ。

「ところがね、登美子……。お母はね、そんな自分が怖くなったんだよ。叔父さんの行為に馴染んでいく自分の身体が許せなかったんだよ。女になっていく自分が許せなくなったんだ……。ごめんね、変なお母だね。もうここからは男、女の話はしないね。あんたに願いごとを言うからね。よく聞いてよ」

「いいかい、お母は、叔父さんを殺しました。夫が帰って来る前に決着をつけないといけないと思ったからです。叔父さんは、夫の戦死を望み、お母との関係が続くことを望み始めたからです。お母は世間体を気にし始めました。夫が帰って来たら、なんて言い訳しようか悩みました。隠し通せるだろうかと考えると苦しくなりました。私が悪いんだ。そう思って何度も自殺をしようとしました。でも、できませんでした。それで……」

「それで、叔父さんがいなくなればいいと思うようになりました。子どもを産むあの姿勢で叔父さんの首を、包丁でひと突きに刺しました。血がどくどくと流れました。その血がお母の顔いっぱいにかかり、おっぱいも染めました。血は風呂場で洗いました」

「おじいとおばあには嘘をつきました。叔父さんはアメリカーに捕まって連れて行かれたと、殺されたかもしれないと。もう戦争が終わって、本当にアメリカーが村にも現れ始めていたんです」

「やがて、戦争に征った村人も、本土や東南アジア諸国に出稼ぎに行っていた村人も次々と帰って来ました。しかし、私の夫は帰って来ませんでした。待っても待っても帰って来ませんでした。やがて、夫は戦死したとの公報が届きました。私はしばらく呆然としていました。無念でなりませんでした。後悔の念で頭が割れそうになりました。キ、ク、とつぶやいて叔父さんは死んでいったのです……」

「後悔する理由はたくさんあります。戦争中の記憶は後悔することばかりですが、最大の後悔は叔父さんを殺したことです。だって、夫が生きて帰って来ると思えばこそ叔父さんを殺したのですから。夫の戦死の公報を受け取ったときは強い悲しみと激しい後悔の念に苛まれました。何度も泣きました。そして、また、何度も何度も死のうと思いました。私の打ちひしがれた姿を見て、おじいとおばあは、夫の戦死を悲しんでいるんだと勘違いして、よくできた嫁だと慰めてくれました」

「叔父さんの二番目の息子も鉄血勤皇隊で戦死していました。叔父さんの家は無人の家になってしまったのです。廃墟となった家は、徐々に朽ちていきました」

「夫が戦死したことが確実になったので、私は、おじいやおばあから妻を亡くした別の男との再婚を勧められました。パラオへ出稼ぎに行っていた私のお父もお母も帰って来て、再婚を勧めました。その男には一人の乳飲み子がいました。奥さんは男の子を出産した後、産後の経過が思わしくなくて亡くなってしまったのです。戦争中ですから、十分手当ができなかったんだと思います。山の中で出産したとも聞きました。その男の家に行って、泣き出した赤ちゃんを見て、お母は可哀想でたまりませんでした。また、可愛くて仕方がなかったんです。お母は子どもを育てたことがなかったから不安は大きかったけれど、結婚を承諾することにしました。死ぬことを諦めたんです。辛いことを忘れようとも思ったんです。この男が、お母の三番目の男です」

「分かるよね、登美子、あんたのお父だよ、山城幸助《こうすけ》さん……」

「お父との間にあんたが産まれて、弟の和広が産まれたんだよ。お父の連れ子が長男の幸太郎だよ。お父とは年の差が十歳も離れていたけれど、お父は優しかったよ。お母は満足な人生を送れたさ。幸せだったよ」

「でもね……、分かるよね。殺した叔父さんのことが忘れられないんだよ。やはり、自分の罪を許すことができなかった」

「叔父さんの家は廃屋になって取り壊されたけれど、背後の山に埋めた遺体はまだだれにも見つかっていないんだ。今では、その場所に大きなセンダン（栴檀）の木が生えているよ」

「夏には、大木になったセンダンの木に蝉がいっぱいやって来て鳴き出すんだよ。お母には、叔父さんの声のように聞こえてきてね。お母を叱る声じゃないよ。お母を励ます声だよ。キク、心配するなって。だれにも言わずに幸せに生きなさいって。毎年、毎年この声が聞こえるんだよ。蝉はセンダンの樹の汁を吸ってどんどん増えていった……。センダンの樹もどんどん大きくなっていった。叔父さんの死体から養分を吸って……。夏になって蝉の声を聞くと余計に辛くなってね」

「登美子、叔父さんを掘り起こして弔って欲しいのよ。遺体には赤瓦を抱かせて埋葬したから分かるはず。女の私が掘った穴だから、そんなに深くは掘れなかったよ。お寺にお骨を持って行って供養をしてもらいたいのよ。もちろん、あんた一人では、できないだろうからね、村の人か、お寺の人とかと一緒にやってもらってもいいよ。遺体を掘ってとユタのお告げがあったとか、お母のお告げがあったとか、なんとか言ってね、それを行って欲しいのよ。おじいもおばあも、義姉《ねえ》さんたちも、もう亡くなっているからだれも疑わないよ。いや、むしろお母の罪をみんなに伝えて貰いたいのよ。戦争で馬鹿なことをした女が一人、死後も後悔しているってことを。できるかね、登美子。大丈夫だよね、登美子……」

「人はね、だれもが辛い記憶を隠して生きていると思っているよ。人は弱くて過ちを犯すイチムシだからね。青春時代の記憶か幼いころの記憶か、それとも成人してからの記憶かは分からないけどさ。隠さなければ生きていけない記憶もあるんだよ。そうしなければ生きられないんだよ。でも、このことを多くの人は隠したままで死んでいくんだ」

「隠すためには忘れることが一番だからね。でも、忘れてはいけないことも多いんだよ。死んでから、やっとそんなことが分かるようになったんだ。そんなことが分かっても、もう手遅れだけどね」

「人は、後悔なしでは生きられないのかねえって思うよ。みんな一つ二つの罪を抱いてままで生きていくんだ。そしてその罪を抱えたままで死んでいくんだ。だからユタもいるんだよね。お母は、たくさん後悔しているよ……。でも、たくさん幸せでもあったんだよ。あんたも産まれたしね」

「ねえ、登美子、お母がこんな話しをしたからといって、生きることに怖じ気づいたら駄目だよ。あんたはあんたらしく、しっかりと生きるんだよ。いいね。幸せになるには、だれかを不幸にする決意をすることも必要なんだからね。お母にはその決意が足りなかったんだ。だから、過ちまで犯してしまったんだ。あんたは、大丈夫だよね。私の子どもだからといっても、親とは別な人間だからね、前を向いて生きて行くんだよ……。逃げては駄目！　忘れては駄目！　蝉の声を聞いたら思い出しなさい。お母の罪を。そして強く生きなさい！」

「泣カンケー（泣くな）登美子。だからあんたは、兄ィ兄ィたちに、泣チブサー（泣き虫）登美子、って言われるんだよ。チム（肝）を強く持ちなさいよ」

「頼んだよ、登美子、頼んだよ、いいね……」

比嘉登美子はうつむいたまま何度も何度もうなずき、ハンカチを目に当てて涙を拭った。

長い静寂の後、山城キクが顔を上げて天願キヨに戻る。

私はお茶を入れ替えるために、涙を拭って立ち上がった。

湯茶室の魔法瓶から湯を注ぎ足して部屋に戻ると、天願キヨも比嘉登美子も、二人とも明るい声で笑い合っていた。どうしたのだろう。

私の注ぎ足した茶碗を手にとって天願キヨは笑顔で比嘉登美子に尋ねる。

「で、孫は、どこに隠れていたの？」

「押し入れの中さ、朝まで押し入れの中で眠っていたわけよ」

「それで、だれも気づかなかったわけね」

「そう」

二人は、また大声で笑い合った。

天願キヨは窓の戸を開けるようにと私に言った。

師走になったのに明るい日差しが窓の外を照らしている。私は思わず目を細めた。庭のヒガンザクラの木が葉を落としたままで、陽光をいっぱいに浴びている。春になるとヒガンザクラの木は薄紅色の花をいっぱい付ける。どの花も同じ花ではないのだ。そんな当たり前のことが、不思議な発見をしたような気がして、じっと眺めていた。

母に誘われているヤンバルのジュウロクニチは年が明けたらすぐにやって来る。死者を迎える正月だと言われている。今年は是非行きたいと思った。

## 第三話　不始末

「男の不始末」という見出しに思わず苦笑した。「かつれん歯科」の待合室で手に取った週刊誌の表紙の文字だ。表紙を飾る女性タレントの写真を覆い隠すように様々な文字が並んでいる。「男の不始末」は、縦書きに組まれたその文言の一つだ。

表紙の文字は、きらびやかに入り乱れて錯綜している。特集記事のタイトルだが、あまりにも特集が多すぎて、どれがイチオシの特集なのか分からない。みんな普通になっている。いつものことだが、もう特集の文字を特集として認識することも少なくなった。その中で「男の不始末」は自らの存在を主張するかのように目に付いた。うまいキャッチコピーだと思う。文字の大きさか、言葉の持つ響きか。それとも言葉の意味がイメージを飛翔させるのか。

タイトルに惹かれて頁を捲る。内容は、男と女の愛憎の顛末を描いたゴシップ記事だ。「不倫」「結婚」「家庭」「妻」「暴力」などの文字が並んでいる。なぜ「女の不始末」でないのか。あるいは私の奥歯の痛みも、親の不始末ではないのか。いや、私の不始末か。そんなことを考えて、再び苦笑が洩れる。私の脳裏には、つい先日、「夫の不始末」で天願キヨのところに相談に来た古波蔵《こはぐら》と名乗った母娘の姿が浮かび上がる。

週刊誌を閉じる。目を閉じる。あの男との福岡での生活が甦ってくる。あの男との関係には、けじめをつけたはずなのにまだ甦る。このことは、きっと「私の不始末」なんだろう。

私が、あの男、山田高志《たかし》と同棲生活を始めたのは、福岡へ出て四年目のことだ。私は高校を卒業すると地元の福祉関係の専門学校へ進学した。看護師になるのが夢だったが、看護学校の入学試験が困難なことは教師に言われなくとも分かっていた。私は努力をすることが嫌いだったから、努力しなくても入学できる専門学校へ進路を変更した。我が家は私を浪人させるほどの金銭的な余裕はなかった。

二年間、地元の福祉関係の専門学校で学び介護士の資格を取った。学校の斡旋で博多市立博多M

病院の附属施設で介護士として就職した。四年間夢中で働いた。様々なことがあったが、特に沖縄県出身者だということを自覚させられた。沖縄への差別や偏見に悩んだという訳ではないが、沖縄のことを何も知らない自分に気づいたのだ。沖縄のことをもっとよく知りたいと思った。

仲良くなった介護士に、市内に沖縄県人会の事務所があることを教えてもらい、そこを訪ねた。年配の老夫婦が常駐していた。笑顔で手を差し伸べられ歓迎された。意を決してそこを訪れてよかったと思った。友達もできた。

時々、沖縄の文化や歴史のことを教えてくれる市民講座も開催された。喜んで出席した。友達はますます増えた。政治的な集会にも誘われて参加した。博多駅へ行き、辺野古新基地建設反対のビラも配った。そんな中で出会ったのが、同じく沖縄県出身の山田高志だった。

高志も介護士の仕事をしているということで、共通の話題も多く、急激に親しくなっていった。高志は民間の介護施設で働いていたが、休みが重なる日には一緒に食事をして映画を観た。遠出をして長崎や大分などへ宿泊の旅行もした。自然に心も体も許して無防備になっていた。

高志の希望を受け入れて一緒に住むことにした。高志が私の部屋へ移り住んだ。三年経った。そろそろプロポーズの言葉があってもいいかなと思ったころ、私たちの関係は無残にも撃沈した。

二十代の私の十年間、いろいろあったと思ったが振り返るとこれだけだ。天願千恵美の人生は八百字にも満たない。微笑でなく、苦笑が洩れる。あるいは哀れみの憫笑か。

沖縄に帰って来た私は、やや精神に変調をきたしていた。バランス感覚を失っていた。高志のことが原因だということは分かっていたが、時には塞ぎ込み、時には怒りっぽくなった。

父に天願キヨの仕事を手伝ってみないかと言われて了承した。天願キヨは父の兄の嫁さんだったから、血の繋がらない私の伯母にあたる。天願キヨは、待ちかねていたように私を雇い入れてくれた。屋敷は広く、一人で住んでいたから歓迎された。

天願キヨの仕事を手伝ってからもうすぐ二年になる。客とのスケジュール調整や、湯茶室での接待、室内外の清掃や帳簿の整理が私の主な仕事だ。

客との金銭の授受は天願キヨ自らが行い、私は一切関わらない。でも、私は三十代にすぐに届く女性にしては十分すぎるほどの報酬を貰っている。文句はない。そして天願キヨの仕事にも徐々に敬意を払うことができるようになった。彼女のユタとしての仕事は、だれもができることではない。自分がユタになったのは曾祖母がユタであったから隔世遺伝だろうと笑っている。

屋敷の門の左手に植えられたバナナの葉が大きく揺れる。陽光を浴びてキラキラと輝いている。私と天願キヨの二人でホームセンター「さくもと」から苗を買ってきて植えたものだ。まだ実は付けていないが私の背丈ほどに伸びた。来年辺りは実を付けるかもしれない。来年は私もちょうど三十歳になる。

午後のマブイワカシにやって来たのは母娘の二人だった。母親が古波蔵豊子《とよこ》、娘が古波蔵良美《よしみ》だ。母娘といっても八十歳を過ぎたであろうと思われる老母と、還暦を迎える前後の娘だ。老母は背中に瘤ができているのではないかと思われるほどに大きく腰が曲がっていた。杖を突き娘に手を引かれるようにやって来た。髪は全て白髪である。むしろ美しい。娘の髪にもぽつぽつと白いのが見える。あるいは白い髪への染め残しかもしれない。

死んだ夫の言葉を聞き取りたいという老母の思いを汲んで、娘が付き添ってやって来たのだという。

母娘とも上品な言葉遣いをする。二人ともシマクトゥバは使ったことがないのではないかとさえ思われる。上品な標準語をどこで習得したのだろう。どこでシマクトゥバを忘れてしまったのだろう。この年齢だとむしろ流暢なシマクトゥバを話すものだが、と気になるが余計な詮索はしない。私は天願キヨではないし、ユタではない。客に不快な思いをさせないようにとの配慮は天願キヨの忠告だ。

老母の豊子さんは脚が痛くて畳みに座れないというので、腰掛けを用意する。今日の最後の客だ。時間を見計らって腰掛けを持って天願キヨの居る部屋へ案内する。

「有り難うございます。申し訳ありません」

天願キヨの部屋で腰掛けを勧めると、二人に丁寧にお礼を述べられる。こちらが恐縮するほどだ。

娘の良美さんはさらに天願キヨへ丁寧に許しを請う。

「母は座れないのです。申し訳ありませんが、腰掛けさせてもらっても、よろしいでしょうか」

天願キヨは笑ってうなずき手を差し伸べて改めて腰掛けを勧める。良美さんは母親の傍らに、私が勧めた座布団を敷いて座る。良美さんにも腰掛けを勧めたのだが、丁重に断られた。

母親の豊子さんがやや右半身を前に傾けるように座る。腰掛けからバランスを崩して落ちはしないかと気になって、私は母親の右後ろの方に少し離れて座る。良美さんが口を開く。

「父が亡くなってから、今年が三年忌でした。母が言うには、父が何かを訴えているというのです。それが何かは、よく分かりません。それを知りたくて今日はお邪魔しました。よろしくお願いします」

「父の名前は古波蔵清勇《せいゆう》といいます。寅年生まれです。亡くなったのは三年前で九十三歳でした……」

天願キヨは、うなずきながら聞いている。

「私は古波蔵良美で、母は古波蔵豊子と申します。父と母は、戦後間もなく結婚しました。父は本島北部のヤンバルの出身です。父は戦前に、シンガポールにも渡っていたそうです。母は伊是名《いぜな》島の出身です……」

古波蔵良美は、両親にまつわる経歴を丁寧な言葉で次々と話した。どれも興味深い話だ。父の生い立ちや母の生い立ちまで話す。父と母について、自分の知っていることの全てを話したいようだ。亡くなった父親のことを話すときは、時々、言葉を詰まらせることもあった。両親とも、戦争で家族を失ったようだ。悲しい境涯だ。その二人が戦後七十年余も手を取り合って生きてきたのだ。多くの物語があって当然だろう。私の十年とは比べものにならない。否応なく人生を弄ばれた残酷な時代であったはずだ。

天願キヨは、古波蔵良美の話を聞きながら少しずつ身体を揺すり始める。やがて顎を正面に向けたままでピタリと静止する。

古波蔵良美は一瞬驚いた様子だったが、なおも話し続ける。やや緊張し、やや戸惑っている。今度は遠慮がちに話している。

天願キヨの表情を窺いながら、古波蔵良美の話はなおも続いたが、やがて天願キヨと同じように静止し黙り込む。この両者の沈黙の時間が顔を見合わせたままで十数分も続くときもあれば、短いときには数分間で終わる。

天願キヨは、頭を垂れて静止したままでマブイを待つ。時には手を合わせて合掌の姿勢のままでぶつぶつと呟きながら祈り続ける。時にはクバの葉を思わせる姿態を作って両手を耳の横で水平に広げる。この行為を何度も繰り返すこともある。やがて死者のマブイが降りて来る。その瞬間には激しく上体を震わせ、両手や両脚を痙攣させることもある。中腰になって大声を発することもある。また、静かに笑みを浮かべるだけのこともある。

古波蔵清勇が降りて来ると天願キヨが消失する。その時が来た。

「豊子……。わしは幸せだったよ、豊子……」

豊子と呼ばれた老母がさらに右半身を傾けて身を乗り出す。古波蔵清勇の声だ。古波蔵良美は驚いて口を開けたまま目を見張る。

「ワシの一生はウミンチュ（漁師）としての一生だったが、幸せだったよ、豊子……」

「だけどな、豊子、チムガカイ（気がかり）なことが一つあるんだよ」

「わしは、お前たちのように、ヤマトゥグチ（標準語）が上手に使えないから、説明することが難しかったのだが、今日は、なるだけヤマトグチで話すから、しっかり聞いてくれよ。よしちゃんも、よく聞けよ……」

よしちゃんとは、娘の良美さんの愛称だろう。

「初めて話すことなんだが、わしはな、実は……、シンガポールで所帯をもっていたことがあるんだ」

よしちゃんは、さらに驚いて身体を震わせ、背後に仰《の》け反るようにしてハンカチを口に当てた。それから上体を立て直し徐々に前に倒すようにして耳をそば立てる。

豊子さんは動かない。豊子さんは驚いているのだろうか。右半身をひねったような姿勢になっているので表情は、斜め後ろからだと、はっきりとは見えない。

清勇さんがシンガポールに住んでいたことは、先ほどの良美さんの説明にもあったが、所帯をもっていたという説明はなかった。いきなりシンガポールで、それも所帯を持っていたと言うのだから、良美さんは驚いたのだろう。豊子さんはどうだろうか。たとえ夫婦であっても隠された秘密もあるだろうが、このことは知っていたことなのか。それとも知らなかったことなのか……。

たぶん、秘密のない夫婦は少ないはずだ。だれもがいくつかの秘密を抱いて生きているはずだ。秘密が明らかになると大きなダムが決壊するように夫婦仲を引き裂く秘密もあれば、明るい空を初めて映す小さな水たまりのような秘密もあるはずだ……。

「わしは、所帯を持っていたその女のことが、気になっているんだよ……」

古波蔵清勇さんは話し続ける。ときには伏し目がちに、ときには意を決したように顔を上げる。

「女は華僑の娘でヤンヤンという名前だった。戦争前のことだ。シンガポールで暮らしていた華僑のラーメン屋の娘だ……」

「わしはヤンバルで産まれたんだが、家が貧しかったから、糸満売りされた。糸満売りというのは、子どもが年季奉公するという約束で親が借金をするんだ。わしは十五歳の年に三年間の約束で糸満売りされた。三年間の働き賃を前もって奉公先から親が貰い受けるんだよ。わしは糸満の漁師の家に住み込み、こき使われた。そして、さらに二年間、奉公は延長された。わしはちょうど二十歳になった。豊子には、このことを話したよな」

豊子さんは清勇さんの言葉に微動だにしない。うなずくこともなく、微笑むこともない。

「よしちゃんには、分かるかな。お父は年季奉公が終わっても、もう家には帰りたくなかった。最初のころは家族のことを思って泣いてばかりいたんだが、家族は、五年間もわしを捨てたんだ。惨《むご》いことをすると思った。年季奉公が終わるころには、もう親の顔も見たくなかった」

「それで、糸満漁夫の仲間たちが、シンガポールに進出している日本の漁業会社の漁船に乗るというので、わしも一緒に行くことにした。手に入れた初めての自由だった。親は反対したが、わしはもう親の意見に従わなかった。シンガポールは糸満と違って好景気だった。毎日楽しかった。糸満では泣いてばかりいたのにな」

「糸満売りの奉公はな、海だ。海で鍛えられ、海で働くんだ。糸満は漁師町だからな。毎日、毎日、海に出て泳ぎ、潜り、魚を捕る。糸満ではそのころ、アギエー漁が盛んだった。アギエー漁というのはな。海中に網を仕掛けて潜って魚を追い込むんだ。一人前の漁師になるために、徹底的に泳ぎも潜りも鍛えられた。縄を腰に結び、縄の先に大きな重石を括り付けられて何度も海に投げ込まれた。もちろん、わしは年季奉公が終わるころは、一人前の糸満漁師になっていたさ」

「シンガポールに渡ると、毎日、毎日、大豊漁だった。会社は南洋興産という名前の大きな国策会社でな、待遇も良かったよ。シンガポールの町には、会社の建てたさくら荘という宿泊所もあった。ウミンチュは船で寝ることが多かったが、陸に上がると、このさくら荘をみんなが利用した。日本から来た賄い婦も常駐していて、自由にその宿泊所が使えたんだ。でも若いわしらは寝るのを惜しんで街へ出たよ。商店街や繁華街に出ては遊び、食べ、飲んだ。みんな若かった。からゆきさんたちの住んでいる花街もあったからな……」

「シンガポールで不自由することは何もなかった。さくら荘はな、ミドルロードと呼ばれる日本人街にあったんだが、操業が休みの日には上陸してこの宿泊所を利用し、シンガポールの街を散策することも多かった。いつも楽しかった。特に日本人街から南の方角にあるサウスブリッジロードを通って、その外れにあるチャイナタウンには、勇次《ゆうじ》とよく出かけたよ」

「勇次というのはな、与那城《よなしろ》勇次のことなんだが、糸満から一緒にシンガポールに渡ったウミンチュ仲間だ。伊是名島の出身だが勇次も糸満売りされていたんだ。勇次とは最初から気が合ってな。

一緒によくチャイナタウンにラーメンを食べに行ったんだ。わしは、そこでヤンヤンと出会ったんだ」

「ヤンヤンのお父もお母も、わしを気に入ってくれた。琉球、糸満から来たというのが、どうやら気に入った理由の一つだったようだ。ヤンヤンのお父は日本人を嫌っていた。中国本土では日中戦争が始まっていたからな。ジャップは駄目だが、琉球のあんたは特別だ。そう言って、ヤンヤンとの交際も許してくれたんだ」

「ヤンヤンとの間に子どももできた。そのときも、ヤンヤンの両親は許してくれたよ。むしろ大歓迎でな。孫の誕生を喜んでくれたよ。産まれた子は女の子で。可愛いくてたまらなかった。ユウユウと名付けた。ヤンヤンの父親が名付けてくれたんだ。わしの名前、清勇の勇をとって名付けてくれたんだ」

「わしはもう琉球には帰る気がしなかったよ。シンガポールに住み着いてもいいと思った。船から陸に上がると、さくら荘にではなく、ヤンヤンの家へまっしぐらに行ったよ。わしの若いころの幸せな時間だ。シンガポールで三年が過ぎていた」

「ヤンヤンやユウユウのことは二人とも初めて聞くだろう？　驚かせてごめんな。わしはシンガポールで、実際ヤンヤンと所帯を持っていたんだよ」

良美さんは再び体を仰け反るようにして、右手に持ったハンカチを口に当てたままで驚いている。目を大きく見開いている。豊子さんは、前屈みになっているが驚く様子はない。

「豊子も初めて聞く話だと思うが……、いや、シンガポールで働いていたということは結婚前に話してあったかな？　もう記憶が定かでないよ」

「いずれにせよ、わしはヤンヤンから、二人目の子どもができたと告げられた。わしは陸に上がって、ラーメン屋を手伝ってヤンヤンと一緒に住もうと思った。ところが、戦争だ。あっという間に何もかもが変わった。天地がひっくり返ったんだ……」

「その日、昭和十六年十二月八日の明け方だ。夜明けのシンガポールに空襲のサイレンが鳴り渡り、爆撃の音が寝床まで届いた。わしはチャイナタウンのヤンヤンの家に居たんだが、不吉な予感がして飛び起きたよ。日本がアメリカやイギリスにも戦争を仕掛けるのではないかという噂は流れていたからな。確かめたかったんだ。空襲の音や爆撃の音は演習なのか本物なのか……」

「当時、シンガポールはイギリス領だったからな。戦争が始まったのではないかと思ったんだよ。それを確かめたかった。わしはサウスブリッジロードを通ってさくら荘へ行きたいと思った。仲間が居るさくら荘へ行けば、事情が分かると思ったんだ。ヤンヤンの両親には、危ないからと止められたんだが、まだ薄暗い中を必死に走ったよ。空には飛行機の飛び交っている音が聞こえた。どこの国の飛行機かは分からなかったが、イギリス軍が地上から応戦する銃撃音やサーチライトも交差していた」

「さくら荘に着くと、その日、陸に上がった漁船の乗組員は、ほとんど全員がさくら荘に集まっていた。わしと同じような気分になっていたんだ。そして事情が徐々に分かってきた。演習ではなかったのだ。日本は、アメリカ、イギリスと戦争を始めたのだ。日本の飛行機の空襲が始まり、シンガポールの街へ爆弾がどんどん落とされている。港に停泊しているイギリスの艦艇にも集中的に爆弾が投下されていることが分かったんだよ」

「わしは複雑な思いでこの状況を聞き入っていた。日本軍の夜襲に歓声を上げる者もいたが、わしは、ヤンヤンやユウユウのことが心配になったんだ」

「夜が明けると予想どおり、さくら荘にイギリス兵が踏み込んで来た。海へ戻ろう。最も大きい海宝丸という漁船がある。そこに全員避難しようと相談がまとまった矢先だった。全員といっても、その日さくら荘に集まった人々は三十名ほどだ。その三十名全員が拘束されたんだ。幌のないトラックに乗せられて、シンガポールの東側にあるチャンギー監獄に送られた。それからマレー半島のポートステイハムという監獄に移送された。ポートステイハムには、あちらこちらから拘束された日本人が集められていた。二千五百名ほどの大人数だった。最終的には三千名ほどに達したと思う。そうだ、わしらは兵士ではない。民間人の収容者だから捕虜でなくインタニーと呼ばれていたな」

「ひと月ほど経って、今度はインドの監獄へ護送されることになった。ポートステイハムから、膨らんだインタニーは、二陣に分けられて大型の輸送船で護送された。インドは当時イギリス領だったからな。それでインドに護送されたんだ。わしは第一陣のパルソパ号に乗せられた。マラッカ海峡を経由してインドのカルカッタの港に到着した。それから列車に乗せられて内陸のプラナキラ城跡の収容所で一年間、テント生活をした。さらに奥地へ移送され砂漠の中のデオリ収容所で二年間過ごした。デオリでは建物の中での生活だったが、ひどい暑さだった。よく生きて帰れたものだと思うよ。インドの奥地では、戦争が終わったことも知らなかった……」

「豊子に話したのは……、そうだ、ここまでだったな。思い出したよ。シンガポールやデオリのことを話したんだ。しかし、都合の悪いことは省いて話したんだ。だから……、ヤンヤンと所帯を持っていたことや娘のユウユウのことは全く話さなかったはずだ。驚いただろう……。わしのような者にも異国の地に恋人や娘がいたなんて……」

「戦争の体験は、みんな都合の悪いことは省いて話しているんじゃないかな。本当のことは話したくない。思い出したくないからな。でも話しだすと記憶が甦ってくるんだ。記憶が定着するんだ。だから、わしは話さなかったし、豊子の神奈川での悲惨な戦争体験も聞かなかった。話さないことで、記憶を忘却したかったんだ」

「だから、わしの戦争の記憶はまだらになっている。その効果があったというものだ。でも、ここからは、ヤンヤンやユウユウのことも含めて、どれくらい記憶を甦らせることができるか分からないが、頑張って話してみたい。ヤンヤンやユウユウのことも、もう少し辛抱して聞いて欲しい。わしが成仏できないのも、このことが気がかりだからだ……」

「インドの奥地デオリ収容所の生活は惨めなものだった。熱砂の砂漠の生活だ。それも二年間、いつ故郷へ帰れるかも分からないインタニー生活だ。柵に囲まれ、インド兵とイギリス兵に監視された日本人三千人余のインタニーたちの日々が続いたんだ。それは、それは、辛いものだったよ。そんな日々をみんなで力を併せてなんとかやり過ごしたんだ。子どもたちのためにと学校も造られたよ。でも、楽しい記憶は少ないな……。勇次もデオリで死んだ。糸満、シンガポール、プラナキラ、そしてデオリでもいつも一緒だった勇次が、死んだんだよ」

「デオリの収容所で騒乱が起こってな。インタニー同士が争ったんだよ。勇次とわしは敵同士になった。このことが辛くて、豊子、お前にも話さなかったんだ」

「戦争が終わったことは、デオリ収容所の所長イギリス軍のクライスター長官から告げられた。この戦争は日本が敗れ、連合国側の勝利に終わったと……。ところが、この報告を信じない者が多数出たんだ。インドの奥地では、何も情報が入ってこないから無理もないことだった。情報は、イギリス兵が読み捨てた新聞の切れ端を読んで辛うじて集めているようなものだったからな。もちろん、だれもが英字新聞を読めるわけではなかった。そこでクライスター長官の終戦報告をデマだと騒ぎ出したんだよ。日本の敗戦はインタニーを監視するための方便だという噂が流れ始めたんだ。神風が吹く日本国が負けるわけがないとな……」

「最初のころは、みんな笑ってそんな噂を聞いていた。ところが、日本が勝ったと信じる者と、負けたと信じる者の両方に分裂して激しくいがみ合いが始まったんだ。暴力事件にまで発展した。シンガポールを出たときのインタニーたちは三千人近く居たんだだが、病死する者や、老いて死ぬ者、絶望して自ら死ぬ者まで出て、二千五百人ほどに減っていた。その人々が、勝ち組と負け組に分かれて争ったんだ。特に勝ち組は、負け組のことを売国奴だと罵り、集団で襲撃して負け組の幹部を襲い始めたんだ。負け組は襲撃を怖れて勝ち組へ加わっていった。勇次は、勝ち組の中にいた……」

「イギリス軍は負け組の肩を持ち、その争いを鎮めるために躍起になったんだが、勝ち組は棒切れや手製の武器を持ってイギリス軍を襲撃したんだ。そしてイギリスの高官を闇討ちするまでになっていったんだ。クライスター長官は、勝ち組の怒りを鎮めようとしてバラック前の広場で話し合おうとした。広場には抵抗する群衆が次々と集まって来た。その中から軍隊めがけて石が飛んだ。対峙するイギリス兵やインド兵に棒切れで襲いかかる者も出始めた。

指揮官は発砲やむなしとの命令を下した。あっという間に広場は血の海になり、死者が十数名も出た。惨めだった……。死者の中には、勇次も含まれていた」

「勇次を荼毘に付したときは悲しくて涙が流れたよ。糸満からずっと一緒で苦楽を共にして来たからな。何度も勇次を説得し諫めたんだが聞く耳を持たなくなっていた。ウチナーンチュ（沖縄の人たち）はヤマトンチュかいウセーラットンドオ（馬鹿にされているよ）。ナマチバラント（今、頑張らないと）、イチ、チバイガ（いつ、頑張るか）。お前も勝ち組に加われ！　そう言われて逆にわしを説得するんだよ」

「勇次には、インタニー生活で出会った邦子さんという恋人もいた。邦子さんはさくら荘の賄い婦の一人だった。三つほど年上の恋人だったが病を患ってプラナキラの収容所で死んだ。国へ帰って結婚する約束をしていたから、勇次にとってはこのことも辛い出来事になっていた。少しやけになっていたはずだ」

「騒動が鎮まり、日本への引き揚げが始まった。国へ帰れると分かったときは、本当に嬉しかったよ」

「シンガポールを離れてから四年余になっていたからな。もちろん、その間、ヤンヤンとユウウのことはいつも気になっていた。ヤンヤンには二人目の子どもが産まれたかもしれない。男の子だろうか、女の子だろうか。それとも、日本兵やあるいはイギリス兵に殺されてはいないだろうか。ヤンヤンの両親は日本人をジャップと罵り嫌っていたからな。シンガポールは一時期日本に占領され、多くの華僑たちが殺されたと聞いた。日本軍にとってシンガポールに居る華僑たちは敵国の人だったからな。また華僑たちもゲリラ戦を展開して日本軍と戦ったとも聞いていた。果たしてヤンヤン家族は生き延びているだろうか。そして、故郷沖縄はどうなっているのだろうか。気が気でならなかった」

「繋ぎ合わせた情報では、広島と長崎に原子爆弾が落ち、一瞬にして街が焼け野原になり多くの死傷者が出たということ。沖縄には米軍が上陸して地上戦が行われ、軍人も民間人も玉砕と言われて多くの犠牲者が出たということ、などが分かった。わしの故郷、ヤンバルの大宜味村はどうなっているのだろうか。勇次の故郷、伊是名島はどうなったのだろう。様々なことがわしの頭を駆け巡った」

「引き揚げ船はインドの西部、カラチの港を出た。わしの乗った船は富士丸。富士丸は沖縄に寄らずに広島大竹港へ入港すると聞いた。途中シンガポールに寄港し、シンガポールやマレー半島からの引き揚げ者をも乗船させる予定だという。わしは迷った。シンガポールで下船して、ヤンヤン、ユウユウを探すか。それともそのまま広島経由で沖縄に戻るか……」

「引き揚げ船がシンガポールに着いたとき、わしは船を下りることができなかった。あんなに会いたかったヤンヤンやユウユウなのに脚が竦んでしまったんだ。実際、わしはヤンヤンやユウユウの夢を何度も見た。ヤンヤンの優しい息づかいは、わしの胸に染み込んでいた……」

「乗船する人々の話では、日本軍の占領中には、やはり多くの華僑が日本兵に殺されたという。特に日本軍へ抵抗する意志があると疑われた者は一か所に集められ、機関銃で銃殺されたという。どの家族にも容赦はしなかったはずだと……」

「この噂が、私を戦慄させ躊躇させたんだ。この時の気持ちは、今も、なかなか説明できない。降りてヤンヤンの家族に会いに行くと、華僑から日本人として仕返しされ、殺されるかもしれない。二度と日本へは帰れないかもしれない。ヤンヤンのお父さんだって、わしを守ることはできないだろう。逆にヤンヤンとユウユウが死んでいれば、降りても意味がない。戦争では人間が壊れるのだ。プラナキラでもデオリでもそうだった。その姿を何度も見てきた。ヤンヤンだって人が変わっているかもしれない。ヤンヤンのお父さんだってすでに殺されているかもしれない。殺されているとすれば、なおさら一人で下船することは危険だ。わしは戦争で人間不信に陥っていたんだよ。それでも必死に考えた」

「ヤンヤンのお父さんが殺されているとすれば、ヤンヤンもユウユウも生きてはいけなかっただろう。あるいはどこか別の土地へ移り住んでいるかもしれない。もう死んでいるかもしれない。戦争が終わったのは確かなんだ。戦後を出発するには、わし一人で身を潔白にして帰ったほうがいいのだ。沖縄玉砕であれば、ヤンヤンやユウユウだって、幸せになれないかもしれない。わし一人の方がイチから出直せる。そんな思いが頭をよぎったんだ。それは、言葉を換えれば、ヤンヤン家族全員が死んでいて欲しいと願うようなものだった……」

「わしはデオリの収容所で、あの仲間同士がいがみ合い、殺し合った砂漠の中のデオリの地で狂ったんだよ。もう、煩わしいことには巻き込まれたくなかった。わしは自分のことなのに逃げたんだ。いろいろと考えても、未来をつくりだす気力が、わしにはもう残っていなかった。全てを過去にして、記憶を封じ込める。あるいは楽しい日々だけを、時には取り出して眺めてみる。それだけで十分なような気がした。いやそうしたいと思ったんだ。考え続ける時間も残り少なかった」

「甲板からシンガポールの街を眺めていると、ヤンヤンに再会したい思いは募った。でも何のために再会するんだ。突然行方をくらました自分のことなんかヤンヤンはすでに諦めて、新たな所帯を持っているかもしれない。そうならそうしてあげるべきなんだ。シンガポールは、もう日本の領土ではない。またイギリス軍がやって来て、イギリスの領土になっているはずだ。もうこの街には住むことはできないだろう。沖縄へヤンヤンとユウユウを連れて帰ると村人から笑い者にされるのではないか。ヤンヤンとユウユウ親子が生きているのならば、このままシンガポールに残した方がいいんだ。いきなり母子の前から姿を消したのだから、きっとわしは死んだと思われているはずだ。

姿を消してから音信一つ送れずに四年も経ったのだから。もう忘れているに違いない。ヤンヤンは気立ての優しい娘だったから、また結婚しているかもしれない。それがいいのだ。生きているなら、日本人の捕虜やインタニーたちをたくさん乗せたこの富士丸に会いに来るはずだ。会いに来ないということは、もう死んでいるということなんだ……」

「わしは、船上で、わしに都合のいい理屈をあれこれとこねくり回したに過ぎなかったんだ。堂々巡りする考えにうんざりして考えることをやめた。そして結局下船しなかった。もちろん、わしはなんて汚い男だろうと、自分を蔑《さげす》んださ。今でも蔑んでいるよ」

「故郷に帰るのも辛かった。辛かったから、広島で職を得て働いた。原爆で破壊された街の復興を手伝った。職場で伊藤鶴子という女性に巡り会い、同棲をした。鶴子は家族を全部原爆で失い、一人だけ生き残っていたんだ。鶴子の悲運な人生に、無理に自分の人生を重ねて、行く末を考えたんだ。しかし、鶴子は、原爆の後遺症で一年後に亡くなった。もう、ホントに何もかもが嫌になった。生きることも嫌になった。酒ばっかり飲んでいた……」

「ふと、死んだ勇次に誘われたことのある勇次の故郷、伊是名島で漁師をしてみようかと思うようになった。本当にふとしたきっかけだった。話すことも恥ずかしいが、居酒屋で食べた魚料理に、漁師の血が騒いだんだ。勇次の実家を訪ねて勇次と過ごした糸満やシンガポールやインドでの日々のことを話してあげたいと思った。楽しい日々も多くあったんだ」

「伊是名を訪ね、勇次との出会いから死に至るまでの経緯を話すと、勇次の両親は目に涙を浮かべて感謝してくれた。勇次の兄弟たちからも気に入られて、伊是名で一緒に漁師になった」

「神奈川の紡績工場から引き揚げてきた勇次の親戚筋の豊子を紹介されて結婚した。豊子は神奈川で空襲を受けて左耳の聴力を失っていたが、日本語が上手な気立ての優しい娘だった。わしは一目で気に入った。戦後を生きる者は、当然だれもが戦争を体験していた。だれもが敗戦国の悲劇を担っていたんだ。豊子と二人で助け合いながら戦後を歩みたいと思った」

「故郷のヤンバルを訪ねたが両親は死に、兄や弟たちは独立して一家をなしていた。妹は基地の米兵と結婚してアメリカ本国に渡っていた。わしを糸満売りに出した家族への憎しみは消えていたが故郷とは疎遠になった。それでも、みんな生きている。それでいいと思った」

「豊子と伊是名島で所帯を持ち、よしちゃん、あんたも産まれた。いろいろあったけれど、無我夢中でサバニ(小舟)を漕いだ。わしは幸せな男さ」

「でもな、よしちゃん。古希を過ぎたころからなんだが、サバニを浮かべて海を見ているとな、ヤンヤンやユウユウ、そして、見ることの叶わなかった二番目の子どもの顔まで波間に浮かんで来たんだよ。みんなが、わしに呼び掛けるんだよ。訳の分からない声で、オー、オーと叫ぶんだよ。わしは何度も海に引きずられそうになったよ。目を閉じ耳を押さえ、足を強く踏ん張って耐えたんだ」

「戦後も七十年も過ぎたというのにな。それだからというか、やっとあの時代の記憶が蘇ってきたんだ。その度に自分の不甲斐なさを恥じて、海に身を投げようかと思ったよ……」

「しかし、その度に私の弱い心が邪魔をした。いつまでも死ぬことはできなかった。せっかく戦争を生き延びてきた命だ。命を大切にしようと言い聞かせた。これこそが強い心だと言い換えてな……」

「わしは豊子とつくった家庭を守る決意で、戦後を生きてきた。それを自分の強い心と言い聞かせてきた。しかし、よく考えると、わしはまたもや逃げたんだ。シンガポールからだけでなく、故郷からも逃げたんだよ。戦争の記憶からも逃げたんだ」

「豊子、よしちゃん、わしは駄目な男だ。海亀にもトビウオにも笑われた。自分の不始末を悔やんでばかりいる男だ。やり直したくてもやり直せない。どんな風にやり直せばいいかも分からない。ひょっとして、人間はみんなたくさんの不始末を抱いて生きているのではないか。きっとそうだ、だれもが不始末を隠して生きている。日本の国だってそうだよ。デオリに埋められた仲間たちの骨はどうなったんだろう。勇次の骨は戻っていないじゃないか。国の不始末に比べれば、わしの不始末なんか取るに足りない。カワイイもんだよってな。最後は自分の不始末を正当化したんだ」

「でも……、そう言い聞かせても、心は釣り竿のウキ(浮子)のように簡単に軽くはならなかった。軽くならなかった不始末を始末するために、お前たちに話すことにしたんだ」

「豊子にはシンガポールに出稼ぎに行ったことを告げ、デオリ収容所のことも、たぶん告げたはずだ。でも、ヤンヤンやユウユウのことは告げていなかった。隠していたんだ。豊子も驚いただろう」

「子が親を思う心よりも、親が子を思う心が強いと言われている。生きているかどうか分からない子を思う親心は、なおさら辛い。なおさら苦しい……」

「豊子、よしちゃん……。シンガポールから、あるいは見知らぬ土地から、わしを訪ねて見知らぬ人がやって来たら、それは、わしの嫁さんのヤンヤンと娘のユウユウだ。よしちゃん、ユウユウはお前の腹違いの姉さんだ。あるいは、兄さんが産まれているかもしれない。要らぬ心配かもしれないが、わしの幸せな心配だと思ってくれ。豊子には、ずーと黙っていたが、もうそろそろ真実を語ってもいいだろう。死んでからでないと語れない真実もあるんだよ。豊子、許してくれ。わしの住むグソーヌ世には、真実を語ることのできないシニマブイがうようよしているよ。わしは語ることができて幸せだ」

「ヤンヤンやユウユウたちが現れても驚かないで欲しい。ユタシクシィ、トゥラシヨ（仲良くして、もてなしてくれよ）。これが、わしの男としての不始末のけじめだ……」

古波蔵清勇さんが静かに消える。天願キヨが現れる。

豊子さんもやっとうなずいて小さな笑みを浮かべている。右半身を乗り出して聞いていたのは左耳が難聴のせいだったことが、今、はじめて分かった。

良美さんは涙で目を赤く腫らしている。その涙目を、口に押し当てたハンカチで拭っている。私は二人に茶を勧める。豊子さんは小さく皺《しわ》寄った唇をすぼめて美味しそうに茶を啜った。

古波蔵清勇の人生が、戦後生まれの私の脳裏で激しく浮かび上がってくる。戦争は銃弾の飛び交う戦場のみにあるのではない。戦後にも続く日常の暮らしの中にもあるのだ。戦争は死者の側にも生者の側にも多くの不始末を残した日々を苛《さいな》んでいく。不始末は戦争を体験した人間の数だけあるのだろうか。盛勇さんは始末をつけたが、日本の国はどう始末をつけるのだろうか。沖縄はどうなるのだろう。或いは日本の国はもう沖縄への始末をつけたのだろうか……。

天願キヨがゆっくりと上体を起こす。天願キヨの仕事は天職とも言われている。私は天願キヨの顔をじっと眺める。それからそっと茶碗を差し出した。

私は笑みを浮かべていたはずだ。ヤンバルのジュウロクニチのハカナー（墓庭）で、「グソーはあるよ」と、ユンタクしていた伯母さんの顔を思い出していた。

## 第四話　沈　黙

沖縄本島北部のことを人々はヤンバルと呼んでいる。天願千恵美の母芳江はヤンバル大宜味村の出身だ。二十歳のころ、農協に勤めていた母は父に見初められて結婚し父の実家のある中部の勝連半島にやって来た。幸いにも勝連にある農協でも職を得ることができて現在にまで至っている。農協では主に金融関係の事務を扱う部署で働いている。

天願千恵美は母に誘われてグソー（あの世）の正月だと言われているヤンバルのジュウロクニチ

に出掛けた。ジュウロクニチはまるで小宴会だった。年が明けた旧暦の一月十六日に開催されるのでジュウロクニチと呼ばれているようだ。しかし便利なもので今では新暦の一月十六日に最も近い日曜日に開催される。村に長く伝わっている死者を弔う古い習慣だ。

村の墓の多くは一族門中単位の墓になっている。それでその日は一族が揃ってハカナー（墓庭）でご馳走を広げ、香を焚き先祖（死者たち）を呼び寄せて感謝し、健康であることを報告するのだ。ハカナーは広さが限られているので家族単位で次々と祈願をし、しばらく談笑した後、次の家族に席を譲る。譲った家族は近くの木陰でビニールシートを敷き茣蓙《ござ》を敷いて久し振りに会った親族や兄弟家族とビールや泡盛を飲み交わす。正月に帰省しなくても、ジュウロクニチには帰省しないと親や親族から顰蹙を買う。そんな村行事だ。

今年はヤンバルに住む母の長兄が亡くなって最初のジュウロクニチなのでミージュウロクニチ（新ジュウロクニチ）と言われて、とりわけ多くの親族家族が集まって焼香をする。母は久し振りに参加することを決めたので、千恵美も母や父と一緒に行くことにしたのだ。

千恵美にとっては母側の祖母が亡くなって以来のジュウロクニチだった。墓前はやはり賑わっていた。母の手作りの重箱を広げ香を焚く母の背後で千恵美は母や父と一緒に手を合わせた。

「千恵美、よく来たねえ、美人になっているさ」

すぐに母の本家の伯母から声をかける。

「ヤマトに長く居たから美人になったのかねえ。私もヤマトに行ったら美人になれるかねえ」

「あれ、伯母さんよ。もう手遅れだよ」

千恵美に代わって車座になってくつろいでいる一族の中から冷やかす声がする。父も母もすでに一族の輪の中に座っている。伯母さんが笑みを浮かべながら、なおも千恵美に声をかける。

「おじいもおばあも千恵美のことを大好きだったからねえ。亡くなった兄さんも今日は喜んでいるはずよ。千恵美は覚えているか、おばあが亡くなったときのこと」

「えっ？　何だったかなあ」

「あんたはね、おばあが亡くなったとき、墓口の前に私が置いたバケツの水を見てね、私に尋ねたんだよ。伯母さん、この水はお供えした花にかけるものでしょう？　って」

千恵美が笑顔で答える。

「そうだった。思い出しました。柄杓《ひしゃく》も準備されていたから大発見をしたように得意になって、伯母さんに尋ねたんだ」

「そう尋ねられたから、私は答えたんだ。違うよ。これは亡くなったおばあがティピサ（手と足）を洗う水だよと。そしたら、千恵美はミィ（目）グルグルしてびっくりしていた」

伯母さんが声を上げて笑った。周りのみんなも声を合わせて笑った。千恵美も一緒に笑った。何だか微笑ましくなる記憶だ。

「四十九日（七七忌）が終わるまでは、亡くなったおばあのマブイは墓に出入りしているんだよ。あの世はいいところかねえって、考えているんだよって言ったら余計ミィグルグルしていたよ」

「姉さんよ、ワラビ(子ども)だのに、マブイがティピサ洗うことなんか分かる訳ないさ」

母が、やはり笑顔を浮かべながら伯母と千恵美を交互に見て言った。千恵美は当時高校生になっていたはずだ。

「伯母さん、あの時は説明してくれて有り難うございました」

千恵美も負けてはいない。

「イイ(はい、はい)」

伯母も負けてはいなかった。目を細め優しい笑顔でうなずく。

伯母はもうすぐ九十歳になるはずだ。なんだか伯母の言葉にあの世がとても身近に感じられる。ヤンバルのジュウロクニチだけでなく沖縄には、本島中南部のシーミー(清明祭)や、中部のエイサー、石垣島のアンガマなど、あの世とこの世を繋ぐ行事は数多くあることを思い出した。

シーミーは旧暦の三月に行われるがジュウロクニチと同じく先祖を供養する行事だ。エイサーは旧盆行事の一つだが、若い男女が三線を弾き太鼓を叩き、踊りを披露しながら「道ジュネー」(道を練り歩く)を行う。先祖の霊を慰め、健康を感謝する集団舞踊だ。それぞれの村々に伝わっているエイサーにはそれぞれの踊り方があり、「チョンダラー」とよばれる道化役が観客の笑いを誘う。

アンガマは、あの世からウシュマイ(翁)とンミイ(媼)と呼ばれる二人がやって来る。仮面を被った二人を先頭に、三線を弾き花笠を被った踊り手が続き、家々を訪ね歌や踊りを披露する。死者を装ったウシュマイとンミイが、現世に住む家人との即興の掛け合いがあり、笑いを誘い家々に福や健康をもたらすという行事だ。

なんだか、死が怖れるものではなく身近に感じられる。先祖はみんな手を広げて、死者たちがやって来るその時を待っていてくれているような気がする。この感慨は墓前に座っているからではないだろう。彼岸と此岸の境目は目に見えないだけでなく、ほとんどないのではないか。こんなふうに考えることができるようになった。これも天願キヨのおかげだろうか。もっともこのことがいいことなのかどうかは分からない。

福岡では、こんなことは全く考えてもみなかった。生きるに夢中だった。生者の声しか聞こえなかった。今は天願キヨに憑依した死者たちの声は生者たちの声でもあるような気がする。死者の側からも生者を身近に感じているのかもしれない。

「千恵美、私が死んだら、ティピサ洗う水を墓口に置くのを忘れないでよ。お願いだよ」

「あり、伯母さんよ。カジマヤーの祝い(九十七歳の祝い)もまだなのに、先祖に追い返されるよ」

「ええ、アンヤミ(あれ、そうだね)。千恵美は、ヤマトゥカイ、イジャクトゥ(本土へ行ったから)、ジンブンイジトウサア(知恵がついているさ)」

伯母と千恵美のやり取りに、再びみんなの笑い声が上がった。

千恵美はヤンバルの海の匂いも風の匂いも胸一杯に吸い込んで先祖の集うハカナー(墓庭)を後にした。

大木のクヮディィサーから落ちた大きな枯れ葉が、千恵美の足下で海風を受けて転がった。母がその葉を指差して千恵美に示し微笑んだ。

※

「私は昭和十三年、テニアンで産まれました。南洋にも戦争が迫って来ていたので内地への引き揚げが始まりました。昭和十九年三月、私たちは父だけをテニアンに残して横浜を経由して沖縄へ戻って来たのです。私が六歳で、二人の弟は四歳と二歳でした。母は妹を身ごもっていました」

天願キヨに憑依した屋嘉比幸生《やかびこうせい》は、ゆっくりと語り始めていた。

「私があの戦争を生き残ったのは、どう考えても奇跡だとしか思われません。私は何度も死に目に遭いました。私は、生かされたんだと思います……」

天願キヨの今日の客は、五十代の二人の姉弟だ。姉は道子、弟は幸有《こうゆう》。父が亡くなったので、マブイワカシの言葉が聞きたいというのだ。道子さんはマブイワカシに来た理由を次のように語った。

父の名は屋嘉比幸生。今年の春、ちょうど八十歳の誕生を迎えて亡くなりました。父は数年前から ある宗教団体に入会しました。母を十数年前に膵臓癌で亡くしていたので塞ぎがちだった父が、明るくなったような気がしました。人付き合いも多くなったので、家族もこのことを喜んでいました。

生前の父は癇癪持ちで、時々大声を上げて喚《わめ》くことがありました。しかし、その理由はだれもよく分かりませんでした。父もまた説明しようとはしませんでした。

父の死後、遺品を調べていると数冊の日記が見つかったのです。父にはだれにも言えない戦争体験があることが分かったのです。日記の隅々に「沈黙」という言葉が並んでいました。苦しいが沈黙する。平和な社会を造るために話すべきだとは思うが、沈黙する。父の母、いわゆる私たちのおばあちゃんのことですが、おばあちゃんのためにも沈黙する。これは私とおばあちゃんとの二人だけの秘密だから沈黙する……と。

ひょっとしたら、父は時折沈黙に耐えられずに癇癪を起こして大声を出したのかもしれません。日記には次のようなことも書いてあったんです。「私は妻の信子に若いころから大声を上げることが何度かあった。信子には済まないことをしたと思っている。私は死ぬ前に信子に謝りたい。真実を話して信子に謝らなければあの世に逝けないかもしれない……」と。

でも母は、父より先に亡くなりました。この日記を書いた後だと思うんですが……。そして、新しい日付けの日記には次のようにも書いていたんです。「私の子どもたちよ。道子、幸有よ、私が死んだらマブイワカシをしてくれ。私の遺言をしっかりと聞き届けて信子のトートーメー（位牌）にも報告して欲しい。そして、何よりも、お前たち二人に聞いて欲しいのだ」と。

それで、変な話しですが、マブイワカシのウガンがご専門だという天願さんの噂を聞きつけて、やって来たのです。

「変な話しではないですよ。マブイワカシはお父さんの立派な遺言です。お父さんの思いを聞き取ることは大切なことですよ。でも、聞かないほうがいいこともあります。親の厳しい注文もありますからね。それでも、聞きますか？」

天願キヨは娘の道子と息子の幸有姉弟にそう尋ねた。私が二人の依頼の内容を告げた時にも同じようなことを言った。

二人は同時に首を縦に振った。そして道子さんが答えた。

「覚悟はできています。二人で父の悩みを引き受けるためにやって来たんです。父が私たちに話すことができたら、父は、あの世でも母に出会うことができて、幸せに暮らすことができるような気がするのです」

弟の幸有さんがその言葉を受け継いで言う。

「天願さん、お願いします。私たちは、父にも母にも、親孝行らしいことをして上げられなかったことを悔やんでいます。母や父を亡くしてから、このことに気づくなんて、悔しいんです……。でも父の苦しみや願いを聞き届けることができたら、父親孝行だけでなく、母親孝行もして上げられるような気がするんです。だから、父の遺言を聞きたいのです。どうかよろしくお願いします」

幸有さんが深々と頭を下げる。それを見て、天願キヨは覚悟を決めた。そして、香を焚いたのだ。

部屋に漂う香の匂いに包まれて天願キヨがウガンを始める。屋嘉比幸生のマブイは待ちかねていたように天願キヨへ憑依した。二人の子どもの名前を呼んですぐに語り出したのだ。

「道子、幸有……。私は本当に運がよかったんだよ。南洋からの引き揚げ船は魚雷攻撃でヤラレルこともなかったからね。前の船団は沈没させられたのにな、私たちの船団は無事だったんだ。横浜から沖縄までの航路でも魚雷攻撃を受けなかった。今度は後ろの船団がヤラレたんだ。まず、私の周りで二つの奇跡が起こったんだ」

二人の子どもが顔を見合わせてうなずきあう。

「沖縄ではな、おじいの住んでいる那覇の古波蔵《こはぐら》に居候になった。おじいというのは父の父だ。屋嘉比幸吉という名前だった。トートーメー（位牌）に書いてあるはずだ。やっと落ち着いたと思ったら、その年の十月十日に空襲があった。十・十空襲と呼ばれているが、沖縄本島全域がヤラレた。停泊中の日本軍の艦船もヤラレた。飛行場も狙い撃ちされた。那覇の街もひどかった。街の九割が燃え上がった。私たちの家も焼けた」

「おじいは私の手を引いて、家族全員で一目散に宜野湾《ぎのわん》の親戚の家まで逃げたよ。翌日には那覇に戻ったんだが、おじいは孫であり屋嘉比家の長男である私を必死に守ろうとしたんだ」

「十・十空襲は沖縄戦の始まりを告げる空襲だった。五万人の那覇の人々が焼け出された。多くのナーファンチュ（那覇の人々）が街を出て南部の摩文仁《まぶに》や北部のヤンバルに向かって避難を始めた。私たちは先祖の墓があった首里の金城《きんじょう》町に避難した。岩を刳り抜いただけの簡素な墓だったが、そこで生活することになった。おじいが決めたんだ。そこで暫く様子を見て、ヤンバルに逃げるか、南部に逃げるか、それとも那覇に戻るかを決めるということだった」

「ハカナー（墓庭）は広かったので、そこが炊事などをする場所になった。時々アメリカーの偵察機が飛んで来た。そして、夕方の五時ごろになると決まって艦砲射撃が始まった。南風原方面の日本軍陣地に向かっての攻撃のようだったから怖くはなかった。また、決まったように一時間ほどの攻撃で爆撃は終わった」

「ところがある日、その砲弾の一発がうなり声を上げて真上から飛んで来た。墓に命中して、大きな振動と共に大小の岩石が飛び散った。おじいは私の上に覆い被さって私を助けてくれた。しかし、私の額に岩の破片が当たって額が切れた。血が鼻筋を流れた。今もその傷跡が残っているよ……」

「おふくろは妹を産んでいたが、おじいの指図で皆で慌てて墓庭から逃げ出した。おじいの後をついて、皆一緒に逃げたんだが、気がつくと、おばあがいなかった」

「しばらく経って艦砲射撃が終わると、みんなでおばあを探しにハカナーに戻った。おばあは墓から三十メートルほど離れた崖下まで飛ばされて死んでいた」

「おばあの遺体をおじいが引き上げて来てハカナーに寝かせ、皆で石をかぶせた。おじいは、やがて逃げることを決断した。北ではなく、日本の兵隊が移動した南へ逃げることにした。南に逃げたら兵隊が助けてくれると思ったんだ」

「南風原《はえばる》の陸軍病院壕へ到着した。壕には兵士も民間人も、ごった混ぜになって負傷者でいっぱいだった。年寄りと、女、子どもの家族が身を寄せる場所ではなかった。おじいに手を引かれ、私の額に薬を塗ってもらい、艦砲射撃が始まる前に、さらに南を目指した」

「私は三度目の奇跡で死を免れていた。額に傷を負っていたが、不思議なことに、痛いとか苦しいとか、怖いとか辛いとかの感情はまったくなかった」

「南へ向かって私たち家族の逃避行が始まった。おふくろは私と四歳の弟に、もんぺの裾を強く掴むようにと言い、二歳の弟をおんぶして、産まれたばかりの妹を胸に抱いた。両手には必要な家財道具を持った。おじいが重たい荷物を天秤棒で担いだ」

「二時間ほど歩いた後で一軒の空き家を見つけた。だれもいなかった。ここで荷物を下ろし疲れを癒やした。皆で日が暮れた暗闇の中で身体を寄せ合って眠った」

「夜が明けると、すぐに艦砲射撃が始まった。起きて背伸びをすると、ヒューという音と共に私の目の前を砲弾がかすめて水甕に当たった。水甕はバーンと激しい音を立てて割れた。あと数センチ私が前進していたら、砲弾が私の身体を貫通し、私は出血多量で死んでいただろう。四度目の奇跡だった」

「それからすぐに飛行機が飛んで来て機銃掃射が始まった。庭の柱の陰に身を隠していたおじいが目の前でバタンと仰向けに倒れた。銃弾が身体を貫いており血を流しながら息絶えた」

「アメリカーは兵隊だけでなく、私たちのような武器を持たない家族も狙い撃ちにするんだなあと思った。幼心にも戦争は怖いなあと思った瞬間だった」

「おじいも、おばあも死んでしまって、私たち親子だけになった。おふくろは、どうしていいか迷っていたと思う。この家に留まるか、さらに逃げるか……。そのとき、たまたま家の前を親戚のおばさんの家族が通った。おばさんは十五歳の息子と十三歳の娘と一緒だった。おじさんは兵隊に取られて摩文仁で戦っているという。だからできるだけおじさんの居る南に逃れて、壕を見つけて避難するのだという。おふくろは、おばさんとうなずき合って、私たち四人の子どもを引き連れて、おばさんの家族と一緒にさらに南へ逃げることを決断した」

「逃げる途中、福木に囲まれた大きな屋敷が目についた。多くの避難民が身を寄せていた。ここに隠れていたら安全じゃないかなあと思い、私たちもそこで休ませてもらった。部屋の隅に疲れた身体を横たえた」

「すぐに日が暮れたが、おばさんが四歳の弟を手枕にして寝てくれた。おふくろは二人の小さい弟と産まれたばかりの妹の世話で手一杯だった」

「みんなが寝入ったころ、突然の爆撃音と共に、家が炎を上げて燃えだした。今度はその家に焼夷弾が落ちたのだ。一瞬にして阿鼻叫喚の地獄絵になった。炎は一気に燃え上がった。私の顔も血だらけだった」

「しかし、私はどこも怪我していなかった。おばさんの腕がもぎ取られたようになって血が噴き出し、私の顔にかかったのだ。手枕にされていた私の弟とおばさんの娘がそこで死んだ。みんなは、慌てて逃げ出した」

「ワンネーヒンギランドー（私は逃げないよ）、娘を置いて逃げることはできないよ、ワンネー、ヒンギランドー。おばさんが腕を血だらけにして泣き叫んだ」

「十五歳の息子がおばさんを懸命に説得して引き摺るようにして逃げ出した。私もおばさんのぶらぶら揺れる腕を下から支えた。おふくろは下の弟を背負い、妹を胸に抱き、両手で荷物を持って駆け出した。周りのみんなも逃げていた。家は炎を上げて燃えていた」

「しばらく行くと小さな壕が見つかった。壕の中にはだれもいなかった。その壕の中に身を屈めて避難した。おばさんは横になっていたが間もなく、出血多量で死んだ。おふくろとおばさんの息子の二人で、遺体を壕の外に出して草むらの中に葬った」

「食料探しには、おふくろとその息子が壕の外に出て行くのだが、その間、私が幼い弟と妹を壕の中で見守った。おふくろたちはアメリカーに殺されて、もう帰って来ないんじゃないかと思うと、不安で不安でたまらなかった」

「やがて、壕の外から米兵の声が聞こえてきた。米兵の姿も見えた。ここは危ないよ、ヒンギラ、ヒンギラ（逃げよう、逃げよう）と息子は叫ぶようにしておふくろを急《せ》かせて一緒に壕を出た。さらに南へ向かった。背後には米軍が押し迫っていたので北へ向かうことはできなかった。もうすぐ糸満米須の海岸だった。道端には、死体がたくさん転がっていた」

「何度も死に目に遭ったのに死ななかったのは運が強いと思っていた。でも最後に悲劇が待っていた。避難壕が見つかったので、そこに入ろうとすると、日本兵に銃を突きつけられて立ち塞がれた。子どもを連れた人は駄目だ！　泣いたら米兵に見つかる！　そう言われて押し返された。壕の中には、住民と兵隊が合わせて二十名ほどいた。おふくろは何度も何度も頭を下げてお願いしたが駄目だった。やがておふくろは私を指さして、この子は泣きませんからお願いしますと言って、下の幼い二人の子を連れてどこかへ行ってしまった」

「おふくろは、しばらくして一人で戻って来た。私の隣でうずくまったが、やがて外に子どもの気配がした。母ちゃん、母ちゃんと呼ぶ声が聞こえてきた。置き去りにされた弟が這うようにして追いかけて来たんだ。それに気づいて、兵士が銃を持って立ち上がった。おふくろはそれを見て無言で兵士を制止し、また出て行った。そして……、やはり一人で帰って来た」

「私は何が起こったのか、大体察しがついた。おふくろはどのようにして二人の子どもを言い含めたんだろうか。私の頭の中で様々な思いがぐるぐると廻っていた。弟と妹を、さらに、さらに遠いところに置き去りにしてきたのだろうか。二人は泣き叫ばなかっただろうか。それとも泣き叫ぶ二人の子どもの首を絞めて殺してきたのだろうか。長男の私を守ろうとして、おふくろは戻って来たに違いない。それとも、別の理由や方法があるのだろうか……。幼い私はおふくろの気持ちを精一杯の力で想像した。胸が張り裂けそうだった」

「それから二日目のことだった。出テコイ、出テコイ、という米兵の声が聞こえてきた。だれも動かなかった。日本兵に銃を突き付けられていたからだ。やがて手榴弾が投げ込まれて大きな爆音が起こり、出入り口に陣取っていた日本兵が殺された。しばらくして催涙弾が投げ込まれて湯気のような煙が壕いっぱいに立ちこめた。何名かの家族が覚悟を決めたように壕を出ていった。私も母もその後に続いた。躊躇していたら火炎放射器で殺されてしまう。そんな光景も見ていたからだ。私もおふくろも、二人の弟妹のことも気になっていたからだと思う」

「壕の外ではアメリカ兵たちが銃を構えて立っていた。一瞬殺されるかと思ったが笑顔で手を伸べて、私たちを助けてくれた。おふくろは米兵の前でうずくまり、私を護《まも》るようにしてずっと強く抱きしめていた。目には涙が滲んでいた……」

「私はこの体験を、だれにも語らなかった。道子、幸有……、今初めてお前たちに語るのだ」

「もちろん、おふくろもだれにも語らなかった。だれにも語ることなく、私が中学三年生の時におふくろは亡くなった。私も、弟と妹はどうなったんだろうなあ、とは絶対に聞けなかった」

「だからな……、なんというかな……（長い沈黙）」

「私たちが最後の壕に逃げ込んだころには、もう、戦争は終わっていたと思うよ。壕の中で子どもが泣いても、アメリカ兵は殺さなかったんじゃないかと思うよ。むしろ助けてくれたと思うよ。それなのに、それなのに……」

「二人の弟、妹のその後は、どうなったか、まったく分からない。おふくろも口をつぐんだままだった……」

「親父は生きて帰って来た。テニアンで防衛隊員として召集されたが運良く生きて帰って来たんだ。そして、おふくろと親父の間には子どももできた。私の二人の妹たちだ。このことは、ほんとうによかったと思う……」

「おふくろは、置き去りにした子どもたちのことを親父に話したかどうかは分からない。私は話さなかった。だれにも絶対に話さなかった。思い出すと……涙がこぼれた。おふくろの気持ちを考えると声が出なかった。だれにも話さないことが親孝行だと思った。私は必死に親孝行をした。死ぬまで親孝行をした。それが私の誇りだ。でも……」

「二人の弟と妹は、どうなったか。いつも気になった。餓死したか、アメリカ兵に拾われたか、孤児院に入れられたか……、どうなったか分からない。すぐに調べれば分かったかもしれないが、おふくろを殺人者にする訳にもいかなかった。今となってはもう調べようがない。日本政府も沖縄の孤児のことについては関わろうとしなかったからな。いや戦後の二十七年間は、沖縄は日本国ではなかったからな」

「道子、幸有……、私は、もう死んでしまったが、グソーで死ニマブイになる前に(成仏する前に)、お前たちに話しなさいという、おふくろの声が聞こえるんだよ。お前の弟、妹もそれを望んでいるよと、おふくろが言うんだよ。戦争は二度と起こしてはいけない、平和な世を作るために話しなさい、黙っていてはいけない、と言う声が聞こえるんだよ」

「おふくろは、後悔していると言うんだ。すぐにでも子どもたちを探せばよかった。お父も許してくれたかもしれないと。自分こそが戦争の中で一番ひどい鬼畜生に成り下がっていたんだと……。悔やんでも悔やんでも、悔やみきれないと……」

「おふくろは私が中学三年生の時に死んだ。死因は明らかにされなかった。病死だとお父はみんなに言ったが。私は分かっている。おふくろは農薬を飲んだんだ……」

「道子、幸有、分かるか。おふくろと私の二代にわたる戦争の悲劇だ。私はおふくろとの秘密を沈黙して守ることで親孝行をしたと思ってきたが、今度はおふくろの秘密を明きらかにすることで親孝行をすることになる。私が沈黙していたら、この悲劇は埋もれたままだ。戦争のもたらす悲惨さは、グソー（彼岸の世）に来たら数え切れないほどたくさんあることがすぐに分かるんだ」

「おふくろは言うんだ。孫であるお前たちの前に出て行って自分が真実を話したいけれど、顔も知らない自分が出て行ったら、お前たち二人がびっくりするだろうなって……。だから最後の親孝行をしてから死ニマブイになりなさいって、私に言うんだよ」

「道子、幸有、この悲劇をみんなに伝えてくれ。公にすることを考えてくれ。怖がらずにマブイワカシをしてくれたお前たちには感謝しているよ。有り難うな。グソーではマブイワカシもできずに成仏できないマブイがいっぱい居るよ。私の願いを聞いてくれて有り難う。私はこれで成仏できる。おふくろもきっと許してくれるはずだ」

静かに聞いていた道子さんがハンカチで涙を拭っている。幸有さんも強く閉じた目から涙をこぼしている。

「私は死んでからしか真実を話せなかったが、死んでも真実を話せない人は、いっぱいいるんだよ。一番辛いことは、なかなか話せないからね。戦争は死んだ人にも生きた人にも地獄だよ。このことを忘れないで、二人とも、ミルクユ（弥勒世）を願って頑張りなさいよ」

「最後にあと一つ、お父からのユシグトゥ（遺言）がある。あんたたちももう分かっていると思うが、沖縄は、とことん日本政府から差別されているよ。私は、沖縄は復帰の時に独立すべきだったと思っている。あのころは、復帰、復帰とみんなが騒ぎ過ぎたんだよ。復帰すればなにもかも良くなると考えていたんだ。日本政府を信頼していたからな。平和な沖縄県を作れると期待していたんだ。でも……、今の沖縄の現状を考えてみなさい。沖縄は軍事基地の島さ。戦争の準備をする島さ。日本政府からウセーラッティ（馬鹿にされて）。独立しなかったのは残念でたまらないよ」

「道子、幸有……、ヤーサシン（ひもじくしても）、チムグクルヤシティンナヨ（信念までは捨てるなよ）。そんな諺が沖縄にはあるよ。今は戦争を知らない人が増えているからね。平和呆けしているんだよ。あの地上戦を体験した沖縄こそが世界平和の発信地になるべきなんだ。沖縄は日本なんだよと、もっと声を大きくして言うべきなんだ」

「あり、私は、このことを言いたくてユシグトゥ（遺言）をしに来たんではなかったはずだが、つい本音を言ってしまったさ。でも、言わないと本音は隠されたままだからね……。おふくろの気持ちを考えるとね、おふくろのような体験をした人がたくさんいたのではないかと考えるとね、黙っていられないんだよ。余計なことだったかな……」

「私はずーっと沈黙していたが、おふくろが話しなさいと言うから話したんだよ。でも話し終わった今は、この体験を隠さずに話したことで、なんだか平和な世の中を造るのに少しは役に立つかもしれないという気持ちが湧いてきた。不思議だねえ。ひょっとして言葉は相手に届くかもね。そんな力があるのかもしれないねえ……」

# 第五話　死者と生者

天願キヨの家は、沖縄本島中部勝連《かつれん》半島の屋慶名《やけな》にある。メーン通りに沿った集落から東の方角に向かう山の手の一角に建てられた赤瓦葺きの平屋建てだ。周りは石灰岩を積み重ねた石垣で囲まれている。石垣は胸の高さほどで、少し背伸びをすれば広い中庭を覗くことができる。石垣は風雨に晒されて黒ずみ、その上に苔なども付着していて歳月を感じさせる風情がある。

正門から入ると、正面にはヒンプン（屏風）と呼ばれるコンクリートの目隠しがある。畳み二枚ほどを縦に並べた大きさで屋敷内に侵入してくるヤナムン（魔物）を追い払う役割がある。典型的な沖縄の住宅の造りだ。

ヒンプンも石垣と同じようにやや黒ずんでいて苔《こけ》やカビが付着している。きっと同じころに造られたものだろう。ヒンプンの周りには、それを取り囲むように仏桑花やクロトンの木が無造作に植えられている。これらの植物が陽光を浴びて葉を輝かせている。伸び放題になったこれらの木だけでも十分に目隠しの役割を果たしてくれそうだ。実際、古い沖縄の住宅には、植物だけを生い茂らせてヒンプンの役割を担わせている屋敷もある。

特にクロトンの木はヒンプンに利用されることが多い。いかにも亜熱帯植物であることを誇示するかのように生い茂る。赤や黄色い葉は手の平ほどの大きさで風を受けると葉裏を捲りキラキラと輝かせる。原産は東南アジアと言われているが、挿し木でも簡単に増やせる。生命力が強く種類は百種類ほどもあるという。沖縄では庭を飾る植物としても重宝され、鉢植えにもされている。

赤瓦の屋根が陽光を浴びて輝き、クロトンやバナナの葉が庭で風を受けて揺れると、なんだか南国の情緒が感じられる。天願キヨの屋敷や住宅にいると、長い歴史を積み重ねてきた悠久な時間と、爽やかな風の通る優しい空間の中にいるような気分になる。それは、ときには甘ったるく、ときにはまどろむような時間を感じさせてくれる。

天願キヨは、この屋敷で産まれたという。結婚したときに一度建て替えたが、屋根は先祖が建てた家の赤瓦をそのまま使用したという。建て替えてからもう四十年ほどになるというが、今では両親も他界し、天願キヨ一人で住んでいる。

十年ほど前までは夫と二人で住んでいた。二十年ほど前には二人の息子と一人の娘との合わせて五人で住んでいた。しかし、十五年ほど前に、娘は交通事故に巻き込まれて他界した。右折する娘の運転する乗用車に直進するダンプカーが衝突した。乗用車の後部座席には天願キヨが乗っていたが、娘は即死、天願キヨは瀕死の重傷を負った。内蔵へのダメージもあり、二か月余りも入院した。右足も骨折して脛の部分には金具を入れた。

成人した二人の息子のうち、長男は大阪に出て就職し、大阪で所帯を持っている。次男は那覇で一人住まいの気ままな暮らしを続けている。夫とは十年前に離婚した。

離婚の理由はよく分からない。天願キヨもその理由を言わないし、天願キヨの義弟である私の父も教えてはくれない。分かれた夫は数年前に再婚した。

再婚した前夫の宴席に、私の父も天願キヨも招待されて出席した。沖縄の社会はおおらかというか、無神経というか、ナンクルナイサ（なんとかなるさ）で毎日が回転しているように見える。これも一つの例かもしれない。でも一人一人の心には、ナンクルナイサで回転している歯車とはいえ、ズシンズシンと身体にも心にも痕跡を残しているのだろう。「ヤナクトゥヤ、マギサヌウッペエ深サクトウ、見ィランナトーンドー（嫌《いや》なことは大きい傷ほど深いところにあるから、見えなくなっているんだよ）」という諺もある。

天願キヨが、ユタの世界に入ったのは、離婚前のことであったような気がするが、私にはよく分からない。娘を失い、失意の思いで入院しているころからマブイの声が聞こえるようになったと言われている。退院後も何度もカミダーリ（神懸かり）をする天願キヨを嫌って夫は離婚をしたとも言われている。逆に離婚した後の不安定な精神や頭痛を鎮めるために、ユタの世界に入ったとも噂されている。また、両親が「集団自決」をした渡嘉敷島の出身で、二人の霊が入り込んだとも噂されている。曾祖母が渡嘉敷島でユタをやっていたことは本当のようだ。隔世遺伝で天願キヨもサーダカーマーリで（セジ高く生まれて）マブイと交信できるようになったとも言われている。私の耳には様々な噂が入ってくる。どちらが正しいか、たんなる噂なのか、私には分からない。私は、脚の不自由になった天願キヨを支えて働くだけだ。

たぶん、私が福岡へ飛び出す前に離婚は成立していたように思う。一番下の息子は私より三歳ほど歳上だったが、一緒に遊んだこともあったから、行く末がどうなるか、心配した覚えがある。

私は、姪っ子といっても、同じ血筋を引いているわけではないから隔世遺伝の可能性もないし、ユタになるつもりはないのだが、時々頭痛に悩まされ幻聴を聞くことがある。たまには幻覚もある。この発作は、私にはあの男、山田高志と別れたころから起こっているように思う。高志との同棲生活の記憶が、私の心をアンバランスにしているのだろう。

離婚といっても正式に結婚していたわけではないから正しい言い方ではない。何度も言うが、ただ同棲していただけだ。それなのに振り払っても振り払っても、高志に抱かれて笑っている女の顔が現れる。高志の職場の同僚でベトナムから働きに来ていた女性の顔だ。

※

「死んだ妻の言葉が聞きたいんです」

老夫は、私にそう言った。必死に訴えかける。なんだか気の毒だ。ひどく落ち込んでいる。妻を亡くして一年忌を迎えたが寂しくてしょうがない。寂しさが高ずると、妻が信じられなくなるというのだ。それは逆ではないかと私は尋ねたのだが、逆ではないという。

老夫は赤嶺正吉《あかみねせいきち》と名乗った。ぽつりぽつりと漏らす言葉の一つ一つを、歯でかみ切るように話す。

八十歳を過ぎたばかりの年齢だと思われるが言葉は流暢な標準語で丁寧だ。湯茶室で、天願キヨに面会するまでの時間を待てないのか、あるいは会うまでの時間を持てあましているのか、私に話しかける言葉は、妙にはっきりとしている。高齢になってもネクタイを結んでやって来るのも珍しい。

「妻の名は赤嶺和子《かずこ》といいます。那覇の産まれです。私は南部糸満の産まれです。私たちは戦争のさなか、摩文仁で出会って、戦後結婚したんです」

そうするとやはり、八十歳を過ぎているのだろう。私は、黙ってうなずく。私は天願キヨほど聞き上手ではない。赤嶺さんは私が聞きたいと要望したわけではないのに、座った両膝に両手を置き、その膝を小刻みに震わせながら、勝手に話し出した。おいおい、私にではなく天願キヨに話すべきだろうと思ったのだが、そのままにして聞いた。

「戦場で出会った和子は、ひどく憔悴していました。糸満の糸洲壕の近くです。それも夜に出会ったのです。幽霊かと思いましたよ……」

「和子は、ひとりぼっちでした。戦争で家族を失ったんです。このことが分かると、私たちは家族みんなで和子の手を引っ張るようにして一緒に逃げました。私たち家族からは、まだ犠牲者は出ていませんでした」

「和子は二十歳を迎えるぐらいの年齢で私より少し年上でしたが、いつも従順でした。言葉はほとんど発せず、何を聞いてもうなずき、何を言っても私たちの家族に従いました。むしろ、私たち家族の言葉は何も聞いていなかったようにも思われます。目はうつろで、ずっと焦点は定まりませんでした。家族を失ったことが大きなショックになっているのだと思いました」

「ただ一つ、食欲だけはありました。和子と一緒に逃げて分かったんですが、和子の思いはたった一つ、餓死したくない。生き延びたい。これだけでした。その理由は分かりません」

「最初のころはそうでもなかったんですよ。むしろ食欲はありませんでした。涙だけ流していて、不安そうに何かに怯えながら逃げていたんです。逃げると言うよりも、時には死に場所を探しているようにも思われました。私は父から、和子の様子を注意して見ておきなさいと強く言われていたぐらいなんです」

「しかし、一週間ほど経つと和子の態度が豹変しました。これも不思議なことですが、必死に生きようとしたのです。私たち家族も、そして和子も、幸いにして戦争を生き延びることができました。糸満は私たち家族の郷里でしたから、そこが私たち家族の戦後の出発の地になりました」

「両親は、和子へ、親戚の元へ帰るようにと勧めました。しかし、和子は、自分にはもう帰る場所がない。家族は戦争で全員死んでしまった。身寄りは一人もいない。私たち家族と一緒に生き延びたことを感謝している。しばらくは一緒に住まわせて欲しい。世の中が落ち着くまででいい。そう言いました。実際、若い婦女子はアメリカ兵に乱暴されているという噂が後を絶ちませんでした。両親は和子の申し出を受け入れました。和子は私たち家族と一緒に戦後を出発したのです」

「一緒に生活をしていると、私の心には自然に和子に対する恋愛感情が芽生えてきました。和子の笑顔、和子の所作がまぶしくて、可愛く思え、好ましく思うようになったのです。数年後、私は和子と結婚し、糸満で所帯を持ちました。両親はこれも何かの縁だと、私たちの結婚を祝福してくれました」

「結婚して二人で所帯を持ったのは、私が二十二歳、和子は二十四歳だったと思います。少し若かったかもしれませんが、結婚しても和子は従順でした。亡くなるまで一度も私に逆らったことはありません。結婚五十年の金婚式を迎えて、五年後に和子は亡くなりました。五十年余も、和子は私に連れ添い私の意見に一度も反対したことはありませんでした。また和子から意見を言うこともありませんでした。それほどに従順だったのです。でも、このことが、ふと……、ふと不安になり、怖くなることもあるのです。人間って、勝手なものですねえ。今は、このことが気になってしょうがないんです」

「私は、戦後、すぐに糸満の市役所に就職し、定年まで勤めました。乞われて収入役の役職に就いたこともあります。戦前に一度肋膜《ろくまく》を患ったことがあって、兵役も免《まぬが》れたのですが、戦後の私の人生は、他人に比べると、順風満帆だったと言えるでしょう」

「ええ、ええ、私は幸せでした。和子と家庭を築くことができたのですから。肋膜が私の味方をしたんです。でもね……」

「でもね、私は和子から愛されているという実感は何もないんです。和子は、いつでも、どこでも、あくまでも受け身でした。年上なのに、終生、私の言うままでした。そんな和子に怒りを爆発させたこともあります。一度だけですがね……。子どもの進路のことで、積極的に子どもの相談に乗らない和子を詰《なじ》ったのです。そのときも和子は黙っていました」

「夜の営みも一度だって、和子から求められたことはありません。このことも不満で……、つい、つい職場の女の人と男女の関係になったこともあります」

「私は贅沢でしょうかねえ、この歳になって妻の気持ちを確かめたいなんてねえ。老人のすることではないですよね……」

「でも、私は確かめたいのです。確かめないことには、なんだか自分の人生が無意味だったような気さえしてきて、たまらんのですよ……」

「今日は、子どもたちにも黙ってやって来ました。天願キヨさんの噂を聞いて来たんです。妻に愛されていたかどうかを確かめたいなんて、子どもたちには言えませんよ。だから黙って来たんです。それは恥ずかしいですよ。愛なんて言葉は……。私たちの世代では、なかなか使えませんよ」

「でも……、私は生きた証が欲しいんです。その証が、今では妻から愛されていたことを確認することのような気がするんです。それが生きた証しになると思うようになったんです。和子の言葉を聞きたいんです」

私と同じ悩みか……、と一瞬、私は思った。

私は、ベトナムの女を組み敷いていた男、山田高志を信じていた。しかし、あの行為を見てしまった後は、高志を信じられなかった。高志は私を愛していると言ったが、私は高志に愛されているとは思えなかった。口先だけだと思った。口先ではいくらでも嘘がつけるのだ……。

私たちの愛を証明するのは、何だったのだろう。愛の形は組み敷かれた形なのか。そんな風に目に見えるものが愛なのだろうか。それとも、大切なものは目に見えないものにこそあるのではないか。嘘を真実にして生きればよかったのか……。こんなことも考えた。

「私は一度でもいい、一瞬でもいい、妻から愛されていたという確証が欲しいんですよ。この瞬間が愛されていたんだという、この瞬間に巡り会いたいんですよ。このままでは、生きていても……、いや死んでも死にきれません……」

私はどうだったか。けじめをつけるという口実で逃げて来たのではないか。高志の真意を確かめもせず、ただ、その場が煩わしくて逃げて来たのではないか。性の行為が唯一の愛の形だとは思えないのなら、なぜベトナム女とのあの行為を見て、二人の愛の形だと思ったんだろう。高志に裏切られたと思ったんだろうか……。

天願キヨの姿が目に入り、私は我に返る。天願キヨ自らが湯茶室に客を迎えに来るのは珍しい。時計を見る。約束の時間に五分ほど早い。

赤嶺正吉さんは、私への話をやめた。立ち上がって天願キヨの背後について行く。私も慌てて立ち上がり、赤嶺さんの後ろについていく。

天願キヨは赤嶺さんを自分の正面に座らせる。そして、赤嶺さんにではなく、赤嶺さんの背後に座っている私に向かって言った。

「ねえ、千恵美、死んだ人と、語り合うことはできないよね」

「ええ、そうです」

私は、うなずいて返事をする。天願キヨはそれを確かめ、向かいの赤嶺さんに告げる。その手順を取りたかったのだろう。

「赤嶺さん……、あの世に住んでいる人と会話はできないよ。会話をすると、あの世にソーティ、イカリンドー（連れて行かれるよ）。分かるよね。死んだ奥さんと話はできないよ」

赤嶺さんが緊張したままでうなずく。

「でもね、赤嶺さん。あの世に住んでいる人の気持ちを知ることはできるよ。会話はできないけれど、話を聞くことはできる。それでいいかね」

「ええ、それでいいです……」

「で、何を知りたいの」

「私の妻のことです。和子のことです……」

赤嶺さんは、先ほど私へ話していた態度と違って、もじもじと話し出す。いかにも自信がなさそうな声だ。天願キヨの質問に、何を知りたいのかさえ、はっきりとは答えられないようだ。どうしたのだろう。

「妻の……」

「妻の？」

「和子の……」

「和子の？」

「真心が知りたいのです」

天願キヨから、もう笑みは消えていた。笑みをこぼしたのは私だ。

天願キヨは、赤嶺さんのしどろもどの言葉を、うなずきながら真剣に聞いている。

三十分ほど、身を乗り出して聞いていただろうか。やがて赤嶺さんが話し終えたところで、赤嶺さんに背中を向け、香を焚いて小さな声でつぶやきながら祈り始める。

赤嶺正吉さんと私は、じっと無言のままで天願キヨの背中を見つめる。数十分も見つめていると、私の内部が揺れ始めた。記憶が蘇ってくる。私が一緒に暮らした男、山田高志が振り返って私に話しかける。そんな錯覚に陥って激しい緊張感に襲われる。心臓が早鐘を打つ。私ではない。生者の声を欲しているのではない。高志ではない。

赤嶺和子が振り返る。

「お父……」

「お父……、チムヤミ、シミタンシヤ(心を痛めさせたね)。ワッサタンヤ(悪かったね)。私もいつかは、話そう話そうと思っていたんだよ。だあ、グソーに来てから、やっと決心がついたさ。ごめんね、お父……」

お父とは赤嶺正吉のことだ。私ではない。緊張感が一気に解《ほぐ》れる。私は、きっと顔を引きつらせていたはずだ。

赤嶺正吉が背筋を伸ばす。

「実はね、お父……」

赤嶺和子の身体が小さく揺れる。

「実はね、お父……」

赤嶺和子が二度繰り返す。

「実はねえ、お父……」

三度目だ。

「私は……、お父と結婚する前に……、他の男の人と結婚していたんだよ。このことが言い出せなかった。ごめんね、お父……。この男との間には子どももできていたんだよ。この子を死なせてしまったんだよ。このことも言い出せなかった。お父、ごめんね……」

「私が生きるために殺したんだ……。お父と結婚した後も、この子のことを思い出し、前の男のことを思い出すと、気が狂いそうになったんだよ」

「だから話せなかった。思いだしたくなかった。何度か話そうとしたけれど、話せなかった。お父、私は、自分の子どもを殺してしまったんだよ……」

赤嶺和子が泣き崩れる。うつぶせたまま身体を震わせている。白い着物に付いた藍色の絣模様のトゥイグヮー（鳥）が動き出して飛び出しそうだ。

赤嶺和子はうつぶせたまま、くぐもった声で言う。

「私は、那覇の産まれだと、お父に言ったことがあったよね……。私は大好きな人が那覇にいて、幼なじみなんだが、親の反対を押し切って結婚した。結婚したと言っても駆け落ちしたんだ。あの人が、首里の師範学校に合格した年だった。二人で那覇を出て、首里で身を隠して暮らし始めたんだ。もちろん、両方の親から結婚に反対されたからだよ。表向きの反対理由は卒業してから結婚しても遅くないだろうということだった」

「でも私たちには分かっていた。口先だけの理由で、私たち二人をなんとか別れさせようと思案を巡らせていることを。あの人の両親は、前途有望な息子を、私に奪われたと言って憤慨していた。あの人が、親の言うことを聞かないので、しまいには勘当された」

「私にも許婚《いいなずけ》がいた。私の親は那覇で呉服問屋を営んでいたから、ムーク(婿)をもらって、家業を継がせたかったんだ。私は一人娘だったんだ。そんなこんなで、二人の結婚は二人の両親から猛反対されていた」

「私たちはなんとか親の許しを得ようと努力したんだよ。首里で一緒に住むようになってからもね。折り目、節目の行事には実家を訪ねて許しを請うたんだが、その度に門前払いされた」

「一九四四年十月十日の空襲で那覇の実家は焼けた。私のお父とお母も死んでしまった。あの人の家族は空襲は受けたけれど、死を免れた」

「私は、焼け跡から、お父とお母の死体を探し出して、泣いたよ。焼けて黒くなって、棒みたいになって、小さくなって、お父もお母も死んでしまったんだ……」

「あの人の家族は、十・十空襲があった後、すぐにヤンバルに避難した。那覇は危ない。今度の空襲で死ぬことは免れたけれど、いつ、また次の空襲がやって来るか分からない。逃げた方がいいってね」

「ヤンバルへ逃げたり、県外へ疎開したりするのは、国や県の方針だった。私は子どもが産まれたばかりだったから、どこへも行けなかった。遠くまでは、歩けなかったんだよ」

「あの人は、まだ師範学校に通っていたんだが、お前もヤンバルに逃げろって言ってくれたんだけどね、私はヤーグマイして(家に隠れて)、どこにも行かなかったんだよ」

「一九四五年の二月か三月じゃなかったかな。あの人の通っている学校も閉鎖された。師範学校の生徒は動員されて鉄血勤皇隊を結成して国家に奉仕するようになったんだ。あの人も鉄血勤皇隊員になった。それから死ぬまではあっという間だった。短かったねえ」

「あの人は首里城の地下に造られた日本軍の首里司令本部壕で働いていたんだが、砲弾を受けて戦死した……」

「首里司令本部も、南へ移動した」

「那覇も首里も、めちゃくちゃになった。砲弾を受けて、瓦礫の山になった。私も覚悟を決めて、赤ちゃんを抱いて、日本軍の逃げた南へ向かった。赤ちゃんは悟という名前をあの人が付けてくれていた。悟はカワイイグァ(可愛い子)だったよ。目もぱっちりしてねえ。おっぱいも強く吸いよった」

「最初は北部のヤンバルへ向かおうかと思ったんだが、北への道路は既に封鎖されてアメリカ兵がいっぱいると聞いたから諦めた。南へ逃げれば日本兵もいるし、助けてくれると思ったんだ」

「でも、日本兵は助けてはくれなかった。ガマで悟が泣いたから、殺せ！　と言われた。敵に見つかるというのだ」

「嫌だというと、赤ちゃんを奪おうとした。私は、悟を抱いてガマを出た。追い出されたのは三度目だった。同じウチナーンチュにも追い出されたよ。食べ物もなく、おっぱいも出なくなっていた。悟の身体も小さく縮こまって、うんちも黄色いおしっこみたいなウンチだけになっていた。私はもう疲れていた。そして……」

「そして、悟を水たまりに……溺れさせた。頭を押しつけて、殺したんだよ」

「なんで、そうしたのかね……。なんで、悟と一緒に死ななかったのかねえって、今でも不思議に思うよ」

「私は鬼さ。私だけが生きようとしたんだから。私は後悔して、翌日、悟の所に戻ったんだが、もう悟は見つからなかった。砲弾も次々と飛んで来るし、あのころには雨もずーと降り続いていたからねえ。水たまりも大きくなって地形も変わっていた。一晩で悟の小さい身体はどこかに飛んで消えてしまっていた。あるいは、だれかに助け出されたのかねえ。そんなふうにも思おうとしたんだよ。生き返ることはないのにね」

「私は泣いたさ。駆け落ちしたほどの愛しい夫も亡くして、子どもも亡くして、親ももういない。もう死のうかねえって思っているところに、お父、あんたたち家族に出会ったんだよ……」

「私は、罪を背負ったまま、戦後を生きたんだよ」

「お父、あんたの家族も、あんたも優しかったさ……。私はその優しさに甘えたんだ。赤嶺正吉さん、有り難うね」

「でもね、お父……。私は私の罪を忘れることができなかった。忘れたら、忘れた私を許せなかった。夫と悟グヮを供養できるのは自分しかいないことに気づいたんだ。それからは、必死に生きたさ」

「あんたの子どもを産んだときが、一番辛かったね……。あんたは私の涙を見て、うれし涙と勘違いしていた。それもあったけれどさ。子どもが産まれて、どっと悟との思い出が溢れてきたんだよ。あの日のことも、悟のことも一気に思いだされてね……、悲しい涙でもあったんだよ。そして、自分の心に強く誓ったんだ。二人のことは絶対に忘れないって。私が忘れたら、二人は本当にこの世からいなくなってしまうんだって……。赤嶺正吉さんには悪いと思ったけれど、心に留めておこうって決めたんだ」

「悟のことを思いだすとね、訳が分からなくなって夢遊病者のようにして悟の骨を探しに出掛けることもあったよ。あの人が祭られている沖縄師範健児之塔に手を合わせにも行ったよ。あの人の名前が刻まれているからね。指で触れて帰って来たよ。あんたに黙って出掛けるから、あんたは不審に思ったかもしれないね」

「でもね、お父、あの人の名前は刻まれているけれど、悟はね、悟はどこにも名前が刻まれていないんだよ。平和の礎《いしじ》にも名前が刻まれていないよ。役場の戸籍にも刻まれていないよ。届ける役場が閉鎖されていたからね。私の……、私の心の中にだけに刻まれているんだよ。私が忘れたら悟はいなくなるんだよ。私一人だけが悟のことを知っているんだからね。私が、私が忘れたら……、駄目さねえ……」

「だから、絶対、忘れるもんか。忘れてはいけないって、歯を食いしばって言い聞かせたわけよ。私が悟のことを思い出して、ぼけーっとしていたり、悲しそうな顔をしていたりすると、お父が寂しそうな顔をするのは分かっていたよ。黙って遺骨を探しに行ったり、健児之塔へ行ったりしたときなど、お父が、どこに行ってきたのかって、尋ねたそうな顔をしていたけれど、私は知らん振りして、いつもはぐらかして答えなかった。ごめんねえ、お父、心で泣いて手を合わせていたんだよ」

「でもね、お父、沖縄には、平和の礎に名前を刻まれずに、忘れ去られている人はいっぱいいるよ。そんなことを思うとね、チムグリサヌ(心苦しくなってね)、泣きそうになってくるんだよ」

「お父……、赤嶺正吉さん、赤嶺和子は幸せでしたよ。あんたとの間に二人の息子と二人の娘が授かったんだからね。子どもたちはみんなお利口さんで、親孝行をしてくれた。幸せでない訳がないさ。あんたは優しかったし、世界一の夫さ……」

「でもね、お父、許してね。私は幸せを感じる度に、同じぐらい不幸も感じたんだよ。あの人と悟グヮーが甦ってきたんだよ。戦争がなければ、悟グヮーとあの人と一緒に……、こんな幸せな家庭を作れたはずだねえって思ってね。だから幸せを感じないようにもしたんだよ」

「お父、私は、あんたにたくさんの嘘をついて生きてきたんだね。子どもを殺したことも話していなかった。夫がいたことも話していなかった。戦後を嘘つきで生きてきたんだねえ。嘘をつかないと生きてこれなかったんだよ。何にも聞かなかったあんたに感謝しているよ」

「戦争を生き延びた人間はね、どこかに小さい嘘を隠して生きてきたはずよ。そうしないと生きることができなかったんだよ。戦後を生きるには嘘をついて、本当のことは隠す。私は……、私は大きな嘘を隠していたけれどね。嘘は死んでも小さくならないからね」

「いつの日かお父に恩返しをしなければいけないと、いつも思っていたよ、それで、天願キヨさんに呼ばれたから、お父の前に出てきたんだよ。お父が苦しんでいる。赤嶺正吉さんが私を呼んでいるっと思ってね」

「私が真実を言わなかったのはね、お父……。信じてもらえないかもしれないけれど……。お父に嫌われたくなかったからだよ。本当だよ。お父……」

線香の匂いが部屋中に充満する。赤嶺和子が頭を垂れたままで動かない。一度、顔を上げてお父に感謝の言葉を述べたようにも思われたが、その身体は再び徐々に沈み、やがて床板に額を付けるほどに腰が折れ曲がる。

「天願さん……」

「天願キヨさん……」

「もう十分ですよ。私は何を勘違いしていたんだろう。私は、和子を愛おしく思っていた。それだけで十分です。天願さん、有り難う。ヌチグスイヤビタン(命の薬になりました)。もうこれ以上の幸せがあるだろうか……」

赤嶺正吉が天願キヨに会釈をした。そしてそのまま長い間、座布団に額をこすりつけていた。肩が小刻みに震えている。やがて身体を上げ、振り返って私を見る。目に涙が溜まっている。私たちの人生には、だれもが愛してくれる人の存在が必要なんだろう。

天願キヨは、いつも私に言う。

「千恵美、私には愛する人がたくさんいるんだよ。あの世にね。もちろん、この世にも愛してくれる人はたくさんいるさ」

たぶん私も、天願キヨと同じように、あの世で待ってくれる人々がいるはずだ。そう思うから生きていけるんだろう。

いや、まだ出会ってはいないが、人生を共にする未来の人がこの世にいるかもしれない。なんだか、私にもだれかを愛することができるような気がしてきた……。

私にも兆候はすでにある。香の匂いにも慣れてきた。期待することは、生きることにもなるはずだ。赤嶺正吉さんが顔を上げ笑みを浮かべた。


〈了〉

大城貞俊
（おおしろ さだとし）

一九四九年沖縄県大宜味村に生まれる。元琉球大学教育学部教授。詩人、作家。県立高校や県立教育センター、県立学校教育課、昭和薬科大学附属中高等学校勤務を経て二〇〇九年琉球大学教育学部に採用。二〇一四年琉球大学教育学部教授で定年退職。

主な受賞歴
沖縄タイムス芸術選賞文学部門（評論）奨励賞、具志川市文学賞、沖縄市戯曲大賞、九州芸術祭文学賞佳作、文の京文芸賞最優秀賞、山之口貘賞、沖縄タイムス芸術選賞文学部門（小説）大賞、やまなし文学賞佳作、さきがけ文学賞最高賞などがある。

主な出版歴
詩集『夢（ゆめ）・夢夢（ぼうぼう）街道』（編集工房・貘）一九八九年／評論『沖縄戦後詩人論』（編集工房・貘）一九八九年／評論『沖縄戦後詩史』（編集工房・貘）一九八九年／小説『椎の川』（朝日新聞社）一九九三年／評論『憂鬱なる系譜—「沖縄戦後詩史」増補』（ZO企画）一九九四年／詩集『或いは取るに足りない小さな物語』（なんよう文庫）二〇〇五年／小説『アトムたちの空』（講談社）二〇〇〇年／小説『運転代行人』（新風舎）二〇〇六年／小説『G米軍野戦病院跡辺り』（人文書館）二〇〇八年／小説『ウマーク日記』（琉球新報社）二〇一一年／大城貞俊作品集〈上〉『島影』（人文書館）二〇一三年／大城貞俊作品集〈下〉『樹響』（人文書館）二〇一四年／『「沖縄文学」への招待』琉球大学ブックレット（琉球大学）二〇一五年／『奪われた物語—大兼久の戦争犠牲者たち』（沖縄タイムス社）二〇一六年／小説『一九四五年チムグリサ沖縄』（秋田魁新報社）二〇一七年／小説『カミちゃん、起きなさい！生きるんだよ』（インパクト出版会）二〇一八年／小説『六月二十三日アイエナー沖縄』（インパクト出版会）二〇一八年／『椎の川』コールサック小説文庫（コールサック社）二〇一八年／評論『抗いと創造—沖縄文学の内部風景』（コールサック社）二〇一九年／小説『海の太陽』（インパクト出版）二〇一九年／評論集『多様性と再生力—沖縄戦後小説の現在と可能性』二〇二一年（コールサック社）

風の声・土地の記憶

二〇二一年六月三十日　第一刷発行

著者……大城貞俊
企画編集……なんよう文庫（川満昭広）
発行人……深田卓
発行……インパクト出版会
装幀……宗利淳一
印刷……モリモト印刷株式会社

〒九〇三－〇八二一　沖縄県那覇市首里儀保二－四－一A
Email:folkswind@yahoo.co.jp

〒一一三－〇〇三三　東京都文京区本郷二－五－一一服部ビル二階
電話〇三－三八一八－七五七六　ファクシミリ〇三－三八一八－八六七六
Email:impact@jca.apc.org
郵便振替〇〇一一〇・九・八三一四八